ESTÚPIDA PROMESSA

ESTÚPIDA PROMESSA

ELE FARÁ TUDO PARA ESTAR PERTO DAQUELA GAROTA...
ATÉ MESMO SALVAR A VIDA DE SEU NAMORADO IDIOTA.

JENNI HENDRIKS & TED CAPLAN

TRADUÇÃO:
CARLOS SZLAK

FARO EDITORIAL

Diretor editorial: **PEDRO ALMEIDA**

Coordenação editorial: **CARLA SACRATO**

Preparação: **ARIADNE MARTINS**

Revisão: **VALQUIRIA DELLA POZZA** e **BARBARA PARENTE**

Capa: **RENATO KLISMAN | SAAVEDRA EDIÇÕES**

Diagramação: **CRISTIANE | SAAVEDRA EDIÇÕES**

Dados Internacionais de Catalogação na Publicação (CIP)
Angélica Ilacqua CRB-8/7057

Hendriks, Jenni,

Estúpida promessa / Jenni Hendriks & Ted Caplan; tradução de Carlos Szlak. — 1. ed. — São Paulo: Faro Editorial, 2021.

256 p.

ISBN 978-65-86041-71-2
Título original: Save Steve

1. Ficção juvenil I. Título II. Caplan, Ted III. Szlak, Carlos

21-0584 CDD 028.5

Índice para catálogo sistemático:
1. Ficção juvenil

1ª edição brasileira: 2021
Direitos de edição em língua portuguesa, para o Brasil, adquiridos por FARO EDITORIAL

Avenida Andrômeda, 885 - Sala 310
Alphaville - Barueri - SP - Brasil
CEP: 06473-000
WWW.FAROEDITORIAL.COM.BR

Para Chuck

1

AQUELE SERIA O DIA EM QUE EU FINALMENTE CONVIDARIA Kaia Gonzales para sair.

Fiquei observando ela decorar seu armário da escola recém-pintado com um adesivo de “Salvem o Pântano”. Era o primeiro dia do nosso 3º ano do ensino médio. E aquele era o nosso adesivo.

Salvar o pântano havia sido o grande evento daquele verão. Ao lado de vários ativistas locais (a maioria deles muito mais velhos), tínhamos feito uma vigília nos limites da área de proteção ambiental, onde um novo condomínio seria construído. Kaia estava sempre um pouco atrasada, mas geralmente nos trazia picolés ou latas de tinta em spray. De longe, ela era a ativista mais barulhenta. Kaia gritando atrás de um megafone enquanto o tráfego passava foi uma das coisas mais bonitas que eu já tinha visto. Juntos, tínhamos suportado o sol escaldante e a indiferença. Mas nunca tivemos muita chance de conversar até aquela noite. Fomos escolhidos junto com um pequeno grupo de adultos para ficarmos ali sentados, para impedir a entrada de uma escavadeira no local durante o descanso dos outros ativistas. Sob o céu noturno, os mosquitos nos devoravam vivos enquanto tentávamos nos manter acordados lendo. Um por um, todos caíram no sono. Por volta da meia-noite, só Kaia e eu ainda estávamos acordados. Terminamos o livro juntos. Lado a lado, vimos o sol nascer, querendo saber quantos dias a humanidade ainda iria ver. Naquele momento, devia ter convidado Kaia para sair. Teria sido o momento perfeito. Mas a polícia apareceu e fomos todos conduzidos à delegacia. Depois, tive uma reação alérgica por causa das picadas de mosquito e precisei ficar de molho em casa por uma semana. Naquela altura, a Justiça interveio e o projeto de construção do condomínio foi interrompido. O que foi ótimo, exceto por ter ficado sem ver Kaia desde então.

Até aquele dia. Em minha caminhada pelo corredor da escola em busca do meu novo armário, Kaia me avistou primeiro e veio correndo com uma camiseta escrito "Marcha pelas nossas Vidas". Consegui murmurar um "oi" e ela não só retribuiu a saudação, mas também levantou a mão e demos um toque.

E naquele dia, a primeira coisa que Kaia colou na porta de seu novo armário foi o nosso adesivo. Era a prova de que significava tanto para ela quanto para mim. Certo? O problema era que Kaia era ativa demais em tudo. Em pouco tempo, outra causa poderia ofuscar a nossa. Aquele era o dia perfeito para convidá-la para sair. E então tudo o que eu tinha que fazer era encontrar o momento certo.

2

AQUELE SERIA O DIA EM QUE EU FINALMENTE CONVIDARIA Kaia Gonzales para sair.

Ela estava em frente à sala de aula da sra. Hahn, liderando a primeira reunião da Aliança pela Diversidade. Fazia um mês desde que tinha me acovardado perto do seu armário. O momento certo nunca chegou.

Tinha pensado em convidá-la para sair na reunião da Aliança entre Gays e Héteros, mas pareceu estranho.

Então, quase a convidei depois da reunião da Comissão de Segurança Escolar, mas toda aquela conversa sobre tiroteios em escolas não era muito romântica.

Eu não deveria ter ficado surpreso quando Kaia chegou à reunião de diversidade, mas, ainda assim, vê-la caminhar a passos largos até a frente da sala de aula e pedir silêncio causou arrepios em mim. Ela me avistou no fundo da sala, fez um sinal de positivo com o polegar e disse que gostou da minha camiseta, que tinha a frase “Brancos pela Vida dos Negros”. Em seguida, na frente do grupo, começou a criticar a própria falta de inclusão, e eu podia sentir sua indignação me comover.

Foi isso. Após a reunião, diria para Kaia quanto ela havia me inspirado. Em seguida, eu a convidaria para sair. Seria o momento certo. O momento perfeito.

3

AQUELE SERIA O DIA EM QUE EU FINALMENTE CONVIDARIA Kaia Gonzales para sair.

Colei um cartaz na parede do pátio do 3º ano. Dando um passo para trás, admirei meu projeto para uma escola livre de canudos. No cartaz tinha um garoto de aparência culpada tomando milk-shake com um canudo plástico junto das palavras "Pegou mal". O cartaz fora selecionado pela Comissão de Redução de Plásticos após uma disputa acirrada e finalmente seria exposto em toda a escola. Separei um e autografei (ironicamente, é claro). Depois que o desse para Kaia, ela apreciaria minha mistura de humor com ambientalismo e, então, eu com certeza a convidaria para sair. Em todas as outras ocasiões, as situações não haviam sido tão favoráveis. Mas as férias estavam chegando, e o que poderia ser melhor que nos conhecermos aproveitando um belo descanso?

4

AQUELE SERIA O DIA EM QUE EU FINALMENTE CONVIDARIA Kaia Gonzales para sair.

Fiquei atrás dela na fila da cafeteria. Não podia acreditar na minha sorte ao cruzar com ela no feriado. Tivemos uma conversa de três minutos sobre café. Depois que eu fizesse meu pedido, com certeza iria convidá-la para sair. Era o momento perfeito.

Contudo, aquela cafeteria era meio barulhenta, Kaia parecia estar com um pouco de pressa e...

5

AQUELE SERIA O DIA EM QUE EU FINALMENTE CONVIDARIA Kaia Gonzales para sair.

Era quarta-feira. Nós dois gostávamos das quartas-feiras.

6

AQUELE SERIA O DIA EM QUE EU FINALMENTE CONVIDARIA Kaia Gonzales para sair.

Andávamos em círculos, para protestar contra a exibição de um grande tubarão-branco no parque aquático da cidade.

Hipnotizado, via o rabo de cavalo de Kaia balançar de um lado para o outro a cada vez que ela gritava "Salvem o tubarão!". As mechas do seu cabelo soltas pela brisa do mar e o brilho de sua pele causado pelo suor depois de três horas de protesto a deixavam ainda mais bonita. Era inacreditável. Começamos a gritar juntos três palavras de ordem: "Liberdade sim, cativeiro não!", "Ei, ei, ão, ão, tubarão fora da prisão!" e "O que o povo quer? O tubarão livre! Quando? Hoje!". Claramente, Kaia tinha visto o cartaz que passei toda a noite preparando e onde estava escrito "Salvem o tubarão", e, com certeza, ficou impressionada. Por algum tempo, ficou olhando para ele e, depois, sorriu para mim. Ela estava me paquerando?

Kaia passou por mim novamente. Espere. Ela piscou para mim? Talvez fosse alguma alergia. As pessoas fecham apenas um olho por causa de alergia? Não. Ela piscou. Com certeza, ela piscou para mim. Aquilo tinha que ser um sinal de que Kaia queria que eu a convidasse para sair. E se ela estava à espera de que eu falasse algo fazia meses? Naquele momento, as coisas estavam ficando estranhas entre nós porque havia aquela questão enorme e não dita que, por algum motivo, eu simplesmente não conseguia falar. Com certeza, falaria para ela naquele dia. Evidentemente, Kaia queria que eu falasse.

— Ei, Cam, continue andando! — alguém disse para mim.

Então, me dei conta de que tinha me perdido em meus pensamentos e me esquecido de andar. Todd Moon, um dos líderes do Grupo de Direitos Não Humanos e organizador daquele protesto, gentilmente fez um gesto para que eu avançasse. Ele era um surfista de meia-idade, usava rabo de cavalo e sempre era superlegal com qualquer estudante do ensino médio. Segundo Todd, nós dávamos aos protestos "uma vibe enfurecida". Ninguém nunca me descreveu como "enfurecido", mas ainda assim gostei daquele adjetivo.

— Desculpe — disse e avancei rapidamente, daquela vez sem olhar para Kaia. Com certeza, precisava me concentrar apenas em participar do protesto. — Salvem o tubarão!

— Cara, vai fundo! — Todd disse, apontando para Kaia. — Você está de olho nessa garota há horas.

Patrice Woodson, a outra líder do grupo, também olhou pra mim.

— Não estou... Não estou tentando... Isso é...

Todd deu de ombros, desapontado com minha explicação.

— Ei!

A voz exaltada de Kaia veio de perto da entrada do parque aquático. Virei e a vi repreendendo um casal de meia-idade que havia passado ao lado dela.

— Esses ingressos que vocês vão comprar vão apoiar a morte lenta de uma forma de vida complexa e inteligente! Vocês têm sangue em suas mãos!

O casal a ignorou e Kaia apontou seu cartaz na direção deles.

Meu Deus, Kaia era tão perfeita.

— Quer saber? Vamos encerrar! — Todd anunciou ao grupo.

Os manifestantes devem ter ficado aliviados, porque a manifestação se dispersou imediatamente.

Droga. Eu não estava pronto. Quer dizer, vinha me preparando o dia todo. Na verdade, todo o ano. Mas... Eu não estava pronto. Felizmente, Kaia ainda estava fuzilando com os olhos o casal de meia-idade que comprava ingressos. Então, eu tinha um pouco mais de tempo. Me arrumei, tentando ganhar fôlego antes que ela se virasse.

— Bem, o que você está esperando? — Todd me disse, empurrando-me delicadamente na direção de Kaia.

Dei alguns passos hesitantes. Aquele era o momento certo? Estudei o cenário. O parque aquático era voltado para uma grande baía e as ondas que quebravam mansamente e os grasnidos das gaivotas que enchiam o ar eram tão doces e suaves como uma música. O sol tinha quase desaparecido no mar, deixando o céu numa cor azul com filetes cor-de-rosa. Kaia estava perto de um arbusto com flores cujos nomes eu não sabia, mas que tinham um perfume incrível. Era meio mágico. E ela tinha gostado do meu cartaz. E provavelmente tinha piscado para mim. E estávamos salvando algo juntos novamente, tal como havíamos feito com o pântano.

Mas, quanto mais me encorajava a avançar, mais meu corpo se contraía, enquanto uma enorme pergunta surgia, a mesma que havia me atingido como uma onda gigantesca todas as outras vezes que eu quase a tinha convidado para sair: e se a resposta dela fosse não? Havia tentado imaginar a vida depois de um fora, mas tudo que havia me ocorrido era um buraco negro infinito. Uma aniquilação completa.

Senti a barriga doer, as pernas tremerem, o peito apertar e o ar faltar. Cerrei os dentes. Pôr do sol, flores, gaivotas: não iria perder aquele momento. Eu faria a pergunta para ela, assim que me lembrasse de como mover a língua.

Então, Kaia se virou.

— Ah, oi, Cam.

Palavras. Fale alguma coisa.

— Oi...

Tudo bem, não foi o melhor começo, mas dava para salvar.

— Sabe, seu cartaz... Tive vontade de dizer para você o dia todo...

— Ah, sim? — Foram duas palavras. Um progresso!

— Ele tem um erro — Kaia disse, sorriu e apontou com a cabeça para o meu cartaz.

Segui seu olhar, e só então percebi que a última palavra escrita nele tinha um borrão que mudava o sentido da frase. O que era pior, o tubarão que eu havia desenhado cuidadosamente para parecer o mais inofensivo e simpático possível possuía uma mancha na cauda.

Kaia reprimiu uma risada.

— Acho que mais ninguém percebeu, mas me fez rir o dia todo!

Abaixei o cartaz, querendo escondê-lo, destruí-lo, fazê-lo desaparecer.

— É bem engraçado! — ela concluiu.

— Sim, bem engraçado — disse, fingindo que concordava, enquanto tentava limpar o borrão. Esperava que fosse algum poluente transportado pelo ar que havia pousado durante o protesto e não um maldito erro de digitação que eu não tinha percebido. Mas, quanto mais eu esfregava, mais borrado ficava. E quanto mais borrado ficava, mais longe ficava o momento que tinha esperado o dia todo... o ano todo...

Kaia tomou um longo gole de água da sua garrafa e depois suspirou.

— Bem, acho que gritei bastante hoje.

Ela estava encerrando a conversa. Tinha que me redimir antes que ela fosse embora.

— Sim, provavelmente você vai precisar tomar chá com um pouco de mel hoje à noite. Para sua garganta — disse.

Fantástico, Cam. Agora você está parecendo a mãe dela.

— Não tenho certeza se vai ter chá com mel na festa de Steve Stevenson. Mas nunca se sabe. Você vai? — ela perguntou, fechando a tampa da garrafa.

— Na festa de Steve Stevenson? O cara que é incapaz de passar por um armário na escola sem desenhar um pênis nele? Não sou chegado a álcool nem a estupros.

Ri e tinha certeza de que Kaia também iria rir.

Mas ela não riu.

Em vez disso, pegou sua mochila e continuou:

— Sim, eu sei. Não é a sua praia. Mas, sabe, você deveria ir. Eu teria alguém para conversar.

Espera aí. Kaia ia à festa de Steve Stevenson? E ela estava...? Ela... queria que eu fosse?

— Seu cartaz... — Kaia alertou.

Olhei para o chão e vi que, sem perceber, tinha deixado meu cartaz ser levado pela brisa em direção às águas da baía.

— Ah, meu Deus. Não. Pare! — implorei.

Mas era tarde demais. O cartaz ficou suspenso no ar e pousou na água fria como uma prancha de surfe coberta de lixo tóxico.

— Porcalhão! — um companheiro manifestante gritou.

— Você tem que tirá-lo da água. Essa baía já está poluída demais — Kaia disse, claramente constrangida por minha causa.

Fiquei dividido entre Kaia e o cartaz.

— Eu sei! Eu... Hum... Estou indo, mas sim! Eu estarei lá... — disse, tranquilizando-a. Em seguida, saí correndo em direção à água. — Na festa! Eu estarei na festa — esclareci.

EM QUALQUER OUTRO DIA, A IDEIA DE IR A UMA FESTA NA CASA DE STEVE Stevenson não seria nem considerada. Embora as festas dele fossem "lendárias", tinha quase certeza de que eram apenas uma mistura habitual de revolta adolescente com bebedeira. Mas, com Kaia lá, poderia realmente ser o lugar perfeito para nos aproximarmos. Então, coloquei todas as minhas melhores opções de camiseta sobre a cama e procurei por aquela que dissesse a coisa certa. Uma que pudesse puxar uma conversa ou que desse uma deixa para Kaia fazer uma brincadeira comigo. Ou talvez até estivéssemos usando a mesma camiseta!

A escolha óbvia seria a camiseta "Salvem o Pântano". Foi o nosso maior sucesso. Tínhamos feito a vigília juntos. Como ela poderia esquecer? Mas, quando vi que a camiseta possuía uma mancha permanente de suor, achei que devia tomar um rumo diferente.

Peguei minha camiseta "Baby Yoda para presidente". É verdade que ninguém consegue resistir ao Baby Yoda, mas, como eu nunca tinha visto *Star Wars*, poderia parecer um pouco superficial. (Minha mãe não era fã de fantasia nem de ficção científica e me direcionou para histórias sobre crianças com deficiência ou vozes de minorias.)

A camiseta "Destrua o patriarcado, não o planeta" não parecia apropriada para a festa. Não imaginei que iríamos dançar em cima das mesas, mas também não queria parecer que estava lá só para julgar todo mundo.

A "Livros sim, armas não" e a da Copa do Mundo de futebol feminino também não pareciam muito adequadas.

Considerei seriamente minha camiseta "Nenhum ser humano é ilegal", mas, como Kaia era latina, não queria parecer que estava querendo agradar-lhe por algum interesse.

Finalmente, escolhi a camiseta verde-floresta com o desenho de uma árvore e a palavra "Abraçador" embaixo. Parecia a mistura certa de diversão e reflexão que eu estava procurando. E também dizia "Abraçador", o que não faria mal a ninguém.

Aquela seria a noite em que eu finalmente convidaria Kaia Gonzales para sair.

Tinha visto muitas coisas horríveis em minha vida — vazamentos de petróleo, leitos de rios obstruídos com lixo, filhotes de tartarugas marinhas presos em redes de pesca —, e sabia que todos aqueles desastres eram mais perturbadores do que aquilo que eu estava vendo naquele momento, mas de algum modo não conseguia fazer meu cérebro aceitar. Aquilo tinha que ser pior.

Steve Stevenson estava na beira do trampolim, usando uma sunga com a estampa da bandeira americana, óculos escuros e um colar havaiano de plástico. Ele segurava um microfone e cantava como se fosse um rapper com... Era Cardi B? Por cima do som dos graves que faziam com que meus ossos vibrassem, ouvi algo sobre uma pequena vadia, sapatos e fazer dinheiro circular. Sim. Sem dúvida, era Cardi B. Na outra mão, Steve segurava um copo descartável vermelho, que derrubava cerveja na água. O resto da piscina estava cheio de pessoas em boias de bichos, todas com seu copo vermelho, gritando e incentivando-o. Meu Deus, ele era tudo o que passei minha vida tentando não ser. O que ele estava agregando ao mundo além de memes patéticos do Bob Esponja e a certeza de que a indústria cervejeira iria à falência? Mas todos o amavam. Por quê?

— Steve Stevenson é muito engraçado — a garota ao meu lado disse.

Virei-me. Ela tinha uma boia em forma de flamingo pendurada na cintura e um colar havaiano enrolado na cabeça.

— Hum, acho que você quer dizer que ele é vagamente racista.

— Hein? — ela piscou algumas vezes, confusa.

Indiquei com um gesto a atrocidade que se sacudia no final do trampolim. Era Steve se agachando e rebolando para a multidão.

— Claro, ele está pulando algumas palavras da letra, mas, quer dizer, isso é a personificação da apropriação cultural. Que ligação um garoto branco rico tem com a cultura hip-hop? — perguntei.

— Talvez ele simplesmente goste da Cardi. Ela é a melhor! — ela respondeu e rebolou os quadris na boia, fazendo a cabeça do flamingo bater em mim.

— Sério? Uma ex-stripper é o seu modelo? — devolvi, e a garota, com quem eu tinha feito aula de espanhol no 2º ano, pareceu confusa novamente. — Quer dizer, você já prestou atenção nas letras das músicas dela? Que tipo de mensagem ela está passando para as mulheres jovens? — prossegui.

Steve era uma causa perdida, mas talvez eu conseguisse fazê-la entender. A garota, porém, simplesmente olhou em volta, demonstrando aborrecimento, puxou sua boia para cima e se afastou. Suspirei. Kaia entenderia aonde eu queria chegar. Precisava encontrá-la. Provavelmente, ela também estava passando um mau bocado.

Corri os olhos pela multidão. Parecia que a maioria dos alunos da nossa classe estava ali. As pessoas continuavam esbarrando em mim, atropelando-se em direção ao barril de cerveja. A única iluminação vinha da piscina ou das luzinhas enroladas em volta das palmeiras, o que tornava difícil conseguir ver direito a cara de alguém. Uma água quente espirrou em meus pés e se infiltrou em meus sapatos quando me movi para a frente.

— Você viu a Kaia? — perguntei para Conner, da aula de educação física.

Ele simplesmente deu de ombros, gritou "Madeira!" e caiu como uma árvore cortada dentro da piscina.

Continuei avançando lentamente em volta da borda lisa de concreto da piscina. Adiante havia uma área vazia de onde eu poderia ter uma visão melhor. Ainda na lateral da piscina, abri caminho entre as últimas pessoas.

— Kaia?

No trampolim, Steve parou de cantar. Jogou o microfone, bebeu o que restava de sua cerveja e arremessou o copo em um arbusto. Puxou algo sobre o ombro. Eu não tinha notado antes a alça preta cruzada no seu tronco. Percebi naquele momento porque estava presa a uma arma.

Uma grande arma. Do tipo que só tinha visto em filmes ou videogames. Era um fuzil de assalto? Que diabos ele estava fazendo? Por que ninguém estava gritando? Correndo? Apoiando a coronha no ombro, Steve semicerrou os olhos e mirou.

Em mim.

Ele puxou o gatilho. Eu gritei e me agachei. Cobri automaticamente minha nuca e me enrolei como se fosse uma bola.

Pá! Pá! Pá! Algo explodiu na minha cabeça. Respingos atingiram minhas mãos. Por um minuto, a única coisa que consegui ouvir foi meu coração aos pulos. Depois que ele voltou a bater com certa normalidade, ouvi um som diferente: gargalhadas. Então me desenrolei. Ao erguer os olhos, vi as pessoas rindo tanto que suas convulsões faziam a cerveja cair dos copos de plástico. Em seguida, notei aquilo: atrás de mim, tinha um lençol de casal esticado entre duas palmeiras, com um alvo pintado no meio. Tudo estava salpicado de tinta neon. A mesma tinta que então manchava minhas mãos. Eu tinha ido parar bem na frente do lençol.

Steve jogou a arma de *paintball* de lado e pulou na água como se fosse uma bomba humana. As pessoas gritaram ao ser atingidas pela onda. Antes que me desse conta, ele saiu da piscina na parte mais funda e veio até o deque onde eu estava, com a água escorrendo do seu corpo. Steve tinha perdido os óculos escuros, mas o colar havaiano ainda estava pendurado, frouxo e desgrenhado, em volta do pescoço. Apressei-me para ficar de pé, só para descobrir que a frente da minha calça estava ensopada por ter me agachado no concreto molhado. Steve abriu um sorriso largo e satisfeito.

— Caramba, isso foi muito engraçado.

Claro. Claro que não haveria pedido de desculpas.

— Ah, sim. Hahaha. Muito engraçado. Tive uma reação perfeitamente normal ao levar um tiro — disse e puxei minha calça, sentindo o tecido grudar nas minhas canelas.

— Não sabia que um cara podia ter uma voz tão aguda.

Insinuação de misoginia, pensei.

— Bem, os "caras" têm uma grande variedade de registros vocais — disse e o fuzilei com os olhos. Eu não ia deixar passar. Ninguém mais iria desafiá-lo, mas eu sim. — E a suposição de que algo codificado como feminino equivale automaticamente a algo ruim ou inferior não é...

De modo inquiridor, Steve inclinou a cabeça, notando-me plenamente pela primeira vez.

— Eu te conheço?

Fiquei nervoso. Tecnicamente, eu não tinha convite. Mas havia presumido que era uma daquelas festas em que as pessoas simplesmente apareciam. Era assim que essas coisas deviam funcionar, não é? Quer dizer, ninguém estava controlando a entrada. Bem, com exceção de um cara com um macacão de unicórnio e asas de fada, que estava desmaiado com uma pizza meio comida ao lado dele. Mas não era como se houvesse alguém anotando nomes ou checando uma lista. Ou pais.

Steve ainda estava olhando para mim, esperando.

— Sou Cam. Cam Webber. Kaia me convidou — disse, estendendo a mão.

Saiu tudo de uma só vez, o que não foi bom porque me fez parecer ansioso. Eu não estava ansioso. Quer dizer, muito ansioso. Tentei não pensar em filmes antigos em que o nerd de óculos remendados com fita adesiva era jogado para fora pela porta da frente sem cerimônia pelo cara popular, grande e com cabelo legal. Engoli em seco. Por que minha boca ficou seca de repente?

Steve pegou minha mão, apertando-a e, se era possível, parecendo ainda mais confuso.

— Kaia? — perguntou, parecendo estar procurando em sua memória.

— Sim. Kaia Gonzales. Você a viu?

— Kaia... Kaia... — Steve repetiu, colocando a mão no queixo em uma pose falsa de *O Pensador*. — Como é que ela é?

Impaciente, tentei não olhar em volta. Sem dúvida, Steve não fazia a mínima ideia de quem ela era. Provavelmente, ele tinha todo o time de vôlei feminino em sua lista de contatos do celular, mas duvidava que uma garota como Kaia estivesse nela. Por outro lado, havia duzentas pessoas ali, estava escuro e era a casa dele. Não tive muita chance de encontrá-la sozinho e talvez ele a tivesse visto.

— Bem, cabelo escuro e cacheado? Olhos castanhos? Essa altura? — disse, estendendo minha mão a uma altura um pouco abaixo das minhas sobrancelhas.

Steve fez um gesto negativo com a cabeça.

— Você tem que ser mais específico. Estou procurando uma Kardashian ou uma Swift? No que ela trabalha?

— Não me sinto confortável fazendo esse tipo de comparação.

Surpreso, Steve deu uma risada curta e, em seguida, passou o braço em torno do meu ombro. Vacilei. De perto, podia sentir o cheiro de cloro com cerveja. Senti minha camiseta ficando úmida. De repente, seu rosto ficou a centímetros do meu. Seus olhos brilhavam e tinham um ar de maníaco.

— Gostei de você. Você é engraçado. Vamos procurá-la — Steve disse, abrindo um sorriso.

Antes que eu pudesse responder, ele começou a andar, com o braço ainda ao redor do meu ombro. Fui forçado a avançar aos tropeções ao seu lado. Naturalmente, a multidão se abria na nossa frente, sem nenhum esforço por parte de Steve. Automaticamente, as pessoas saíam da sua frente.

Parecendo estar em uma missão, Steve cruzou o jardim da sua casa a passos largos.

— Tem muita gente aqui. Não sei se você sabe, Cam, mas sou um cara muito popular. Pessoas de todos os lugares apareceram. Algumas eu nem conheço. Como você! Mesmo assim, vamos perguntar por aí — ele disse.

Chegando à casa da piscina, ele abriu a porta de vidro deslizante e me empurrou para dentro.

Estava ainda mais escuro do que do lado de fora, a música estava ainda mais alta e a sala úmida por causa de todos os corpos molhados. Havia muitos corpos molhados. Puta merda, o que estava acontecendo ali? Percorri a sala com os olhos, mas só o que consegui ver foram braços e pernas. Entrelaçados. Meio pendendo dos sofás. Encostados nos cantos. Ainda bem que a música estava bastante alta, porque quem sabe o que eu ouviria se não estivesse. Não havia literalmente para onde olhar sem que não parecesse que eu estava violando o direito de privacidade de alguém.

Steve foi até o meio da sala, passando por cima de pernas e braços com facilidade, arrastando-me junto. Pedi desculpas baixinho para as mãos e os pés que pisei em cima, mas ninguém pareceu notar.

— Algumas dessas partes do corpo parecem familiares? — ele gritou em meu ouvido.

— Ah, bem...

Olhei para um pôster de um papagaio com uma taça de margarita na parede dos fundos, com muito medo do que veria se olhasse para baixo.

— Cam, Cam, Cam, você não está facilitando as coisas — Steve disse, levou a mão à boca e gritou: — Ei! Alguém de vocês está ficando com uma garota chamada Kaia?

Houve algumas risadas na sala.

— Essa é Kaia? — um cara perguntou, mostrando a ruiva com quem ele estava ficando.

— Cala a boca — ela disse. Em seguida, beijou-o e riu.

Mais risadas.

Steve olhou para mim e deu de ombros exageradamente.

— Acho que não é a Kaia — ele disse e, em seguida, agarrou meu braço e me puxou de volta para a porta de correr de vidro.

— Isso é um pesadelo consensual, Steve! — gritei por cima da música, chutando sem querer um copo de plástico vazio. — Todo mundo está bebendo!

Steve parou e, surpreso, arregalou os olhos.

— Ah, obrigado, Cam. Não percebi isso! — ele disse e se virou para a sala. — Ei, pessoal! Todos estão transando de maneira consensual aqui? Cam está muito preocupado!

"Uauuuuu!", a pilha de corpos respondeu, seguida por mais risadas. Alguns punhos socaram o ar.

Steve voltou a passar o braço em torno do meu ombro, sorrindo vivamente.

— Bem, me sinto melhor agora! A busca continua... — ele disse.

Steve me arrastou até o deque da piscina. A brisa fria da noite atingiu meu rosto; um choque depois do calor pegajoso dentro da casa da piscina. Minhas bochechas estavam pegando fogo. Sabia que deviam estar bastante vermelhas. Aquilo era chato. Eu não tinha motivo para ficar envergonhado. Tinha feito a coisa certa ao dizer algo. Mas minhas bochechas continuavam vermelhas. E Steve percebeu. Claro que percebeu. Seu sorriso ficou ainda mais largo. Tirando o braço do meu ombro, pegou um copo em cima do barril mais próximo e se serviu de cerveja com habilidade.

— Você não quer? Você parece estar um pouco quente — ele disse, divertindo-se.

— Não.

Indiferente, Steve deu de ombros e tomou sua cerveja. A pressão social alcoólica não parecia fazer parte do seu repertório. Ele limpou a espuma da boca e, em seguida, encostou-se no barril, pronto para iniciar uma conversa.

— Então, você e Kaia são chegados?

— Ah, bem, somos amigos.

— Mas você quer chegar mais, não é? Você quer esfregar esse seu corpinho esquelético nela, não quer?

— Não! — respondi, contestando tanto o esquelético quanto a esfregação. Não que eu não tivesse tido um pensamento ou dois... Mas não era... — Não é isso — murmurei.

— Fala sério, Cam! Você quer montar em Kaia como o Aquaman monta em um golfinho — Steve disse e começou a mover os quadris de modo sugestivo.

Desviei o olhar, mas ele simplesmente trouxe seu movimento de vaivém para mais perto de mim.

— Kaia... — Steve murmurou, fechando os olhos e abrindo a boca.

Recuei.

Ele chegou ainda mais perto de mim.

— Hummmm. Kaia...

Steve começou a gemer. As pessoas se viraram e riram.

— Não se trata apenas de sexo, o.k.! Kaia é incrível!

Steve abriu os olhos e parou com o movimento de vaivém.

— Vamos tentar lá dentro — ele sugeriu, de repente muito sério.

Acabamos no que parecia um refúgio. Ou um santuário masculino. Não tinha certeza, já que minha casa tinha uma sala de estar que era basicamente para as atividades de "convivência". E mesmo nela havia uma mesa de jantar. Provavelmente, caberiam duas da minha sala de estar no espaço em que estávamos naquele momento. Um enorme sofá de couro mole em forma de L preenchia a sala. Havia camisetas de diversos times atrás de vidros emoldurados nas paredes. Todas autografadas. Uma pipoqueira estava esquecida em um canto.

Um bando de rapazes estava espalhado no sofá, debruçados com controle de videogame nas mãos. Tentei adivinhar qual eles estavam jogando, mas não consegui identificar. Algo com lasers e alienígenas. De repente, minha visão escureceu.

— Cessar-fogo! Cessar-fogo! Esse é um espaço seguro para Cam! Ele tem medo de armas! — Steve gritou.

Ele havia tampado meus olhos com as mãos. Tentei me livrar, mas Steve me agarrou com mais força.

— Para! Me solta! — exclamei.

Finalmente, consegui puxar suas mãos para baixo e me deparei com todos na sala olhando para mim. O jogo fora interrompido e o silêncio ressaltou os olhares furiosos dos jogadores. Impressionante.

Steve me cutucou.

— Talvez esses caras saibam — ele sussurrou de uma maneira que todos ouvissem.

— Sim...

Prontamente, analisei minhas opções de como me safar daquilo com o mínimo de constrangimento. Infelizmente, ceder pareceu o jeito mais rápido.

— Algum de vocês viu Kaia Gonzales?

Olhares vazios. Alguns grunhidos indiferentes. Steve deu um tapinha no meu ombro.

— Lamento, cara. Sem sorte — ele disse e gesticulou grandiosamente. — Continuem o derramamento de sangue!

Alguém recomeçou o jogo e houve um estrondo de laser e explosões. Uma espécie de criatura com tentáculos se desintegrou em um milhão de pedaços pixelados e, então, minha visão voltou a escurecer depois que Steve tampou meus olhos e me arrastou para fora da sala.

Escapei do seu domínio quando entramos em um amplo corredor. Era grande e comprido o suficiente para ter aquelas estranhas mesas em forma de meia-lua encostadas nas paredes uma poucos metros da outra. Para me acalmar, Steve começou a afagar minhas costas.

— Psiu! Está tudo bem agora. Os caras maus do bangue-bangue já eram.

Eu me afastei um pouco.

— Cara, não me envergonho da minha resposta natural ao medo. É totalmente normal sentir medo.

Com desdém, Steve deu de ombros.

— Sentir medo é chato.

— Não finja que você não sente medo de nada.

Steve pensou por um momento.

— Você tem razão. Temo que você esteja ferrando a minha festa.

Ele abriu uma das muitas portas existentes no corredor e desapareceu.

Eu o segui.

— Eu... — disse e comecei imediatamente a tossir.

O espaço estava ocupado por uma fumaça tão densa que era impossível ver algo além de silhuetas. O fedor de maconha era insuportável. Eu podia distinguir vagamente uma mesa de bilhar com vários narguilés espalhados em cima.

— Eu te odeio — finalmente consegui dizer após mais algumas tossidas ofegantes.

Steve se voltou para mim. Ele estava bastante perto e pude perceber sua falsa expressão de dor.

— Meu, isso é cruel. Depois de todo o trabalho que tive para ajudá-lo a encontrar sua garota? — Steve disse, virando-se e entrando no interior da fumaça. — Atenção, maconheiros! Alguém viu Kaia? O Cam aqui não quer me dizer quem estamos procurando em termos de bunda e peito. Então, não posso descrevê-la para vocês.

Vendo minha chance de escapar, agachei-me sob a nuvem de fumaça da maconha e voltei para a porta. Encontraria Kaia sozinho.

— Além disso, alguém aqui conhece o Cam? Ninguém? Porque estou começando a achar que esse cara é um fantasma — Steve prosseguiu.

Afastando a fumaça com um movimento de mão, encontrei a porta e voltei tropeçando para o corredor.

E topei diretamente com alguém diferente.

Um adulto.

Droga.

Endireitei-me, sabendo que o cheiro da maconha ainda estava impregnado nas minhas roupas. Esperava que meus olhos não estivessem vermelhos.

O homem era alto e grande, com um peitoral marombado que esticava a camisa polo que usava. O cabelo grisalho cortado bem rente e uma postura supereereta que evidenciavam um ex-militar completavam o visual. Não restava dúvida de quem era aquele sujeito: o pai de Steve.

— Ah, desculpe, senhor...

— Você andou bebendo? — ele perguntou, interrompendo-me, com os olhos se estreitando.

— Não! — respondi.

Nunca fiquei tão contente por não beber. Tive a sensação de que aquele homem era um detector de mentiras humano.

— Onde estão suas chaves? — ele perguntou, continuando a me olhar com desconfiança.

— Na tigela ao lado da entrada. Onde um cartaz dizia para deixá-las — respondi, engolindo em seco.

O senhor Stevenson abriu um sorriso largo.

— Então por que você não está bebendo?

Ele deu um tapinha nas minhas costas e me entregou uma lata de cerveja que tirou aparentemente do nada. Fiquei olhando para a lata, surpreso demais no momento para reagir, mas sentindo o gelo da lata na palma da mão. O senhor Stevenson se dirigiu a passos largos até uma janela no final do corredor e olhou para fora, abrindo sua lata.

— Olhe para isso — ele disse.

Fiquei para trás, mas ele fez um gesto para que eu me aproximasse. Então, avancei. Olhando pela janela, pude ver a exibição do caos completo da festa. As pessoas se perseguiam pelo gramado em trajes de banho, se empurravam na piscina, se pegavam encostadas nas palmeiras e dançavam com copo erguido no ar ao som de uma música que eu mal conseguia ouvir. O senhor Stevenson suspirou e tomou um gole da sua cerveja.

— É isso que uma festa de colégio deve ser, não é? São memórias do cacete — ele disse, batendo sua lata de cerveja na que eu segurava na minha mão, em um brinde.

Então, ele voltou a olhar para a festa, com uma expressão de orgulho.

Era minha chance de me afastar. Precisava encontrar Kaia nos próximos minutos. Caso contrário, pegaria minhas chaves e cairia fora dali. Dei um passo cuidadoso para trás. O pai de Steve deu as costas para a janela e olhou para mim, sobretudo para a minha lata.

— Você não está bebendo — ele disse.

— Bem... Eu...

Uma porta se abriu e uma onda de fumaça saiu por ela, seguida por Steve. Ao ver a mim e ao seu pai no final do corredor, ele se aproximou.

— Oi, pai. Essa maconha é uma merda. Obrigado, mas agora tenho que roubar o Cam de você. Estamos em uma missão secreta.

Steve passou o braço pelo meu ombro.

Orgulhoso, o senhor Stevenson sorriu para o filho.

— Divirtam-se, rapazes. Não façam nada que eu não faria — disse e soltou pequenas risadas.

Steve me conduziu pelo ombro, arrancando a lata de cerveja da minha mão e a deixando sobre uma mesa.

— Não vamos querer manchar aquele templo — ele disse.

Por um instante, fiquei grato por ter sido resgatado do seu pai, mas, enquanto Steve me arrastava pelo corredor, minha irritação voltou. Consegui me livrar do seu braço em meu ombro.

— Quer saber? Eu estou numa boa, Steve. Você pode voltar para o seu karaokê, treino de tiro ao alvo, ou seja o que for.

Ofendido, Steve bufou.

— O quê? Nem pensar! Que tipo de anfitrião eu seria? Quer dizer, é óbvio que você não tem amigos. Tipo, ninguém te conhece. Eu chequei.

— Nem toda a classe está aqui.

— Hum, meio que está.

— Tenho amigos fora da escola — disse, pensando em Todd e Patrice.

— Ahhh. Eles são do Canadá?

— Kaia é minha amiga — disse, cruzando os braços.

— Certo. A incrível Kaia. Você me disse. Então, vamos encontrá-la! Não quero que você se sinta só, Cam — Steve afirmou, com o tom de voz falsamente carregado de preocupação.

Eu era um pacifista, mas Steve estava me fazendo reconsiderar seriamente meu amor à paz.

Pegamos outro corredor.

— Qual é o tamanho desta casa?

Eu já tinha desejado saber, mas então tive que perguntar. Naquela altura, havia perdido todo o senso de direção. Era um corredor de ladrilhos bege após o outro.

— Bem, são 530 metros quadrados mais a casa da piscina — Steve respondeu. — Meu pai é construtor. Fez muita coisa errada na vida. Esta casa é fruto basicamente de um trambique fiscal.

Ele me arrastou para um novo corredor enquanto eu imaginava como deveria ser viver em um palácio.

— Estão acabando os quartos... — Steve cantarolou. — Onde a incrível Kaia poderia estar?

Não me preocupei em responder.

Depois de pegarmos outro corredor, a música que soava distante de repente ficou mais alta. Uma ampla arcada revelou uma sala de jantar, com uma mesa tão grande que eram necessários dois lustres sobre ela para iluminá-la. Normalmente, devia causar uma impressão deslumbrante e formal, mas, naquela noite, estava sendo usada como pista de dança. As garotas estavam de pé em cima do tampo de madeira brilhante, balançando junto com a música. De vez em quando, o copo que elas seguravam nas mãos entornava um pouco de bebida sobre a mesa.

— Tem muitas garotas de tamanho médio e cabelos castanhos lá em cima, Cam — Steve observou. — Alguma delas é a sua?

— Kaia não é minha.

— Espero que não, porque você está fazendo um péssimo trabalho para mantê-la sob controle — Steve disse.

Então, ele foi até a mesa, ajudou algumas garotas a descer para abrir espaço e deu um tapinha em cada uma delas.

— Suba aí, cara. Pergunte à vontade — ele me disse.

— Não me diga o que fazer — afirmei, cruzando os braços.

Steve apenas fez um ar de espanto e esperou. Suspirei e subi na mesa.

— Oi. Você viu a Kaia?

Uma garota que estava dançando semicerrou os olhos para me ver melhor.

— Quem é você? — ela perguntou.

— Sou Cam, Sadie. Fazemos aulas de biologia juntos.

Ela torceu o nariz.

— Acho que não.

— Ele é o cara que odeia Cardi B!

Virei-me na direção da voz. Uma garota que tinha encontrado mais cedo na festa parou de dançar e veio em minha direção.

Horrorizado, Steve se virou para me encarar.

— O quê? Alguém que odeia a Cardi? Como você entrou?

— Ele disse que ela era um péssimo modelo para mim — a garota se queixou.

— Não! — Steve exclamou, sofrendo palpitações.

— Ela sente admiração por uma ex-stripper! Como é que isso pode ser bom? — disse, na defensiva, mas falando sério.

— Ah! Agora eu entendi! — Steve afirmou. — Você está aqui para resgatar Kaia da minha má influência!

— O quê? Não...

— Da cerveja. Da Cardi. Da diversão. Quer dizer, de tudo isso — Steve disse, indicando através de um gesto a libertinagem ao nosso redor. — Pobre Kaia. Ela deve estar muito assustada.

— Não é nada disso. Kaia sabe se defender sozinha.

Steve pôs as mãos em volta da boca.

— Alguém sabe onde essa Kaia está para que Cam possa salvá-la?

— Não estou aqui para resgatar ninguém! — disse.

Eu não estava. Obviamente, Kaia era a última pessoa do mundo que precisava ser resgatada. Não que Steve fosse capaz de entender que existiam garotas por aí que eram tão fortes e independentes quanto Kaia. A única pessoa que precisava ser resgatada naquele momento era eu. De Steve. Eu só precisava descer daquela mesa e ir para casa. Naquele momento, tinha quase certeza de que Kaia não estava ali. Certamente, não era seu ambiente. Poderíamos rir a respeito disso no próximo encontro de "Salvem o tubarão".

— Kaia está na cozinha! — uma garota gritou e entrou correndo na sala de jantar por outra arcada, mexendo os braços em uma excitação embriagada.

Atrás dela, consegui ver o brilho das luzes do teto e o canto de uma bancada de granito. Senti o coração disparar.

— Eu a encontrei! — ela continuou animadamente. — Ela está na...

Então, a garota vomitou no chão na frente da mesa. As pessoas pularam para fora do caminho, gritando.

— Meu Deus! Isso é muito emocionante! — Steve gritou. — Nossa longa jornada está finalmente chegando ao fim. Apenas mais um obstáculo a superar. O lago de vômito!

Ele disse a última parte em voz grave e, em seguida, me deu um empurrão na direção da cabeceira da mesa.

— Vá buscá-la, garotão — Steve ordenou.

Puta merda. Kaia estava na festa.

Eu não precisava que Steve me pressionasse. Saltei da mesa para o chão, desviei do vômito e atravessei a arcada.

Kaia. Levei um instante para processar que ela realmente estava ali. Mas ela estava. Kaia estava inclinada sobre uma lata de lixo, retirando os recicláveis e os enfiando em um saco. Meu coração estava aos pulos.

O.k., era aquilo. Eu estava ali. O motivo pelo qual vim até aquela festa estava acontecendo naquele exato momento. Tudo o que precisava fazer era me aproximar e dizer "oi". Ela iria sorrir para mim como sempre fazia. Eu tentaria não explodir de felicidade. Conversaríamos sobre a festa e o protesto daquele dia e então eu poderia mencionar como nos conhecemos no pântano. Kaia se lembraria daquilo e iria rir. E então eu simplesmente... a convidaria para sair. E ela diria sim. Certo? Claro que ela diria. E se ela não... Não. Definitivamente, não iria imaginar aquele buraco negro sem fim. Não daquela vez. Porque tudo iria dar certo. Iria. Não havia erros de ortografia. Nem manchas na minha camiseta. Nada que faria Kaia pensar mal de mim. Eu estava pronto. Era simples. Oi. Festa. Protesto. Pântano. Convite para sair. Oi. Festa. Protesto. Pântano. Convite para sair. Então, siga em frente.

Senti a barriga doer, as pernas tremerem, o peito apertar e, por algum motivo, não sabia mais como respirar. Merda. Estava acontecendo de novo.

Eu só precisava caminhar até Kaia.

Coloquei um pé à frente, em direção ao vazio.

Meu sapato rangeu no chão de ladrilhos brilhante. Kaia levantou os olhos.

— Cam? — ela exclamou, e deixou cair o saco de recicláveis com um barulho. — Você veio!

O sorriso dela foi tão largo e espontâneo que até doeu. E, meu Deus, a camiseta dela tinha uma árvore estampada. A minha também. Escolhi a camiseta certa. Então, por que meu corpo doía tanto? Eu finalmente tinha encontrado o momento. O momento perfeito. Nós dois estávamos usando camisetas com árvores. Naquela festa desastrosa. Juntos e sozinhos. E eu ainda estava sentindo falta de ar quando ela se aproximou.

Oi. Festa. Protesto. Pântano. Buraco negro. Não!

Oi. Festa. Protesto. Pântano. Convite para sair.

— Oi, Kaia — disse. Até falar era penoso. Mas busquei mais algumas palavras. — Esta festa está horrível, não está?

Senti uma lufada de ar quando algo passou por mim.

Kaia desviou seus olhos dos meus. Seu sorriso ficou mais largo... Mais vivo. E ela estendeu os braços para...

Steve.

E então ali estava ele, tirando Kaia do chão. Rodopiando com ela. Ouvi risadas. Sonoras e felizes. Eram dela? Tinham que ser. Não eram minhas. Então, Kaia envolveu as pernas em torno da cintura de Steve e os braços em volta do pescoço dele.

Não!

Não, não, não, não, não, não, não, não, não!

Kaia inclinou o rosto na direção de Steve, atenuando seu sorriso. Steve repetiu o gesto dela, olhando-a nos olhos. Ela abaixou a cabeça e o beijou.

Kaia estava beijando Steve Stevenson.

Ela estava beijando-o. E eu estava ali, na cozinha de Steve, com latas vazias rolando em volta dos meus pés, sem beijá-la. Porque ela estava beijando Steve. Por que ela estava beijando Steve?

— Aqui está você! — Steve disse para Kaia quando eles finalmente se separaram. — Procurei você em todos os lugares!

Aquele babaca.

Kaia riu.

— Ah, desculpe. Vi que as pessoas não estavam separando seu lixo e me distraí.

Steve fez um gesto negativo com a cabeça, sorrindo, e enrolou delicadamente uma mecha do cabelo de Kaia em volta do dedo.

— Você é *incrível.*

Aquele maldito babaca.

Kaia deu uma risadinha e, em seguida, inclinou-se para a frente e o beijou. Novamente. Steve a puxou com mais força para si e aprofundou o beijo. Meu Deus. Eles estavam usando as línguas. Kaia estava tocando sua língua na língua de Steve Stevenson. Achei que estava morrendo antes, mas aquilo era pior. Era muito pior. Porque, naquele momento, havia um buraco gigante dentro de mim. E estava cheio de línguas.

Durante o beijo, Steve fez com que Kaia ficasse de costas para mim. Ele afastou um braço e ergueu a mão. Então, lentamente, muito lentamente, mostrou o dedo do meio para mim.

Emiti um som, um som triste e patético. Em seguida, fui embora.

INSTIGADO PELA RAIVA, PISOTEEI O GRAMADO DA FRENTE DA CASA DE STEVE. Ele tinha brincado comigo desde o momento em que perguntei sobre Kaia. Steve deve ter rido de mim o tempo todo. Cada lugar em que eu tinha entrado, cada vez que ele havia me persuadido a perguntar onde Kaia estava, ele tinha rido. E fez com que toda a classe risse com ele. Porque todos deviam saber que ele e Kaia estavam namorando. Claro que sabiam. Ele era Steve Stevenson. O cara mais popular da escola. Meu Deus, eu era um puta idiota.

Contudo, pior do que a raiva era o outro sentimento. Aquele que ameaçava me dominar toda vez que a raiva incandescente começava a enfraquecer. Porque assim que eu parava de pensar em Steve, começava a pensar em Kaia. Pela minha mente, passava em repetição cada momento em que quase a convidei para sair. Perto do armário da escola. Em uma reunião. Na cafeteria. No protesto. Naquela quarta-feira. Nunca fora o momento certo. Eu queria que fosse perfeito. Esperei que fosse perfeito, mas naquele momento... Ela estava com Steve. Quando? Como? Por quê? As perguntas passavam pela minha cabeça.

Eu me espremi entre os carros estacionados praticamente um em cima do outro, alguns até parados sobre a grama, em busca do meu carro, um híbrido azul desbotado.

Línguas.

A imagem de Kaia e Steve se beijando lampejou na minha mente e eu queria morrer. Onde estava o meu carro? Eu precisava voltar para casa. Estava perdendo o controle.

Línguas.

Não. Eu não estava pensando naquilo. Precisava pensar em outra coisa. Uma mancha de petróleo. Um incêndio florestal. Geleiras derretendo. Steve explodindo como um daqueles alienígenas no videogame. Tudo menos o rosto de Kaia pressionado contra o dele. Finalmente, achei o meu carro. Milagrosamente, não estava preso por outros veículos.

— Vamo, carai!

Ouvi uma voz distante falando enrolado. Do outro lado da rua, um cara com uma toalha enrolada na cintura e descalço estava abrindo a porta do seu carro.

— Vamo! Tenho que *d'rigi*...

Que merda. Ele iria tentar dirigir. Atravessei a rua correndo.

— Ei! — gritei, acenando com as mãos, tentando chamar a atenção dele. — Ei! — repeti. O cara se virou. Parei, ofegante. — Você está muito bêbado para guiar. Venha. Te dou uma carona.

Cinco minutos depois, "Vamo carai" estava com o rosto achatado contra a janela do passageiro, cantando uma música que não reconheci. As ruas estavam quase vazias. Exceto alguns bolsões perto da Main Street, a cidade estava bem quieta depois das 9 da noite.

Línguas.

— Porra! — exclamei e golpeei o volante com as mãos.

Assustado, "Vamo carai" se inclinou para a frente.

— Cara! Isso não foi legal. Minha cabeça não está muito bem — ele disse e arrotou. — Ou meu estômago.

— Desculpe — afirmei.

Esperei para ver se ele iria vomitar. Mas, assim que ele caiu de volta contra a janela, pareceu que estávamos a salvo.

— Há quanto tempo Steve está com Kaia Gonzales? — perguntei.

— Não sei. Duas semanas?

Bem, não eram meses. Era um relacionamento novo. Aquilo era bom, certo? Ela não podia estar apaixonada por ele. Não depois de duas semanas. Claro, eu não tinha certeza de como alguém poderia se apaixonar por Steve, principalmente Kaia. Ele usava uma sunga com a estampa da bandeira americana, pelo amor de Deus. Mas aquilo significava que eu tinha perdido minha chance? Se eu tivesse convidado Kaia para sair antes, não teria sido eu quem a estaria beijando na cozinha em vez de Steve? Teria sido minha língua?

— Ela tem sorte. Steve é o melhor — o cara disse, fazendo um sinal de positivo fraquinho com o polegar.

Girei a cabeça tão rápido que quase a torci.

— O melhor? Você está falando sério?

Tudo o que conseguia ver era o sorriso estúpido de Steve quando ele me perguntou se Kaia era uma Kardashian ou uma Swift.

— Sim — "Vamo carai" respondeu. Então, ele sorriu e fez dois sinais de positivo. — Com certeza, o melhor.

Foi demais.

— NÃO! — gritei e golpeei o volante novamente. O cara deu um pulo. — Ele não é o MELHOR! — disse. — Você sabe quem é o melhor? Eu! — continuei, e apontei um dedo para o meu peito. — Sou eu quem está levando você para casa. Sou eu quem está impedindo você de morrer. Steve faria isso? De jeito nenhum! Provavelmente, ele está bebendo sentado em uma boia na piscina neste momento! Eu estou salvando sua vida!

Fez-se um instante de silêncio. O único som audível no carro era a minha respiração ofegante.

— Quem é você? — o cara perguntou, contraído de medo.

ENFURECIDO, JOGUEI TODAS AS MINHAS CAMISETAS ESTÚPIDAS PARA FORA da cama.

— Merda!

Estava no meio de um arco-íris de tecido e uma constatação terrível se apossou de mim. Provavelmente, Steve tinha contado tudo para Kaia. Por que ele não iria contar? Era muito fácil imaginá-lo se inclinando com seu sorriso estúpido, dizendo para Kaia como eu estava obcecado por ela. Que eu era algum tipo de assediador, vagando pela festa à procura dela. Eu fui muito idiota. Muito, muito idiota! Eu mereci. Tinha esperado muito tempo. Por que eu tinha esperado tanto tempo? Caí na cama e soltei um grito abafado pelo travesseiro.

De alguma forma, tinha que me vingar de Steve.

Joguei meu travesseiro no chão e pensei na pior coisa que poderia fazer contra Steve. Promover um boicote nacional aos copos descartáveis vermelhos? Bloquear todos os sites pornôs?

"Acabar com sua festa."

A ideia era tão boa que disse em voz alta. Sentei-me, inspirado.

"Preciso ligar para a polícia. Há menores de idade bebendo, e muita maconha... A polícia interromperia a festa em um segundo! Mesmo com seu pai ali."

Peguei meu celular e procurei o número de telefone da Polícia.

"Não tem medo de nada, né? Aposto que você tem medo que os policiais apareçam à sua porta, Steve."

No entanto, quando eu estava prestes a ligar, a foto de Michelle Obama no porta-retratos, autografada para mim, chamou minha atenção. No alto, ela tinha escrito "*Enquanto eles baixam o nível, nós o elevamos, Cam*". Seu semblante caloroso e sorridente olhava para mim, perguntando se aquele era quem eu realmente era. Eu ia ser como Steve? Mesquinho? Cruel? Egoísta?

Era por causa daquele idiota que eu baixaria o nível?

— Puta merda, Michelle!

Desliguei o celular e caí de volta na cama. Só poderia imaginar a risada vertiginosa de Steve se ele visse a foto de Michelle Obama na minha cômoda. Mas ele que se foda.

Não foi a primeira vez que Michelle me impedira de fazer algo estúpido. Aquela foto havia zelado por mim desde o dia em que minha mãe e eu tínhamos esperado quatro horas para consegui-la. Naquele dia, eu era um dos únicos adolescentes em toda a fila, o que era bastante comum para nós. Também fui um dos únicos adolescentes presentes na Marcha das Mulheres da cidade e no evento de arrecadação de fundos para o escritório local da Federação de Paternidade Planejada da América. Minha mãe e eu sempre brincávamos a respeito do assunto. Na realidade, sentia bastante orgulho daquilo, mesmo quando minha mãe sempre encontrava um momento para proclamar para a multidão: "Tenho o melhor garoto de todo o mundo!". Não deveria ter ficado surpreso que, quando finalmente alcançamos Michelle Obama, ela tivesse ouvido claramente a bravata nada sutil da minha mãe. "Então, esse é o melhor garoto de todo o mundo?", ela perguntou, com um sorriso malicioso. Fiquei vermelho e fiz uma piada ridícula. E ela riu. Porra, Michelle Obama riu da minha piada! Em seguida, ela autografou minha foto e disse que ficou feliz em me ver. Quando Michelle Obama olha para você com aqueles olhos profundos e atentos e diz que se sente feliz em vê-lo, aquilo fica dentro de você.

— O.k., eu posso elevar o nível. Chegar mais alto — disse, tranquilizando Michelle.

Embora naquele momento em me sentisse ainda pior porque vi quão fraco eu era. Quão rapidamente eu estava disposto a ignorar meus próprios valores por causa de um playboy imbecil com um sorriso de merda.

— Sou muito idiota! Sou o pior! — gritei.

Pouco depois, ouvi alguém batendo à minha porta.

Eu não devia ter gritado.

— Cam? — minha mãe perguntou, a preocupação evidente mesmo através da porta fechada.

— Desculpe, mãe.

— Você está bem?

— Sim.

Contudo, ela abriu a porta e deu uma espiada.

— Tem certeza?

— Tenho.

Confusa, inclinou a cabeça e apontou para o travesseiro amassado no chão.

— Ah, o.k. Porque seu travesseiro ligou e quis dar uma queixa de agressão.

— Muito engraçado.

Ela sorriu e se aproximou da minha cama.

— O que aconteceu? — ela perguntou, olhando para mim como se eu fosse um passarinho ferido.

A última coisa que eu queria fazer era contar para minha mãe que tinha ido a uma festa regada a álcool. Ela não tinha nenhuma simpatia por aquilo. Iria me dizer que foi bem feito para mim ter perdido meu tempo em algo tão inútil. Em vez disso, disfarcei com uma verdade diferente. Uma que ela poderia apoiar.

— O protesto não correu tão bem quanto eu esperava. As pessoas têm muita dificuldade em entender que um parque aquático não é um aquário. É um parque temático, que não se preocupa com a conservação. Claro, podem dizer que o tubarão está vivendo em um cercado de mar aberto. Mas, na realidade, é uma gaiola. Os tubarões precisam nadar mais de 70 quilômetros por dia.

— Ei, Super-Homem, você não pode mudar o mundo em um dia, o.k.?

— Eu sei. Mas acho que aumentamos a conscientização. Os organizadores estão planejando conceber uma petição para a proibição de tanques de tubarões. Em termos realistas, o Conselho Municipal é a nossa melhor opção, mesmo que possa demorar um pouco. Eu me inscrevi para alguns turnos de coleta de assinaturas.

Minha mãe se sentou ao lado da minha cama.

— Ei, você ouviu a notícia?

— Qual?

Eu sabia a resposta, mas não queria privá-la de dizer.

— Tenho o melhor garoto de todo o mundo — ela disse e despenteou meu cabelo.

— Obrigado — murmurei.

— E não tenho que dividir o crédito com nenhum outro babaca, porque fiz tudo sozinha. Mereço todo o crédito, não é?

— Até certo ponto.

Ela ficou emburrada.

— Ei, o bundão do seu pai não merece nenhum crédito por aqueles sete anos de merda em que ele mal esteve aqui!

— Eu estava me referindo à Michelle — disse, sorrindo e apontando para a foto.

Minha mãe riu. Então, ela respirou fundo, um pouco envergonhada com sua reação explosiva, e se inclinou em minha direção.

— O.k. Eu e Michelle Obama. Posso conviver com isso.

Meu Deus, espero que Michelle nunca conte para ela o que acontece aqui.

7

NA PRIMEIRA SEMANA APÓS A FESTA, PASSEI A MAIOR PARTE DO tempo alerta em relação a Steve. Tinha certeza de que ele irromperia em todas as esquinas como um palhaço de parque de diversões e gritaria "Onde está Kaia?". Então, ele iria gargalhar, fingir me dar um soco, explodir em histeria depois que eu me esquivasse, dar uma batida de peito em um dos seus amigos, abrir um energético, esmagar a lata e sair andando com as animadoras de torcida dançando atrás dele e entoando "Steve! Steve! Steve!".

Quanto a Kaia, sempre que eu a via, entrava em pânico e me escondia atrás de uma estante de troféus ou de um problema de álgebra do 1º ano. Não suportaria ver sua expressão facial confirmando que Steve havia contado tudo a ela. Meu plano era permanecer invisível até o próximo verão. Steve já teria terminado o namoro com ela, já que seus relacionamentos nunca duravam mais de um ou dois meses. Então, Kaia e eu poderíamos nos unir mais comentando a imbecilidade de Steve. Em seguida, talvez eu pudesse começar a desfazer a maldita caricatura que ele desenhara de mim na mente dela. Teria que fazer algo incrível, como salvar uma dúzia de tubarões. Mas valeria a pena.

O último sinal tinha tocado e a escola já estava quase vazia. Andava com o capuz do meu agasalho de moletom levantado, usando fones de ouvido e tentando ser o mais invisível possível. Deliberava a respeito de qual nova causa eu poderia aderir. Continuar participando do movimento para salvar o tubarão significaria dar de cara com Kaia. Então, estava fora de cogitação. Tinha certeza de que entraria numa fria se chegasse a 1,5 metro dela. Esperava encontrar alguma coisa no quadro de avisos da escola que fosse um bom substituto.

De repente, esbarrei na última pessoa que eu queria encontrar. Saltei para trás.

— Kaia! Desculpe, não te vi — murmurei, pronto para correr para o banheiro e me esconder nele até o dia seguinte, se necessário.

Então, ela falou de modo hesitante:

— Está... tudo bem.

Havia algo errado. Levantei os olhos, assustado. Eu realmente tinha machucado Kaia? O impacto não foi tão forte. Meus cotovelos eram ossudos, mas será que causaram algum dano? Então, ouvi uma fungada e vi Kaia enxugando os olhos.

— Você está chorando! Meu Deus. Sinto muito! Eu realmente machuquei você? — disse, com as palavras tropeçando umas nas outras, em uma tentativa patética de acalmá-la.

— Não tem nada a ver com você. É... É...

Ela não precisava terminar a frase. Só poderia ser uma coisa. Uma pessoa.

— Steve — eu disse.

Ela concordou e começou a chorar copiosamente.

O babaca tinha feito Kaia de idiota ainda mais rápido do que eu imaginava. E, embora existissem tantas coisas que ele poderia ter feito para machucá-la, realmente não importava. Eu não precisava saber dos detalhes. Mas talvez ela quisesse falar a respeito...

— O que ele fez? — perguntei delicadamente.

Kaia balançou a cabeça, incapaz de falar. Eu me perguntava como Steve era capaz de descartá-la tão facilmente, como todas as outras meninas que ele tinha namorado. Quer dizer, aquela garota era Kaia. Sentindo-me principalmente impotente, estendi a mão de modo hesitante e a coloquei sobre seu ombro. Percebi que ele estava tremendo. Aquilo pareceu liberar ainda mais dor e, de repente, ela se virou e me abraçou.

Me abraçou!

O cabelo dela caindo como cascata era como uma cortina macia no meu rosto. Respirei fundo e o cheiro misterioso do cabelo explodiu em meu cérebro, confundindo meus pensamentos. Felizmente, meu ombro conseguiu absorver suas lágrimas enquanto eu procurava me recompor. Concentrando-me o máximo possível, reuni a agilidade básica para dar um tapinha nas costas dela.

— Sinto muito. O que quer que tenha acontecido, você não merece. Você é incrível. Muito, muito, muito incrível... — disse.

Respirei fundo novamente. Queria dizer a coisa certa. A coisa perfeita. Eu estava transbordando de emoção. Procurei as palavras, até que finalmente...

— É coco? — perguntei.

Droga. Aquele maldito xampu cheirava muito bem!

— O quê? — ela perguntou.

Rezei para que Kaia quisesse dizer: *O que você disse?*, e não *O que você está fazendo falando sobre o cheiro delicioso do meu cabelo?*

— Steve! — falei atabalhoadamente. — Esse Steve! Que idiota...

— Steve está com câncer.

Certo de que o xampu inebriante de Kaia tinha afetado de alguma forma minha audição, procurei possíveis palavras, mas, como nada fez sentido naquela situação, corajosamente pedi a ela que repetisse.

— Como? — perguntei.

— Steve não estava se sentindo bem e, então, foi ao médico, que o examinou e sentiu algo diferente. Um caroço. Então, mandou Steve fazer vários exames. E... É câncer!

— Steve está com... câncer? Tipo, câncer "câncer"? — perguntei, procurando por algo que impedisse que aquelas palavras fossem reais. — Mas ele acabou de dar aquela festa enorme...

Kaia se afastou de mim e pegou um lenço de papel em sua mochila.

— Eu sei! Seus pais deixaram que ele desse a festa para animá-lo. Ele... Ele... Não me disse... Até ontem...!

Enquanto ela assoava o nariz, tentei entender o que tinha acabado de acontecer. Steve Stevenson era indestrutível. Ele era o The Rock. Literalmente, todos os anos no Halloween. E ele parecia mais saudável do que qualquer outra pessoa em sua festa. Como ele podia estar com câncer? Evidentemente, sabia que qualquer pessoa podia ter câncer, mas Steve sempre teve um campo de força ao seu redor que dava a impressão de que o mundo inteiro saía do seu caminho. E naquele momento... Câncer... Como?

— Isso é... terrível.

— Steve continua dizendo que não é nada demais, que linfoma de Hodgkin é um câncer bom. Mas não sei como ele pode não estar assustado. A mãe dele está sem chão. O pai teve que se afastar do negócio para cuidar dele porque a mãe é a única que tem plano de saúde empresarial. O que é uma merda. Quer dizer, aquela casa. As despesas são muito altas. E acho que o plano de saúde dela não é muito bom porque eles já devem quase 20 mil dólares em contas médicas... — Kaia disse e se conteve. — Desculpe, Cam, não é um problema seu... — ela prosseguiu, enxugou as lágrimas e procurou se recompor. Por um momento, Kaia pareceu bem, mas então a notícia se apossou dela novamente. — É tudo tão confuso! — disse, e outra onda de tristeza tomou conta dela.

Kaia se inclinou na minha direção e passei meu braço em volta dela com cautela. Ela tinha razão. Aquilo era bastante confuso. Pensei no pobre Steve. Na sua família. Em Kaia. Em como a vida era tão frágil. Em como estávamos todos a apenas um momento da morte. E Kaia bufou e deixou todo o seu peso se apoiar sobre mim. E o cheiro das ilhas do Havaí me invadiu. Queria que aquele momento nunca acabasse.

O que eu poderia fazer para que nunca acabasse?

— Devíamos fazer uma arrecadação de fundos para Steve! — disse impulsivamente. Espere. O que minha boca acabou de dizer? Mas então Kaia recuou, piscando para afastar as lágrimas. Eu simplesmente continuei. — Conseguir 20 mil dólares para eles, sabe?

— Nossa! É uma ótima ideia! — Kaia exclamou.

A luz de esperança nos olhos dela era como combustível de foguete.

— Quer dizer, você e eu podemos arrecadar qualquer coisa! Não podemos?

Então, Kaia pareceu um pouco confusa.

Droga! Aquilo não era muito familiar? Não devia ter presumido que Kaia soubesse tudo o que eu já havia feito. Eu era apenas um cara que ela via por aí.

— Quer dizer, salvar o tubarão é apenas a minha última causa. Já fiz coleta de livros para o abrigo local dos moradores de rua e fiz campanha para a implantação de uma ciclovia na Main Street. E nós trabalhamos juntos na campanha por uma escola livre de canudos e pela preservação do pântano, não é mesmo?

— Ah, nossa... Eu não... Quer dizer, eu me lembrava da campanha pela preservação do pântano.

— E também participamos da campanha pela restauração das dunas, não foi? — disse.

O.k., aquilo pareceu desesperado.

— Não fazia ideia de que tínhamos trabalhado tanto juntos — ela disse.

Ela não pareceu assustada, e sim surpresa. Então, o ar mais uma vez encheu os meus pulmões.

— E no ano passado você organizou a corrida em favor do desarmamento e a promoção de bolos do Dia dos Namorados, certo? — acrescentei, para que ela soubesse que nem tudo era sobre mim.

— Sim — Kaia confirmou. — Mas foram coisas pequenas.

— Bem, acho que formaríamos uma equipe incrível.

"Equipe" era um exagero? Mas então Kaia sorriu. Um sorriso largo e feliz, dirigido diretamente para mim. De repente, porém, esse sorriso evaporou.

— Olha, você não tem que fazer isso. Quer dizer, você não é amigo de Steve.

Era verdade que não havia universo, nem mesmo em um cenário de multiverso, ou seja, um conjunto hipotético de universos possíveis, onde eu fosse amigo de Steve Stevenson. Mas não vi isso como um problema.

— Só porque Steve e eu não somos grandes amigos não significa que não quero ajudá-lo. Também não sou amigo do tubarão, e mesmo assim estou tentando salvá-lo.

Kaia riu. Ah, meu Deus. Precisava ouvir aquilo novamente. Devo tentar uma piada? Iria tentar uma piada.

— E o tubarão nem está com câncer!

Ela riu de novo e, caramba, eu poderia ouvir aquilo para sempre.

Kaia deu um suspiro de alívio.

— Juro, já estou me sentindo melhor só de pensar em fazer alguma coisa.

— Vamos nessa?

— Você quer mesmo fazer isso?

Quero mais do que qualquer coisa neste mundo, tive vontade de dizer.

— Sim. Claro — foi o que eu respondi.

— Tudo bem, então — Kaia disse e pegou seu celular dourado. — Coloque seu número — prosseguiu e o estendeu para mim, com sua capa roxa biodegradável brilhando sob a luz. Era um celular-padrão, mas senti-lo na minha mão e visualizar sua tela desbloqueada pareceu subitamente muito íntimo. Toda a vida dela estava ali, e Kaia estava me deixando olhar para ela. Na verdade, para a página em branco do aplicativo de contatos, mas mesmo assim me perturbou. Demorei muito para decidir se adicionava o e-mail, as redes sociais, o telefone fixo, o endereço, o dia de nascimento... Finalmente, decidi inserir só o número do meu celular e devolvi o aparelho para ela antes que as coisas ficassem estranhas demais.

Kaia o examinou, tocou em algo rapidamente na tela e, em seguida, olhou para mim.

Meu celular vibrou e eu o peguei. Percebi que ela tinha me enviado uma mensagem de texto.

Na minha tela, eu li:

"Você é demais."

Deixei o celular cair e a tela se quebrou em seis rachaduras.

— Meu Deus, seu telefone! — Kaia exclamou.

Peguei-o rapidamente e lhe assegurei que não havia problema. O celular ainda funcionava e o texto dela ainda estava ali.

E eu ficaria feliz em olhar para aquelas rachaduras até o fim dos tempos.

Abri espaço para um mural de "Salvem Steve". Circulava pelo meu quarto como uma libélula enlouquecida, planejando a maior arrecadação de fundos que a cidade já tinha visto. Peguei um pacote de blocos de papel e um canetão e olhei para o espaço vazio diante de mim.

Lavagem de carros? Venda de bolos? Não. Tinha que ser maior. Uma corrida de rua? Uma maratona de dança? Pequeno demais! Tinha que ser especial. Inesquecível! Impressionante! Épico! Caso contrário, Kaia acharia que eu era apenas algum bom samaritano medíocre.

Kaia.

Nosso momento ao lado do quadro de avisos ainda estava presente na minha mente. Principalmente, o cheiro pungente de paraíso tropical, mas também... tudo. Ela tinha me deixado confortá-la. Ela sentiu que podia confiar em mim. Ela sabia quem eu era!

Você é demais!

Não conseguia mais ficar parado. Saltei para cima da minha cama e fiquei pulando vertiginosamente.

— Você é demais! Você é demais!

Bati a cabeça no teto, esquecendo que não tinha mais 7 anos, mas pouco importava. Continuei pulando (com um pouco mais de cuidado).

— Você é demais! — continuei repetindo.

Em seguida, caí na minha cama, peguei meu celular com a tela rachada e olhei para o texto para ter certeza de que não tinha apagado acidentalmente.

Kaia: ***Você é demais.***

Ali estava. Eu tinha adicionado o nome de Kaia ao seu número, deixando sua mensagem ainda mais eletrizante. Ela estava no meu celular! Sentei-me e deixei aquele pensamento perdurar. Nós íamos salvar Steve. Juntos. Então, senti uma presença e soube exatamente quem era.

Michelle.

Olhei para ela com orgulho.

— Estou me elevando a um nível muito alto, Michelle. Você viu quem estou salvando? Não estamos falando de uma criança órfã da Síria. E sim do maldito Steve Stevenson. Quer dizer, olhe para esse cara!

Abri o Instagram e naveguei pelo *feed* dele. Cada foto que aparecia era mais detestável que a anterior. Steve em uma foto zombando da feira de ciências. Steve em outra zoando um comício de um sindicalista e ativista dos direitos civis. E Steve zoando em outra foto da produção do ano passado da peça *As bruxas de Salem.*

— Não tenho certeza se é um gesto tão abnegado quanto ficar ao lado de Melania Trump durante a posse do marido dela, mas nós somos próximos. Nós somos muito próximos.

— Veja, eu sei que ele é assustador e tem uma reputação terrível, mas se você der uma oportunidade para ele... — eu disse para uma mulher que passou por mim empurrando seu carrinho de compras e que não me deu a menor bola.

Eu estava na Victoria Avenue, com meus companheiros ativistas Todd e Patrice. Munidos de pranchetas, tínhamos um discurso pronto de cinco minutos sobre os impactos negativos de manter um tubarão em cativeiro. Isso se alguém parasse tempo o suficiente para ouvir. A maioria das pessoas passava correndo, recusando-se a fazer contato visual, mas conseguimos coletar algumas assinaturas.

— Boa tentativa, garoto — Todd disse, dando um tapinha no meu ombro. — Agora, quanto a salvar esse Steve...

Eu havia explicado a Todd e Patrice meu plano para ajudar Steve. Eles trabalhavam juntos em diversas causas: conseguiram a aprovação de uma lei que obrigava os produtores de amêndoas a usar menos água e salvaram o leito de um rio da construção de um shopping center. Achei que eles poderiam me dar algumas dicas.

— Causa nobre, cara. Mas esse Steve parece um puta babaca — Todd continuou.

— Mas é uma coisa boa, não é? Ajudar alguém que não merece? — perguntei.

Eu deixaria de lado qualquer coisa só para passar mais tempo com Kaia, porque não achava que era relevante. No entanto, Patrice suspeitou de algo.

— É uma má ideia — ela disse.

— Como?

— Você nunca viu *A culpa é das estrelas*?

— É aquele documentário sobre a corrupção no Pentágono? — Todd perguntou.

— Não. Em que porra de caverna você mora? É um filme que conta a trágica história de amor entre dois adolescentes com câncer.

— Ah, Kaia não está com câncer — afirmei.

— Não é essa a questão — Patrice disse e acenou para um transeunte. — Com licença, você sabia que um tubarão está sendo mantido em condições repugnantes para divertir as pessoas?

A mãe com seus dois filhinhos nos deu um olhar horrorizado e, em seguida, apressou-se em busca da segurança do supermercado.

— Ei! Eu sei que seus filhos adoram aquela música Baby Shark. Que tal um pouco de amor por um tubarão de verdade? — Patrice disse, enquanto as portas duplas se fechavam. Então, ela se voltou para nós. — O.k., que tal o filme *Love Story*?

— Não vi — Todd respondeu.

— *Laços de ternura*?

— Não.

— Também não.

— *Um amor para recordar*?

Inexpressivamente, Todd e eu olhamos para ela.

Patrice suspirou.

— Tanto faz. Há uma infinidade de filmes desse tipo. O que quero dizer é que uma história de amor que envolve câncer é uma força inabalável. Não se meta em algo assim.

— Não estou me metendo — protestei.

Patrice apontou seu olhar para mim.

— Então foi só sua paixão pela proteção de criaturas marinhas que te deixou todo deslumbrado em nosso último protesto, e não a fofinha da Kaia?

— Bem...

— Vou trazer para você meu exemplar de *Antes de morrer*.

— Pare. Você não está entendendo. Steve não está morrendo. Ele tem um câncer bom.

Fazendo ar de espanto, ambos ergueram as sobrancelhas.

— Câncer bom? — Todd perguntou.

— Tenho certeza de que isso não existe — Patrice acrescentou, cruzando os braços.

— Não, eu sei, mas não é um câncer grave, mortal. Tem uma taxa de cura de 94% — afirmei e olhei alternadamente entre eles, procurando segurança.

Patrice pôs a mão no meu ombro.

— Escute, mantenho o que disse. Não se meta em uma história de amor que envolve câncer.

PERTURBADO, VOLTEI PARA CASA QUANDO O SOL ESTAVA SE PONDO, TRANSformando em cor de laranja intenso o cinza-claro do revestimento da nossa casa. Ao entrar, pude ouvir o som da tevê e sentir o cheiro de enchiladas.

— Você ficou ao lado desse agarrador de vaginas todos esses anos e agora está me dizendo o que fazer com o meu corpo? Vá se foder, você e seu papo-furado patriarcal! — minha mãe disse.

Ela estava assistindo ao telejornal enquanto cozinhava. Era uma das suas atividades favoritas. Ela dizia que deixava a comida mais apimentada. Tentei me esgueirar escada acima, mas a porta de tela bateu atrás de mim.

— É você, Cam, querido?

— Sim. Eu só...

Minha mãe saiu da cozinha, enxugando as mãos na calça jeans.

— Dá pra acreditar nesses merdas manipuladores e coniventes? — ela perguntou, e me deu um abraço apertado. Em seguida, me soltou. — Eles vão fazer qualquer coisa para conseguir o que querem. Ah, claro, fingem que é por um motivo bom e nobre, mas, no fundo, é diabólico.

Espera aí, isso era sobre eu ajudar Steve? Ela sentiu que eu tinha mais de um motivo? Era uma mensagem não tão codificada?

— Nunca seja como um desses cretinos.

Mas, assim que comecei a tentar explicar, a cara feia dela se transformou em um sorriso radiante.

— O jantar vai estar pronto em meia hora, o.k.? — ela disse.

Sem esperar por uma resposta, minha mãe voltou para a cozinha, já gritando com a tevê novamente.

Tudo bem, afinal, talvez aquilo não fosse sobre Steve e Kaia. De qualquer modo, fiquei sozinho na entrada de casa com um pensamento horrível: eu era um babaca manipulador e conivente?

No andar de cima, no meu quarto, deitei-me na cama e olhei para o teto. Podia sentir seus olhos em mim. Michelle. Virei-me. Ela olhava para mim do porta-retratos.

— Você acha que devo desistir, não acha?

Michelle continuou a me olhar, sabendo que não precisava dizer nada. Já sabia a resposta.

— Mas essa é a minha chance! — implorei. — Na verdade, provavelmente todos aqueles momentos que deixei escapar antes vieram a calhar. Kaia poderia ter dito não. Mas, se eu fizer isso, ela vai saber com certeza que sou um cara legal. E não estou tentando separá-los. Steve fará isso por conta própria. Aliás, Patrice está errada. Essa não é uma história de amor trágica que envolve câncer.

Mas Michelle não estava caindo no meu papo. Podia sentir seu ceticismo irradiando pelo vidro do porta-retratos.

— É uma coisa boa, juro. Você, melhor do que ninguém, sabe o desastre que é o sistema de saúde deste país, Michelle. Os pais de Steve precisam do dinheiro. Se eu desistir agora, na verdade vou estar tirando algo dele.

Fiquei bastante orgulhoso do meu argumento. Mas Michelle ainda não estava acreditando.

— Certo. Você tem razão. Kaia pode fazer isso perfeitamente sem mim. Mas então ela provavelmente vai me odiar depois de eu dizer que ajudaria e desistir logo em seguida.

Se Michelle pudesse fazer um ar de espanto, ela faria.

— Sim! Tudo bem! Ela não vai me odiar. Kaia me entenderia perfeitamente. Provavelmente, até iria ver como eu estava para ter certeza de que estava tudo bem. Esse é o problema. Ela é incrível! E eu... Gosto dela. Eu gosto mesmo dela.

Cobri o rosto com o braço para que Michelle não visse as lágrimas em meus olhos. Ela esperou pacientemente. Respirei fundo e soltei o ar.

— Estou fazendo algo bom pelos motivos errados, e isso não é legal — disse.

Sentei-me e peguei o celular. Michelle observou. Aborrecido, olhei em volta.

— Sim, tudo bem, Michelle. Estou voando em círculos em torno de Kaia como um abutre excitado. Você não precisa esfregar isso na minha cara.

Naveguei até a última mensagem de Kaia.

— Tudo bem, Michelle. Vou me elevar a um nível ainda mais alto.

Mandei uma mensagem:

Oi.

Comecei a digitar:

A respeito de mais cedo. Vou estar muito ocupado com o tubarão...

Mas, antes que eu pudesse ir mais longe, Kaia respondeu.

Kaia: ***Já ia mandar uma mensagem para você! Fiquei pensando no que você me disse o dia todo! Mal posso esperar para começar! Nós vamos arrecadar grana pra valer!***

Em seguida, ela enviou um GIF "fazendo chover". Porém, eu não estava focado nas notas de dólar caindo suavemente na tela do meu celular. Fiquei focado em uma única palavra.

Nós.

Puta merda. Por que aquelas três letrinhas estavam provocando coisas tão loucas nas minhas entranhas? Olhei para Michelle, perdido.

— Eu... Eu não sei...

Meu celular vibrou.

— Vai ser o máximo, Michelle! — gritei por cima da música. Tinha aumentado o volume da minha *playlist* favorita de "vamos ao trabalho". Cadernos e blocos de desenho estavam espalhados ao meu redor no chão. Tinha várias canetas hidrográficas à mão e estava trabalhando mais ou menos na quinquagésima versão do logotipo "Salvem Steve". Meu laptop estava aberto no início da criação de um site.

— Quando chegarmos aos 20 mil dólares, os quatro meses de químio de Steve vão ter acabado. Ele vai recuperar a boa forma e a doença vai estar em remissão.

Arranquei a página do caderno com a minha última tentativa e caminhei até a parede acima da minha mesa. Muitas coisas já estavam pregadas no quadro de cortiça que eu mantinha ali: fatos sobre o linfoma de Hodgkin, uma lista de ideias para aumentar a conscientização, empresas locais para entrar em contato. No centro, havia uma foto de Steve. Preguei com tachinhas o papel com o logotipo ao lado dele.

— Em pouco tempo, Steve vai estar tomando cerveja ao lado da sua piscina e cantando uma música de Cardi, e Kaia vai se cansar das babaquices dele. Que merda, mano — disse e ri. — Seja como for, eles vão se separar. E eu serei aquele cara atencioso, que ajudou seu ex-namorado, agora obviamente detestável, durante o câncer.

O logotipo não estava muito bom. Precisava ser mais "Steve". Mais agressivo no aspecto. Arranquei o papel e comecei de novo.

E então... Dessa vez, estarei pronto. Finalmente, o momento será perfeito. E vou convidá-la para sair, pensei.

Quando o pensamento me ocorreu, interrompi o movimento com a caneta hidrográfica no papel. Fiz um cálculo rápido. O momento era bom demais.

— Não. Não vou convidar Kaia para sair, Michelle.

Fiquei de pé e voltei para o quadro de cortiça. Fixando o papel com o logotipo ao lado do rosto de Steve, sorri. Estava perfeito.

— Vou convidá-la para o baile da escola.

8

ENQUANTO KAIA NAVEGAVA PELO SITE QUE EU TINHA DESENvolvido, tentei não deixar transparecer um nervosismo do tamanho da festa de Steve. Estávamos na sala de aula de inglês da senhora Torres. Faltava meia hora para o primeiro sinal e os únicos sons eram do zelador regando a cerca viva do lado de fora, do zumbido distante da orquestra da escola ensaiando e da batida ocasional de Kaia no teclado. E da minha respiração fraca e nervosa. Mas eu tinha certeza de que Kaia não conseguia ouvi-la.

A cada segundo, o canto da boca de Kaia se curvava para cima ao se deparar com algum novo elemento, e meu frio na barriga só aumentava. Tinha trabalhado no site a noite toda, e eu mesmo admiti que parecia muito bom. Era simples e limpo, com um grande logotipo em letras garrafais e um registrador que mostraria quanto dinheiro tínhamos arrecadado. Finalmente, Kaia levantou os olhos.

— Nossa! Você fez tudo isso ontem à noite? — ela perguntou, impressionada.

Eu tinha impressionado Kaia.

— Eu estava inspirado — disse.

Não conseguia acreditar que tinha conseguido dizer aquilo em um tom de voz totalmente normal, quase sereno, e não em um tom alto e descontrolado, que revelaria o que eu estava realmente sentindo. Aquilo estava rolando de um jeito ainda melhor do que eu havia esperado.

Kaia voltou a olhar para o site e para o número do objetivo maior no registrador. Preocupada, ela enrugou a testa.

— Será incrível se conseguirmos arrecadar essa quantia. Você acha mesmo que vamos conseguir?

Não que eu não tivesse me perguntado aquilo uma centena de vezes. Nunca tinha arrecadado tanto dinheiro antes.

— Claro que sim! — respondi.

Não pensaria no que aconteceria se aquilo não funcionasse. Porque tinha que funcionar. Iríamos conseguir aqueles 20 mil dólares. Peguei os papéis enrolados que tinha colocado na minha mochila.

— Sim, é muito dinheiro. Mas as pessoas sempre subestimam a importância de um bom movimento social — disse e tirei o elástico dos papéis. — Com certeza, usaremos as redes sociais para divulgação, mas também fiz isso — prossegui e desenrolei os papéis. Eram cópias do cartaz que tinha desenhado na noite anterior e imprimi na copiadora naquela manhã. Continha todas as informações para a campanha Salvem Steve e, no centro, exibia uma foto de Steve parecendo, digamos, não totalmente saudável. Era um belo cartaz. Ainda melhor do que aquele que desenhei para a campanha da escola livre de canudos. Qualquer pessoa que visse o cartaz iria querer ajudar. Kaia examinou o cartaz de cima da pilha.

— Onde você conseguiu essa foto do Steve?

— No seu *feed* do Instagram. Acho que foi na manhã seguinte da festa — respondi.

Seus olhos vermelhos e inchados e seu cabelo despenteado pairavam sobre um sorriso cansado e idiota.

— Bem, ele parece doente — Kaia disse e bufou.

Tentei refrear a rápida pontada de alegria que senti com a expressão menos amável que ela assumiu. Retrocedi um pouco e tentei soar o mais casual possível.

— Acho que poderíamos ir até a Main Street depois da escola e perguntar nas lojas se poderíamos pregar os cartazes nelas. Aquela área recebe muitos turistas e também moradores locais. Fiz isso quando fui voluntário na campanha do cachorro surdo e a resposta foi muito boa.

Esperei pela reação de Kaia.

— Bem, tenho uma reunião do grêmio estudantil depois da última aula — ela finalmente disse.

O resquício do frio na minha barriga se foi.

— Mas posso encontrar você depois, não é mesmo? — Kaia prosseguiu.

O frio na barriga voltou, fazendo meu estômago dançar.

— Claro. Seria ótimo — respondi.

Com um sorriso, Kaia pegou sua mochila e se despediu de mim. Juntei os cartazes e meu laptop, pouco ciente de qualquer coisa a não ser do sorriso estúpido estampado no meu rosto. Não podia acreditar. Eu ia passar um tempo com Kaia Gonzales. Sozinho. Pregando cartazes para salvar seu namorado horroroso. Não que estivesse esperando que algo acontecesse. Nem ia tentar. Não enquanto ela estivesse namorando Steve. Eu não era esse tipo de cara. E, sim, tinha sentido aquele momento de dúvida se era errado fazer a arrecadação de fundos, mas foi só isto: um momento de dúvida. Estava ajudando pessoas. Muitas pessoas. Steve. Seus pais. Kaia, para que ela se sentisse menos impotente. E se também estava me ajudando um pouco, tudo bem. Eu estava fazendo uma coisa boa. Naquele momento, tive certeza daquilo.

Fechei minha mochila e outro pensamento me ocorreu. Na realidade, era o mesmo pensamento, apenas com novas e terríveis ramificações. Eu ficaria sozinho com Kaia. Sim, tinha conseguido parecer relativamente sereno e normal até aquele momento, mas e com várias horas para preencher? O frio na minha barriga ficou quase insuportável.

— Nossa. Esse garoto não parece nada bem. Claro que vamos pregar o cartaz — o dono do antiquário disse.

Ele pegou uma fita adesiva, dirigiu-se até a vitrine da loja e pregou o cartaz de Salvem Steve. Senti uma onda de triunfo e olhei para Kaia. Na penumbra da loja bagunçada, seus olhos refletiram a mesma expressão de orgulho.

— Muito obrigado, senhor — disse, enquanto o homem pregava o cartaz ao lado de um anunciando uma noite de improviso. — O senhor não tem ideia do quanto está ajudando.

Alguns instantes depois, estávamos de volta à calçada, banhados pela luz intensa do sol e com sorrisos iguais estampados no nosso rosto. Kaia levantou a mão e deu um toque na minha.

— Quantos cartazes ainda temos? — ela perguntou.

Fiquei olhando para a Main Street, com sua mistura de antiquários, cafés e lojas de roupas. Cada vitrine tinha então um cartaz de Salvem Steve bem visível. Estávamos ali havia horas, e a loucura era que eu não tinha ficado nem um pouco nervoso. Assim que nos encontramos, simplesmente entramos em um ritmo como se estivéssemos trabalhando juntos há anos. Nunca me perguntei o que dizer. Tínhamos mil coisas para conversar e, quando não tínhamos, o silêncio parecia confortável, em vez de embaraçoso. Nunca havia sentido aquilo em sincronia com ninguém.

Abri minha mochila e tirei os cartazes restantes.

— Apenas estes três... — respondi, mas um deles rasgou quando prendeu no zíper. — Dois — corrigi, dando uma risada.

Kaia pegou o de cima.

— O.k. Os últimos dois. Vamos fazê-los valer a pena.

Kaia entregou seu cartaz para a mulher coberta de joias azul-turquesa na loja de velas e cristais.

— Ele é muito legal, divertido e inteligente.

Senti o estômago embrulhar. Disse a mim mesmo que eram os 10 mil cheiros agredindo meu nariz naquele momento e não o fato de a voz de Kaia ter ficado mais doce quando ela falou sobre Steve. Examinei a vela de pavio triplo Brisa do Mar ao meu lado. Tinha cheiro de sabão. Honestamente, tudo ali dentro tinha aquele cheiro.

— Então, se você puder pregar o cartaz seria uma grande ajuda — Kaia concluiu.

A mulher olhou para o cartaz.

— Nossa, é claro que vou pregar, querida. Você é namorada dele?

— Sim — Kaia respondeu, abaixando os olhos

Não, eu não ia ver como Kaia ficou vermelha. Peguei outra vela — Sálvia e Luz do Sol — e cheirei. O mesmo cheiro de sabão. Devia haver algo ali que não tinha cheiro de sabão em pó.

— E você deve ser o melhor amigo dele — a dona da loja disse.

Levantei os olhos, surpreso, com o nariz enterrado em Luar e Magnólias.

— Bem...

— Na verdade, ele não é amigo de Steve — Kaia respondeu. — Ele é o tipo de pessoa que está sempre disposta a ajudar.

Kaia sorriu para mim. A vela Luar e Magnólias escorregou um pouco das minhas mãos. Eu a recoloquei na prateleira. Não confiei em mim mesmo com um pedaço de cera com cheiro de sabão de 53 dólares com Kaia me olhando daquele jeito.

Era uma pena que só tínhamos um cartaz sobrando, porque aquele dia estava se revelando perfeito.

O velho olhou para nós do outro lado do balcão de fórmica lascada da loja de bebidas.

— Não. De jeito nenhum. Não para esse filho da puta com identidade falsa — ele disse, batendo o cartaz contra o balcão.

As garrafas de vidro empoeiradas atrás dele tremeram. Assustada, Kaia se aproximou um passo de mim.

— Você sabe quantas bebidas ele e seus amigos roubaram de mim? Ele está proibido de entrar aqui — o homem disse.

— Ah... Eu sinto muito. Eu não sabia... — Kaia gaguejou.

O homem não tinha acabado. Ele enfiou a mão embaixo do balcão.

— Também tenho um cartaz dele — ele disse com uma expressão ameaçadora e mostrou uma foto plastificada de Steve tirada por uma câmera de segurança. Em letras grandes, dizia: "NÃO VENDER".

Reprimi uma risada.

— Talvez devêssemos tentar o brechó — Kaia disse baixinho, parecendo horrorizada.

— Mas essa é a esquina mais movimentada de toda a rua — murmurei.

— Sim... Mas... — Kaia gaguejou e olhou para o velho zangado.

— Deixe-me tentar — disse.

Com um sorriso amigável, mas respeitoso, que geralmente reservava para adultos que não acreditavam na mudança climática, dirigi-me ao homem.

— Sabe, senhor, entendi sua posição perfeitamente.

Um lampejo de surpresa tomou conta da expressão do homem.

— Quando tentamos arrecadar dinheiro para uma campanha que livrasse nossa escola de canudos, Steve desenhou órgãos genitais masculinos em todos os cartazes e mudou o slogan para "NÃO pare de chupar" — prossegui.

Espantada, Kaia arregalou os olhos.

— Foi Steve quem fez isso?

Com indiferença, dei de ombros e continuei:

— Trabalhei muito naqueles cartazes. E Steve os arruinou. Mas estou aqui porque, bem, ninguém merece um câncer.

O dono da loja de bebidas me encarou, pouco impressionado. Kaia aparentou nervosismo. Mas eu não tinha acabado.

— Veja, não estou dizendo que o senhor precisa gostar dele. Não estou dizendo que o senhor tem que perdoá-lo. Mas pense na família dele. Pense na namorada dele — disse, e apontei para Kaia.

Ela deu um sorriso compungido para o homem.

— Eles são boas pessoas. E também estão sofrendo — concluí.

A expressão de mau humor do velho suavizou um pouco.

— Eu não sei...

Empurrei o cartaz na direção dele. Vimos o rosto de Steve olhar para nós.

— Pense nisso como algo contra o câncer, e não a favor de Steve.

Um momento depois, da calçada, vimos o velho colando cuidadosamente o cartaz de Steve na vitrine.

— Não acredito que você o convenceu! — Kaia disse, comemorando. — Que loucura!

— Obrigado. Ter você ao meu lado ajudou.

Droga. Isso pareceu uma cantada? Simplesmente escapou. Era verdade. Trabalhar ao lado de Kaia me encheu de uma confiança que nunca tinha experimentado antes, mas não queria que ela achasse que eu estava dando em cima dela.

— Ah, quer dizer, como referência visual — afirmei, tentando consertar.

Tudo bem, também não foi grande coisa. Eu a fiz parecer um gráfico em forma de pizza.

Mas Kaia não pareceu notar.

— Foi mesmo o Steve que desenhou todos aqueles pênis nos cartazes?

Incomodado, cocei a nuca.

— Hum, sim. Mas, quer dizer, isso foi há um bom tempo. Eu já superei. Não estava querendo tocar no assunto, sabe... O fato é que é mais fácil convencer as pessoas quando você usa algo pessoal. Achei que você soubesse.

— Ah... Bem... Não.

Talvez isso explicasse por que Kaia estava com Steve. Ela realmente não o conhecia. Ele era uma pessoa para pessoas como eu e outra para pessoas como ela. E, embora eu pudesse apresentar facilmente outros exemplos do Estilo de Steve, não quis. Estávamos nos divertindo bastante. Quer dizer, tão divertido quanto pode ser pregar cartazes para alguém com câncer.

— Mal posso acreditar que conseguimos o apoio de tantos lojistas — afirmei, procurando consertar as coisas.

— Verdade! — Kaia exclamou, alegrando-se. — Formamos uma equipe muito boa, Webber — ela prosseguiu e me deu um tapinha no ombro.

Ah, meu Deus. Éramos uma equipe? Tinha que prolongar o momento.

— Quer tomar um café? Podemos ir até aquele lugar de comércio justo aqui perto, onde tomamos café nas férias de Natal — falei impulsivamente.

Meu Deus, muita informação. Naquele momento, eu parecia um assediador.

— Tenho uma ideia melhor — Kaia disse.

— Tem?

Senti meu coração disparar. Kaia quis dizer uma refeição completa? Havia aquela lanchonete ao estilo dos anos 1950 alguns quarteirões mais à frente, com milk-shakes muito bons, onde você podia escolher as músicas e...

— Vamos falar com Steve! — Kaia afirmou, batendo palmas entusiasmada.

Merda.

Provavelmente era loucura esperar que nunca mais tivéssemos que vê-lo.

— Bem, mas será que devemos? Talvez ele queira ficar descansando, certo?

Mas Kaia já estava caminhando na direção dos nossos carros.

— Não, não. Isso vai animá-lo totalmente. Sério. Ele precisa disso.

Tentei imaginar Steve precisando de qualquer tipo de animação e não consegui de jeito nenhum. Mas eu não o tinha visto desde a festa. Era provável que ele estivesse realmente sofrendo. Afinal, era câncer. Mesmo assim, tinha certeza de que eu aparecer em sua porta não iria levantar seu ânimo.

— Talvez devêssemos esperar até conseguirmos arrecadar todo o dinheiro. Então, poderíamos fazer uma grande revelação. Sabe, como naqueles reality shows em que reformam a casa de uma família quando ela não está. Bum! Grande surpresa. Todos choram.

— Nem pensar. É bom demais para esperar.

— Talvez só você devesse ir — argumentei em desespero.

Kaia parou e, em desafio, pôs as mãos nos quadris.

— Já percebi o que está acontecendo aqui.

— É mesmo? — disse, sentindo uma pontada de pânico.

— Ontem, você me falou das diversas causas com as quais colaborou, e eu tinha me esquecido completamente do seu envolvimento em metade delas. Você é muito modesto. Não vou deixar você ficar em segundo plano nessa causa.

— Mas…

— Vamos — Kaia disse, agarrando meu pulso e me puxando para a frente.

Qualquer que fosse o argumento que pensei em expor se perdeu ao sentir a sensação dos dedos dela envolvendo meu pulso.

Mesmo no hall de entrada da casa de Steve, procurei uma maneira de não vê-lo. Fingir um telefonema? Um repentino ataque de alergia? Um apagão momentâneo?

— Steve vai ficar muito feliz em ter companhia — a senhora Stevenson disse, abraçando Kaia. — Ele está descansando.

Os olhos dela estavam inchados e ela parecia exausta. Acho que a blusa dela estava manchada. Aquilo era horrível! Estávamos fazendo com que ela fingisse uma atitude corajosa e nos recebesse, enquanto deveria estar deitada em um sofá com uma xícara de chá e envolta em uma manta supermacia. Pensei em dizer a ela que estava com uma dor de barriga terrível (verdade) e me retirar, mas a mãe de Steve já estava nos levando para o interior da casa.

Nossos passos ecoaram no teto abobadado. Em vez de música alta, restos de festa e jovens bêbados por todo lado, havia apenas um espaço cavernoso e luminoso como um mausoléu de bairro chique. Os vasos cheios de flores encontravam-se perfeitamente posicionados em todas as superfícies. As pessoas estavam mandando flores para eles. Porque aquilo era difícil. Porque Steve estava com câncer. Câncer.

— Meu Deus, devíamos ter trazido alguma coisa? — perguntei.

— Relaxe — Kaia sussurrou.

Fotos de Steve cobriam as paredes. Ao contrário do *feed* do Instagram, eram fotos de família amorosas e, pela primeira vez, vi Steve da perspectiva dos seus pais. Ele era um garotinho alegre com um sorriso largo. Seu orgulho. Seu primogênito. Merda.

Ao passarmos pela cozinha, a irmã de Steve, que tinha talvez 12 ou 13 anos, fazia sua lição de casa na bancada de granito branco. Distraidamente, ela mordiscava pretzels que tirava de uma tigela e afastava o cabelo loiro do rosto. E então… Aquilo foi uma fungada? Ela tinha acabado de fungar?

O que estávamos fazendo ali? Ou, melhor, o que *eu* estava fazendo ali? Kaia disse que era um "câncer bom", mas aquilo parecia mais um local de assistência a doentes terminais. E eu era o abutre excitado.

A mãe de Steve abriu a porta de vidro deslizante e nós a seguimos em direção ao enorme pátio de lajotas. Preparei-me para a doença de Steve. Minha única experiência com câncer fora com minha cachorra, Hillary, e simplesmente nós a tínhamos sacrificado. Qual seria a aparência de Steve naquele momento? Ele precisava de ajuda extra? De uma sonda para se alimentar? Ele ainda era Steve?

— Sou mesmo invencível, porra!

Ouvi um berro triunfante e me perguntei se Steve estava com outro amigo.

Então, eu o vi.

Flutuando sobre um imenso colchão inflável em forma de tubarão no meio da piscina, Steve Stevenson, bronzeado e malhado, reclinou-se com um controle de Xbox na mão e um boné de beisebol "Câncer é para Maricas" na cabeça, com mechas do seu cabelo castanho escapando por baixo. Na borda da piscina, havia uma TV LED de 75 polegadas em que Steve jogava videogame.

Aquele cara precisava de alguém para animá-lo? Eu parecia mais doente do que Steve. Kaia tinha razão; aquilo parecia um "câncer bom". Com certeza, Steve parecia estar curtindo.

— Veja quem está aqui! — sua mãe gritou.

Steve se virou e viu Kaia.

— Ei, aí está a minha garota! — disse, e deu um tapinha no lugar ao lado dele no tubarão. — Suba a bordo e pegue um controle!

— Me avisem se vocês precisarem de alguma coisa — sua mãe ofereceu e, então, voltou para o interior da casa. Supus que para chorar.

Steve ainda não tinha me visto e eu estava grato. Talvez nós dois pudéssemos fingir que eu não estava ali. Eu era muito bom em ser invisível.

Mas então Kaia apontou para mim.

— Esse é o Cam.

Steve olhou em minha direção. Intrigado, inclinou a cabeça para o lado e semicerrou os olhos.

— Cam?

Então pude perceber a memória daquela noite humilhante estimular suas sinapses malignas e um sorriso galhofeiro floresceu em seu rosto.

— Aaaaaaah... Cam! Cam, meu chapa! Você voltou! Na minha casa! — Steve disse e, em seguida, baixou a voz para sublinhar sua confusão. — Por algum motivo!

Kaia tirou os sapatos e se sentou ao lado da piscina.

— Como você está, querido?

Por um momento, Steve se esqueceu de mim e manobrou seu colchão em forma de tubarão até Kaia.

— Estou virado de cabeça para baixo como uma embalagem de ketchup e tenho uma erupção cutânea ridícula, mas de resto estou bem.

Com o colchão de Steve ao alcance, Kaia o puxou para perto dela.

— Bem, temos uma grande surpresa para você.

— É uma grande surpresa que Cam esteja em minha casa agora — Steve disse, e sorriu de modo cáustico para mim. — Eu perdi um concurso? Ah, sim. Perdi. Tenho câncer — prosseguiu, olhou de volta para Kaia e disse o mais docemente possível: — Cam é um efeito colateral?

— Cam teve uma ideia incrível! — Kaia disse, efusivamente.

Queria que ela estivesse menos empolgada a respeito daquilo, porque os olhos de Steve se tornaram lasers direcionados para mim.

— Ele teve, é? — ele disse, alongando cada palavra.

Kaia me indicou com a cabeça de modo claro e encorajador.

— Conte para ele o que estamos fazendo.

— Sim, Cam — Steve pediu e, em seguida, escandiu as sílabas de cada palavra. — Conte para mim o que vocês estão fazendo. Estou muito interessado em todos os detalhes.

Tentei, provavelmente em vão, esconder o medo em minha voz.

— Ah, bem, Kaia e eu estamos organizando uma arrecadação de fundos em seu benefício — disse.

Dei um sorriso tímido e olhei para Kaia, esperando que ela assumisse o comando. No entanto, ela simplesmente me incentivou a continuar. Senti o olhar de Steve me queimando de modo ainda mais incisivo.

— Sabe, para ajudar você e sua família no tratamento do câncer — concluí.

Kaia abriu o zíper de sua mochila.

— Veja! Ele fez um cartaz para você! — disse e tirou o cartaz rasgado.

Ah, não. Ele não precisava ver a foto da ressaca dele sendo usada como se fosse um sósia dele com câncer.

— Você não... Não é nada... Não é... — disse, confuso.

Contudo, minha gagueira teve o efeito oposto em Steve.

— Ah, acho que preciso ver este cartaz.

Kaia entregou o cartaz para ele e Steve o desdobrou como se tivesse um peixe morto dentro. Por um momento, ele o encarou e sua expressão alcançou um novo nível de irritação.

— Porra, não!

Achei que ele puxaria seu rifle automático de *paintball* e me usaria para treinar tiro ao alvo. Mas algo o distraiu: o zumbido da porta de vidro deslizante. Sem outra palavra, ele amassou o cartaz e o jogou nos arbustos.

— Steve! Cam trabalhou muito nisso! — Kaia protestou.

A expressão de Steve mudou rapidamente de furiosa para gélida.

— Atenção! — uma voz atrás de mim gritou.

Uma bola de futebol americano laranja passou zunindo pela minha orelha e Steve a pegou naturalmente com uma mão. Virei-me e vi o pai de Steve vindo em nossa direção.

— Esse é o meu garoto! — ele disse, gabando-se com o peito estufado. — Você viu esse cara? Olhe para ele. Parece que esse garoto tem câncer? Não. Não mesmo. Ele está triturando o câncer como um chefe.

Seu pai se aproximou de mim e me deu um tapão nas costas. Cambaleei um pouco para a frente.

— Então, a festa é aqui, hein? Você quer que eu ligue o toboágua? — ele disse, e enfiou algo em meu peito. — Cheryl disse que você provavelmente não trouxe uma sunga, Cam.

O calção de banho tinha vários abacaxis usando óculos escuros estampados nele e sabia que devia ser de Steve. Eu o peguei com a ponta dos meus dedos, não querendo ser rude.

— Acho que o toboágua deixa Cam nervoso — Steve disse, sarcasticamente.

— Bem, me deixe pelo menos acionar os jatos da banheira de hidromassagem — o pai falou e deu um tapinha no ombro de Kaia. — O aquecedor de toalhas está ligado e o frigobar está abastecido. Precisam de mais alguma coisa. Lanches?

— Na verdade, estou muito a fim de um sanduíche — Steve disse, esfregando o estômago como um menino de 5 anos faminto.

— Sim! Apesar de todos os remédios que ele está tomando, olhe o apetite do meu menino! — o pai exclamou, batendo palmas. — Vou pedir um mega-cheese salada para cada um de vocês.

Ele já estava voltando apressado para o interior da casa e então, não sei por que — com certeza, não esperava estar ali quando ele voltasse –, em uma reação que não pude controlar, expliquei:

— Ah, eu não como carne.

Ouvi um resmungo e o pai de Steve se virou e me fuzilou com os olhos com o máximo de desdém possível. Após um silêncio opressivo, ele desembuchou:

— Meu filho está com câncer e você não come carne? O que há de errado com você, garoto?

— Bem... — murmurei e me encolhi. Por que fui tão estúpido?

Ele deu alguns passos e parou bem perto de mim. Seu queixo quadrado se contraiu e a veia em seu pescoço inchou.

— Você vai comer carne.

Antes que ele pudesse me dar um soco e me jogar em um incinerador, fiz que sim com a cabeça e balbuciei:

— Vou comer carne.

Em triunfo, ele deu alguns soquinhos no ar com o punho e recuperou o alto-astral.

— Maravilha! Tudo bem, então. As férias cancerígenas dos garotos Stevenson continuam! Já volto — o pai de Steve disse.

Com passos saltitantes ele se foi.

"Férias cancerígenas"? Ele achava que aquilo era algum tipo de férias para Steve? Uma desculpa para Steve faltar à escola e dar uma festa ininterrupta na piscina? Conhecia pais que achavam que seus filhos estavam sob muita pressão ultimamente, mas aquilo era ridículo.

— Onde estávamos? — Steve perguntou, empurrando-se para longe da borda da piscina e fazendo seu colchão girar preguiçosamente. — Ah, sim. Você pode enfiar seu cartaz do triste garoto com câncer naquele seu lugar sem carne, Cam. Não preciso disso.

Aquela pareceu ser a minha deixa.

— Posso simplesmente ir embora.

Com o pé, Kaia parou o tubarão inflável no meio de um giro e olhou feio para Steve.

— Pare de ser idiota.

Para minha surpresa, Steve não pediu para Kaia "se acalmar" ou "ter senso de humor". Em vez disso, ele meio que murchou.

— Cam trabalhou muito nisso e não precisava fazer — Kaia continuou.

— Eu... — Steve disse, tentando interrompê-la, mas fraquejou. Na realidade, ele parecia estar com um pouco de medo dela.

— E isso não é tudo sobre você. Talvez seu pai pense que você está de férias, mas sua mãe está sofrendo. Eles precisam de ajuda. Então, pare de falar merdas machistas e aceite um pouco de generosidade — Kaia disse.

E enquanto Steve murchava com a bronca dela, eu inchava. Se existisse um serviço de *streaming* que mostrasse apenas Kaia repreendendo Steve, eu seria o primeiro assinante.

— Sinto muito — Steve murmurou.

Depois de degolar as objeções de Steve, Kaia amaciou.

— Por favor, querido. Ninguém está dizendo que você é um garoto triste com câncer. Só queremos ajudar você e sua família, o.k.?

O golpe duplo de raiva e doçura de Kaia deixou Steve pasmo. Ele simplesmente concordou com um gesto de cabeça e abaixou os olhos.

— Você não vai ter que fazer nada — assegurei a ele, esperando que aquela fosse a última vez que teríamos que estar todos juntos.

Steve, porém, reativou seus feixes de laser contra mim e achei que devia me calar. Kaia estava fazendo um bom trabalho sozinha.

— Por favor, sinto-me tão impotente. Me deixe fazer alguma coisa, querido — Kaia implorou suavemente.

E deu certo.

— Droga! Tudo bem. Mas não quero uma festa piedosa.

Kaia se inclinou e o abraçou.

— Nada de festa piedosa. Prometo — ela disse.

— Torne isso divertido.

— Com certeza — Kaia afirmou e o beijou.

Desviei o olhar e, de repente, conscientizei-me do fato de estar sobrando ali. Steve sussurrou no ouvido de Kaia alto o suficiente para que eu ouvisse.

— Você deixou seu biquíni aqui da última vez. Quer se juntar a mim?

— Claro, querido — ela respondeu, e passou os dedos pelo braço dele.

Eu tinha que cair fora dali.

Mas então Kaia se virou para mim.

— Você vai entrar na água?

— Não... Não... Estou bem — respondi.

Não seria o cara estranho na piscina vendo Kaia e Steve se curtirem.

— Bem, então mostre o site para Steve enquanto me troco — ela sugeriu.

— Ah, existe um site! — Steve disse em voz alta, um pouco animado demais.

— Ah... Sim... — eu disse.

Queria arremessar meu laptop na piscina em vez de mostrar aquele site idiota para ele.

— Você vai adorar, Steve — Kaia falou e saiu saltitante em direção à casa. — Já volto.

Ela abriu e fechou a porta de vidro deslizante e, de repente, Steve e eu ficamos sozinhos.

Evitando qualquer contato visual, coloquei minha mochila na mesa do pátio e abri o zíper tão rápido que quase quebrei o puxador. Consegui ouvir Steve saindo da piscina de forma ameaçadora e se aproximando de mim. Digitei minha senha incorretamente quatro vezes, mas finalmente entrei e abri o site Salvem Steve.

— Posso colocar na tevê se você quiser — propus.

Podia senti-lo nas minhas costas, pingando, pingando, pingando.

— Cacete, que golpe baixo, Cam!

Poft! Ele fechou meu laptop com força.

— Tentando roubar a namorada de um cara com câncer? — ele prosseguiu.

Senti sua respiração quente na minha nuca.

Tive uma visão dele me estrangulando com a mangueira do aspirador para piscina. Rapidamente, virei-me.

— O quê? Não! Isso não tem nada a ver. Kaia e eu somos apenas amigos. Aquilo na sua festa foi só um mal-entendido — disse.

— Relaxe — Steve afirmou, sorrindo.

Mesmo assim, recuei a uma distância segura.

— Você acha mesmo que estou preocupado que Kaia vai me dar o fora por causa de um oportunista com um site de merda? — ele prosseguiu.

— Você não gostou do site? — perguntei.

Steve riu e mostrou os dentes.

— Olha, estou preso em casa pelo resto do ano letivo e já estou de saco cheio de jogar — ele disse, virou o meu laptop para ele e começou a bisbilhotar.

Senti um arrepio de medo.

— Sabe de uma coisa? — Steve disse, deslizando o dedo pelo *trackpad* do meu laptop. — Dê o seu melhor. Roube Kaia.

Em seguida, Steve se afastou do meu laptop, deixando um desenho grosseiro na tela. Acho que era eu tendo uma megaereção com o nome de Kaia escrito nela.

Ignorei, porque me elevei a um nível muito acima daquilo.

— O meu melhor é arrecadar dinheiro para pagar suas contas médicas. Porque isso é tudo. Só estou tentando ajudar, Steve. Confie em mim. Sou uma boa pessoa. E você tem câncer.

— Tenho?! — Steve perguntou, e, então, assumiu um espanto de novela, arregalando bem os olhos, como se tivesse acabado de receber a notícia. — Ah, não... Não pode ser... Câncer?!

Ele agarrou o peito e depois a virilha. Ofegou. Em seguida, desabou em uma espreguiçadeira e permaneceu ali imóvel, mostrando a língua. Eu não me mexi.

Steve abriu os olhos e deu um suspiro entediado.

— É só um câncer pequenininho — ele disse.

Então, sentou-se, balançou a cabeça para tirar a água do ouvido e caminhou de volta para a piscina.

— Já tive resfriados piores — Steve disse.

Ainda não conseguia acreditar em como ele estava despreocupado. A maioria das pessoas sussurrava a palavra *câncer*, porque tinha muito medo de dizê-la explicitamente. Steve simplesmente a chutava como se fosse uma bola cheia de areia.

— Você não está nem um pouco preocupado? — perguntei, esperando encontrar o humano debaixo de todo aquele negacionismo.

— Não — ele disse. Em seguida, pulou na água e começou a nadar até o colchão inflável. Uma onda do tamanho de Steve se espalhou pela piscina, batendo nas bordas. — Mas estou entediado. E encher o seu saco é a diversão de que preciso. Então, vai fundo no seu amor platônico.

Usando a mão como remo, Steve fez o colchão girar em círculos. Com os braços bem abertos, ele fingiu que estava à deriva no mar e gritou:

— Salve-me!

A porta de vidro deslizante se abriu e Kaia apareceu.

Ela fechou a porta, passou correndo por mim e pulou na água. Subiu no colchão em forma de tubarão e ficou ao lado Steve. Ele entregou um controle para Kaia e passou o braço em volta dela. Com um sorriso malicioso, ele disse:

— Isso vai ser divertido.

9

ZUM. ZUM. ENTERREI A CABEÇA SOB O TRAVESSEIRO, NÃO totalmente pronto para enfrentar a segunda-feira. *Zum.* Com um resmungo, virei-me, tirei o travesseiro do meu rosto e pisquei ante a nebulosa luz do sol da manhã. *Zum.* Que diabos? Procurei meu celular, finalmente me dando conta de que não era o alarme me acordando. Alguém estava me enviando mensagens. Pisquei algumas vezes, limpando os olhos enquanto olhava para a tela. Em seguida, sentei-me. O travesseiro caiu no chão.

Quinze mensagens de Kaia.

Quinze. Mensagens. De. Kaia.

Quinze.

Um. Cinco.

Puta merda. Ela ficou pensando em mim ao longo de quinze mensagens. Ao ler a última, não consegui parar de sorrir.

Kaia: ***Você não precisa fazer isso.***

Ela já era capaz de perceber como eu era um cara legal, desprendido. Minhas preocupações em relação a Steve e sua promessa se reduziram a nada. Aquilo valeu a pena. Tirando o cabelo dos olhos, rapidamente digitei uma resposta.

Eu: ***Eu sei. Mas, quando penso no que Steve está passando, tenho que fazer alguma coisa.***

Enviei a mensagem. Caramba, aquilo soou bem. Esperei pela resposta de Kaia, observando os três pontinhos no canto da tela. Seria uma carinha sorridente? Outro coração? Esperava que fosse um coração.

Kaia: ***Sim. Mas usar fralda?***

Uma fralda? O que ela estava...? Naveguei pelas mensagens de texto anteriores de Kaia, com o coração disparado naquele momento por um motivo totalmente diferente. As palavras relampejavam: "Nossa", "Inesperado", "Não parecia com você", "Meio preocupada", "Você tem certeza?".

Não. Aquilo não era real.

Saltando da cama, fui correndo até minha mesa e abri meu laptop. Digitei o endereço do site Salvem Steve e, na página inicial, havia um novo banner, onde estava escrito: "Para iniciar a conscientização em favor da campanha Salvem Steve, eu, Cam Webber, vou usar uma fralda geriátrica na escola".

Li em voz alta para ter certeza de que estava realmente vendo aquilo. Abaixo do texto, havia a imagem de algumas fraldas com uma seta desenhada à mão, as palavras *Sim, minha bunda nelas* e uma carinha sorridente.

Fechei o laptop. Steve. Andei de um lado para o outro, passando as mãos pelo cabelo. Como ele conseguiu...?

Claro. De volta à piscina. Steve estava inclinado sobre mim quando digitei a senha de acesso ao site. Ele deve ter memorizado. Abri o computador novamente e tentei fazer login como administrador do site. Uma linha de texto vermelha apareceu, informando que minha senha estava errada. Cliquei em "Esqueci a senha" e digitei meu e-mail.

"Esse e-mail não é válido."

Meeeerrrrddddaaaa.

Fechei o laptop novamente. Estava tudo bem. Ninguém tinha visto o site ainda. Não tínhamos lançado oficialmente. Talvez algumas pessoas que tinham visto os cartazes visitaram o site e viram o banner, mas provavelmente não estudavam na escola. Eu poderia simplesmente ignorar aquilo. Nem pensar que eu iria para a escola de fralda.

Meu celular vibrou.

Kaia: ***Para ser sincera, inicialmente achei que era um pouco infantil, mas depois pensei que, se você se sentir confortável com isso, vai chamar atenção das pessoas. E, com certeza, Steve vai achar "divertido".***

Claro que ele acharia. Tinha que me safar daquilo. Digitei de volta.

Eu: ***Eu estava***

Apaguei.

Eu: *Mas*

Apaguei.

Eu: *Sim, eu mudei de...*

Mas Kaia começou a digitar.

Kaia: *Muito obrigada por isso, Cam.* ❤❤

Meus polegares pairaram sobre meu celular. Dois corações. Ela tinha acabado de me enviar dois corações. Que eu sabia que não significavam nada. Eram apenas duas pequenas imagens digitais. Um monte de pixels. As pessoas as usavam o tempo todo. Elas as usavam para demonstrar sua afeição por tacos. Mas também... Aqueles corações significavam algo. Para mim. Ninguém nunca os tinha enviado para mim. Principalmente Kaia. E... Eu não queria parar de receber aqueles corações, mesmo que fossem sem sentido. Ainda que significassem apenas que eu estava no mesmo nível dos tacos.

Quão ruim era uma fralda? Não é como se fosse pior do que um maiô. E, sim, as pessoas iriam rir de mim, mas era por uma boa causa. Tínhamos planejado fazer uma declaração na reunião da manhã, mas aquilo seria melhor, certo? E Kaia achou que era uma boa ideia.

Eu: *Qualquer coisa para você.*

Apaguei.

Eu: *Qualquer coisa por Steve.*

Enviei a mensagem.

Um pacote de fraldas geriátricas masculinas e algumas canetas hidrográficas de diversas cores depois, entrei na escola, com a mochila sobre as minhas costas nuas, meus tênis Nike e minhas meias de ginástica como únicas peças de roupa. Tinha usado as canetas hidrográficas para escrever SalvemSteve.org na frente e atrás da fralda e, depois, fiz pequenos desenhos de Steve chutando o traseiro do câncer. A névoa marinha deixava o clima um pouco frio e eu estava todo arrepiado, mas estava sorrindo. Steve podia ter tentado me constranger, mas eu iria garantir que aquilo funcionasse da melhor forma.

— Meu, isso é muito engraçado!

Um grupo de caras do time de beisebol apontou para mim e correu.

— Cara, ficamos sabendo de Steve — um deles disse.

— Que foda! Podemos tirar uma foto?

— Não deixem de marcar Steve para que ele veja — eu disse. — E a *hashtag #SalvemSteve*.

Eles posaram comigo. Fiz uma flexão absurda e todos eles riram. Me cumprimentaram com os punhos e, em seguida, saíram correndo, já digitando em seus celulares.

Depois que o time de beisebol tirou *selfies* comigo, parecia que todos também queriam tirar. Logo eu estava cercado por um grupo que normalmente nunca falava comigo, pedindo-me para tirar fotos. Entrei naquela, fazendo poses ainda mais ridículas. Estava realmente me divertindo. Sim, eu parecia estúpido, mas geralmente quando eu estava trabalhando em uma causa, as pessoas evitavam contato visual e pegavam outra direção. Era uma mudança legal. Embora houvesse um pequeno ponto de irritação.

— Pobre Steve...

— Chorei quando fiquei sabendo.

— Não devia ter acontecido com um cara tão legal.

As pessoas não paravam de falar de Steve e de como ele era incrível.

— Ah, meu Deus, ele está morrendo? Ouvi dizer que ele estava morrendo — uma garota disse, com o braço em volta da minha cintura enquanto tirava uma *selfie*.

— Na verdade, o câncer dele tem grande probabilidade de cura — afirmei, enquanto ela tirava foto após foto.

— Só penso nele definhando...

Imaginei Steve flutuando no meio de sua piscina azul-turquesa.

— Ele não está... — comecei a dizer, mas a garota já tinha saído correndo, com o celular na mão, postando suas fotos. Suspirei.

Por um lado, estava animado por aquilo estar funcionando tão bem. Por outro, era horrível. Com certeza, Steve não era minha causa mais digna. Mudança climática, controle de armas, o tubarão... Ninguém parecia se importar com aquelas causas. Mas agora que o Rei dos Barris de Cerveja não estava se sentindo bem, as pessoas de repente ficaram envolvidas.

— Muito bem, senhor Webber. Estou orgulhosa de você — a senhora Cotes, minha antiga e sempre rabugenta professora de história, disse quando passou cambaleante.

— Obrigado! — agradeci fazendo um sinal de positivo com o polegar.

Meu celular vibrou. Kaia. Eu não a tinha visto ainda, mas ela já devia ter visto as postagens do pessoal. Peguei o celular.

Não era uma mensagem de Kaia.

Era a foto de uma mulher nua encostada em uma sequoia.

Atrapalhei-me tentando fechar a janela, com meus dedos subitamente suados deslizando sobre o vidro quebrado.

Achei que isso pudesse ser o seu tipo de coisa.

Nenhum nome, apenas um número, mas eu sabia quem era. Steve. Antes que eu pudesse responder, outra foto apareceu.

Ou talvez isso?

Outra mulher nua. Daquela vez, uma ativista prometendo não usar peles de animais.

Essas?

Seguiu-se uma enxurrada de fotos, uma após outra de ativistas ambientais nuas. Tudo o que eu conseguia ver eram seios, pernas, cinturas, umbigos. E muita e muita pele.

Enfim, só queria agradecer-lhe por todo o seu trabalho DURO.

Ofegando, finalmente consegui fechar a janela.

— Meu Deus!

Uma explosão de risadas soou a poucos metros de mim. Morrendo de rir, uma turma do 2º ano cobriu os rostos vermelhos como pimentão com as mãos. Mais algumas risadas nervosas me fizeram virar. Todos para quem me virei tinham uma expressão de choque, nojo ou diversão. Às vezes, todos os três.

— O quê...?

E então eu senti, cutucando a fralda. Olhei para baixo, implorando para que não fosse verdade. Mas era. Era terrivelmente verdade.

Eu estava tendo uma ereção.

Uma barraca estava se armando no meio do meu SalvemSteve.org cuidadosamente desenhado. E não estava parando. As risadas se intensificaram. As câmeras surgiram. O clique suave de fotos sendo tiradas encheu o ar. Meu rosto estava pegando fogo. Eu tinha que sair dali. E provavelmente da escola. E da cidade. E do estado. Na realidade, o Canadá parecia uma boa opção, porque depois daquele dia eu tinha certeza de que teria que ir para o exterior para encontrar alguém que não tinha ouvido falar da minha ereção. Procurei um jeito de escapar, mas havia gente demais. Como havia tantas pessoas? Não havia tantas alguns segundos atrás. Uma mão artrítica agarrou meu ombro nu. Gritei.

— Querido, talvez você queira levar isso para dentro? — a senhora Cotes disse, olhando para mim através de seus óculos bifocais manchados.

Ela se virou para a multidão, agitando seus braços frágeis.

— Não há nada para ver aqui, pessoal!

O que, claro, fez com que as pessoas perdessem completamente a cabeça. Pondo minhas mãos sobre minha ereção ainda inexplicavelmente furiosa, corri.

O eco das gargalhadas do pessoal da minha classe ecoou pelo corredor. Ainda me cobrindo com uma das mãos, usei a outra para tentar abrir porta após porta. Nenhuma das salas de aula fora destrancada ainda. Finalmente, uma porta se abriu e me joguei para dentro.

A porta se fechou atrás de mim, bloqueando todos os sons, exceto minha respiração entrecortada. Olhei para baixo.

— Só pode ser brincadeira! — disse para mim mesmo. Eu ainda tinha uma ereção. — Mas que diabos? Cai fora!

Acenei minhas mãos para ela. A única coisa que aconteceu foi que criei uma brisa leve. A ereção traidora permanecia incólume.

— Vaza! Por favor!

Fechei meus olhos. Será que iria ficar daquele jeito para sempre? Contei até dez e espiei, esperando uma melhora. Nada. Ainda em ereção.

— Ótimo.

Peguei minha mochila e tirei dela minhas roupas. Vesti uma camiseta.

— Muito bem. Vá embora. Fique. Que importa? Minha vida acabou. Então, tudo o que você esperava que fosse acontecer aparecendo e dizendo oi nunca vai acontecer agora. Nunca. Ótimo trabalho.

Vesti as calças. Pelo menos, a ereção estava coberta.

— Finalmente. Obrigado.

E então aquilo que não podia me envergonhar tinha desaparecido.

Meu celular vibrou. Peguei-o, pronto para matar Steve por meio de uma mensagem.

Kaia: ***Onde você está?***

Droga. Meus dedos tremeram, mas consegui digitar uma resposta.

Eu: ***Desisti da fralda. O pessoal não entendeu.***

Aquilo pareceu razoável. Obviamente, Kaia estava atrasada. Então, havia uma chance de que ela ainda não tivesse visto a *hashtag*. Houve uma pausa enquanto esperava a resposta dela.

Kaia: ***Onde você está? Eu fiquei sabendo o que aconteceu.***

— O quê? Não! Nãoooo! NÃOOOOOOOOOOOOOO!

Caí de joelhos, agarrando o celular com força.

A porta se abriu. Kaia enfiou a cabeça para dentro, sorrindo um pouco.

— Acho que ouvi alguém aí dentro. Procurei você por toda parte.

Fiquei de pé rapidamente e ajeitei minha calça. Em seguida, enfiei as mãos nos bolsos e tentei parecer que não estava tendo um colapso mental completo.

— Ah, oi, ei — balbuciei.

Kaia entrou na sala, fechando delicadamente a porta atrás dela.

— Você está bem?

— O quê? Eu? Estou bem. Só queria consultar a tabela periódica por um minuto — disse, apontando vagamente para o pôster pregado na frente da sala.

— Todo mundo está falando a respeito da fralda.

— Ah, nossa, é mesmo? — disse, tentando disfarçar. Talvez eu tivesse entendido mal a mensagem de Kaia. Quer dizer, sim, "Eu fiquei sabendo o que aconteceu" parecia bastante condenatório, mas talvez ela estivesse se referindo a todo burburinho de rede social que estávamos conseguindo com a *hashtag*. Era uma possibilidade. Quem sabe. Certo?

— Acho que você fez uma declaração e tanto — Kaia disse, ficando vermelha.

Não. Ela sabia exatamente o que aconteceu. Provavelmente, tinha visto as fotos. Fotos da minha ereção usando fralda. Sentei-me na beirada da mesa, com a visão de repente um pouco turva.

— Ei, Cam, relaxe. Está tudo bem. Eu só estava brincando — Kaia afirmou, vindo correndo em minha direção.

Sentia-me sufocado, com falta de ar.

— Está tudo bem — Kaia repetiu.

— Não está tudo bem! — consegui dizer, arfando.

Ótimo. Naquele momento, eu estava surtando na frente dela. Mas eu não conseguia parar.

— Eu não sei o que aconteceu. Eu estava simplesmente parado ali. E então... Isso... Será que as pessoas acharam que eu pretendia fazer isso? Meu Deus — disse.

Tentei respirar, mas continuava sentindo falta de ar. Tentei outra vez.

— Será que acham que foi alguma bizarrice sexual? Como se aquilo me excitasse? Sou um agressor sexual agora? Isso me torna um agressor sexual? — perguntei.

Eu sabia que estava sendo ridículo, mas os pensamentos estavam se acumulando rápido demais.

— Pare, por favor — Kaia pediu, rindo um pouco.

— Agora você deve achar que sou um agressor sexual estranho e pervertido.

— Cam, não...

— Mas...

Kaia pôs as mãos nos meus ombros e me olhou nos olhos.

— Cam, não acho você um agressor sexual estranho e pervertido. Juro.

Ao sentir as mãos dela nos meus ombros, minha respiração começou a desacelerar. Abaixei minha cabeça. Após um momento, Kaia se afastou. Arrisquei levantar os olhos.

— Você tem certeza? — perguntei, baixinho.

Com os olhos brilhando, Kaia pôs as mãos nos quadris, em desafio.

— Há algo que eu não sei? — ela perguntou.

— O quê? Não! É claro que não — gritei.

Kaia podia ser apavorante.

— Então, aí está. Você não é um agressor sexual — Kaia disse, abrindo um sorriso.

Ri um pouco, esfregando os olhos.

— Isso é muito constrangedor.

— Não, não é — Kaia afirmou, sentando-se ao meu lado.

— Sim, é.

— O.k., é.

Nós dois rimos.

— Parece que a senhora Cotes teve que ir até a sala dos professores para se recuperar — Kaia informou, dando um sorriso malicioso.

— Sério?

Kaia jogou a cabeça para trás e gargalhou.

— Nossa. Você tem mesmo uma opinião bastante positiva a respeito do poder do seu membro.

Fiquei vermelho, constrangido. Mas, de alguma forma, a provocação não continha nenhum ferrão. Kaia deu um tapinha no meu ombro e se levantou.

— Vamos. Temos que ir para a aula — ela disse.

Permaneci sentado.

— Ah, certo. Acho que sim — afirmei.

Perguntei-me se conseguiria me esconder no armário de suprimentos no fundo da classe o dia todo.

Como se pudesse ler minha mente, Kaia sorriu e me colocou de pé.

— Vamos. Serei sua guarda-costas. Vou impedir que todas essas professoras geriátricas assediem você.

— Ah, meu Deus, fique quieta — disse e ri.

Kaia entrelaçou seu braço no meu e saímos da sala.

De braços dados, caminhamos pelos corredores lotados de pessoas a caminho das aulas. A maioria nos ignorou. Uma ou duas vezes alguém gritou "Não há nada para ver aqui!", mas foi acompanhado por risadas e alguns "toca aqui". De alguma forma, com Kaia ao lado, rindo comigo, não pareceu tão ruim.

Chegamos à sala da minha primeira aula e Kaia parou à porta.

— Boa sorte — ela desejou e se afastou.

Enquanto desaparecia na multidão, Kaia se virou para sorrir para mim uma última vez. Fiquei observando na entrada da sala de aula até que não consegui mais vê-la, sentindo um calor encher o meu peito.

Aquele calor desapareceu completamente quando meu celular vibrou no meio da aula.

Steve: ***Vi as fotos. Obrigado por assumir uma posição tão FIRME contra o câncer.***

Steve: ***Foi VIGOROSA.***

Steve: ***Você realmente CRESCEU para a ocasião.***

Digitei debaixo da minha mesa.

Eu: ***Podia mostrar para Kaia aquelas fotos que você mandou.***

Steve: ***Vá em frente. Conte tudo para ela. Eu também vou contar.***

Comecei e apaguei quatro respostas diferentes.

Steve: ***Mal posso esperar para ver o que você vai fazer para me salvar em seguida...***

10

EQUIPEI A MESA DE DOAÇÕES DA CAMPANHA SALVEM STEVE NO CAMPEONATO DE Futebol Feminino das escolas de ensino médio da Califórnia e procurei a multidão para o próximo ataque. Havia redefinido com sucesso a senha do meu site após passar horas com o suporte do cliente e recuperei o controle. No entanto, tinha certeza de que Steve ainda estava tramando algo em sua casa. Uma gargalhada moveu minha cabeça num sentido e, em seguida, um estrondo moveu de volta para o outro. Talvez Steve fizesse um dos seus *brothers* pular de trás de um arbusto ou jogar uma camisinha cheia de água em mim.

Ou talvez Steve tivesse simplesmente implorado para Kaia ir brincar de enfermeira com ele para que eu ficasse preso arrecadando dinheiro sozinho. Ela deveria ter chegado há trinta minutos. Ela não teria me enviado uma mensagem se tivesse desistido? Voltei a checar meu celular, mas não havia nada de novo de Kaia.

Mandei uma mensagem para ela:

Estou no jogo. E você?

Não queria ser muito insistente. Contudo, Kaia pareceu animada para ver as novas camisetas e bonés Salvem Steve que eu tinha produzido com urgência. Pareciam muito legais, ainda que tivesse dito isso a mim mesmo.

Eu verifiquei o site novamente só para ter certeza de que nada havia mudado. Ainda não conseguia acreditar que já tínhamos arrecadado quase mil dólares à custa da fralda. Naquele ritmo, teríamos 20 mil em um mês, e então eu...

ESTRONDO!!

Empurrei para trás minha cadeira e quase caí. Então, abaixei a cabeça e me cobri, esperando a chegada de um projétil. Mas eram apenas dois alunos desgrenhados do último ano que esbarraram na mesa. Eles estavam usando fraldas sobre as bermudas em solidariedade a Steve.

— Nada para ver aqui! — um deles gritou e, em seguida, levantou a mão para me dar um toque. Eu retribuí o cumprimento, ainda um pouco incomodado com o bordão que aparentemente tinha inspirado.

Com sorte, se alcançássemos nosso objetivo, seria lembrado por mais do que isso.

— Desculpe! Me atrasei!

Levantei os olhos e ali estava Kaia correndo para ocupar sua cadeira atrás da mesa.

— Fui convidada para fazer parte da comissão do baile. Claro que a primeira reunião tinha que ser logo depois das aulas — ela disse e, em seguida, percebeu os novos produtos da campanha. — Nossa, ficaram incríveis, Cam! — disse, pegando uma camiseta e admirando-a.

Fiquei um pouco zonzo com o elogio. Então, ela vestiu o boné. Precisei tomar um grande gole de água porque Kaia com o boné ficou ainda mais bonita do que com o cabelo solto.

— Vamos vender 1 milhão deles. Mesmo as pessoas que não conhecem Steve vão querer um — ela disse.

— Já vendemos oito bonés e duas camisetas — informei, e mostrei para Kaia a planilha onde eu estava controlando as vendas. — Acho que vou perguntar se podem produzir para nós alguns agasalhos de moletom com capuz e...

— Cam Webber? — um homem baixinho de camiseta preta e boné de beisebol perguntou, interrompendo-me.

Ele não parecia um dos *brothers* de Steve, mas mesmo assim me encolhi de medo.

— Ah, sim...

— Seu jantar está aqui — ele disse e, então, levantou dois grandes isopores vermelhos e os colocou sobre a nossa mesa.

— Eu não pedi nenhum jantar.

— Parece que foi pago por Steve Stevenson.

Fiquei paralisado. Os isopores iriam explodir? Cobras sairiam deles?

— Sério? — Kaia exclamou, animada.

— Ele incluiu um bilhete — o entregador disse, passando para mim.

Seria a explicação da piada. Algo sobre carne e como eu deveria ser homem e comê-la. Mas, enquanto o rapaz descarregava pilha após pilha de hambúrgueres vegetarianos, batatas fritas e milk-shakes da incrível cafeteria em Loma Vista de produtos da fazenda para a mesa, comecei a duvidar da minha suposição e li o bilhete.

Queridos Kaia e Cam, o jantar é por minha conta. Vocês nem imaginam quanto eu aprecio tudo. Não se preocupem. A comida é vegetariana. Respeito, Steve.

— Ah, ele é muito gentil — Kaia disse, derretendo-se.

Voltei a ler o bilhete duas vezes, procurando uma pista ou uma mensagem oculta. Até virei de cabeça para baixo. Mas era apenas um bilhete legal. Examinei a enorme quantidade de comida que ele tinha pedido em busca de algo nojento. Estava coberta com vermes? No entanto, a única coisa estranha era que ele pediu o suficiente para dez de nós.

— Estamos esperando mais alguém? — perguntei para Kaia, querendo saber se ela havia convidado a comissão do baile.

— Acho que não. Mas estou morrendo de fome — ela respondeu, e agarrou um saco de batatas fritas vorazmente.

Eu vi Kaia dar uma mordida e me senti um pouco mal pelo fato de estar esperando para ver se ela tinha alguma reação adversa. Eu estava preocupado com o quê? Steve pediu o jantar para sua namorada e… para mim. Aquilo não era estranho. Estávamos arrecadando dinheiro para ele. Eu devia ser capaz de aceitar um pouco de generosidade. Por parte de Steve. Talvez meu “elevar o nível” tivesse mostrado a ele um novo caminho. Além disso, os hambúrgueres tinham um cheiro delicioso.

O celular de Kaia vibrou.

— Steve? — supus.

— Não — ela respondeu, um pouco estressada. — Só tenho que informar ao abrigo de mulheres que estarei lá para o meu turno de amanhã.

Kaia começou a responder quando teve outro pensamento.

— Ah, droga. Tenho a Olimpíada acadêmica neste fim de semana — disse. Ela consultou seu calendário e então se tranquilizou. — Ah, é domingo. Posso participar.

O abrigo de mulheres. A Olimpíada acadêmica. A comissão do baile. Kaia fazia tudo. E agora Salvem Steve. Sem dúvida, ela só se dedicava a coisas que eram realmente importantes. O que significava que eu — quer dizer, Salvem Steve — era muito importante. Distraidamente, comi uma batata frita enquanto ela batia as pontas dos polegares na tela do celular. O ritmo do altruísmo dela era hipnótico.

— Nossa! Você nunca para, não é?

— Há tanto para fazer. De qualquer forma, olha quem fala — Kaia disse, me deu um empurrão brincalhão e pegou um hambúrguer.

Deixei cair algumas batatas fritas e tentei esconder meu sorriso bobo.

— Não como você. No momento, só estou fazendo o lance do Steve e a campanha do tubarão...

— Meu Deus! Você checou seu e-mail? — ela perguntou.

Entrei em pânico. O que Steve tinha feito?

Mas Kaia continuou:

— O Conselho Municipal vai pensar na possibilidade de criar uma lei para proibir os tubarões em cativeiro! A petição funcionou!

— Peraí. Sério? Puta merda!

— Verdade!

A emoção daquela pequena vitória tomou conta de nós e então Kaia me abraçou.

A velocidade de rotação da Terra diminuiu. Partículas de poeira do campo próximo brilharam ao nosso redor. E novamente fiquei em algum tipo incrível de infusão de coco.

Então, quase tão logo começou, nós dois percebemos que estávamos nos abraçando no estande de Salvem Steve no Campeonato de Futebol Feminino das escolas de ensino médio da Califórnia e nos separamos. Eu a vi começar a rir sem jeito e ri de volta para ter certeza de que ela sabia que eu também achava aquilo muito estranho.

Nós nos entreolhamos. Fiquei paralisado e procurei no olhar dela a resposta para a pergunta mais importante. Foi só um abraço? Ou foi um *abraço*?

Kaia olhou para o saco de batatas fritas e começou a mordiscá-las.

— Seja como for, bem… Steve foi muito legal em nos mandar o jantar — ela disse.

A culpa pareceu tomar conta dela e a energia entre nós evaporou.

Ficamos em silêncio. O público urrou pelo que pareceu ser um gol sensacional. Fiquei mal por Kaia estar se sentindo culpada. Nunca tinha provocado sentimento de culpa em ninguém antes. Na realidade, eu geralmente carregava os sentimentos de culpa por todas as outras pessoas.

Meu celular vibrou, tirando-me do meu pequeno momento. Era uma mensagem da minha mãe.

Mãe: ***Sua petição funcionou! Meu garoto é o máximo!***

Na sequência da mensagem, minha mãe enviou uma série de impetuosos *bitmojis* dela: carregando um troféu, nocauteando pessoas etc. Eu ri.

— Arrasando, não é? — Kaia perguntou.

— Bem, se você considerar que minha mãe está “arrasando” — brinquei. — Ela acabou de ver a notícia sobre a petição.

— Que rapidez.

— Bem, ela tem um Google Alerta para qualquer causa em que estou envolvido — disse.

Algo surpresa, Kaia ergueu pouco as sobrancelhas.

— Sim. Eu sei que isso é bastante embaraçoso.

Kaia fez que não com a cabeça.

— Não, não. Isso parece absolutamente normal. De fato, preciso ouvir mais sobre essa sua mãe supernormal — ela disse, inclinando-se para mim com interesse exagerado.

— Não há muito mais.

— Não acredito nisso.

— Sério, somos uma família bem comum.

Kaia esperou.

— Tudo bem. Tenho certeza de que minha mãe hidrata meus cotovelos à noite, quando estou dormindo. Não posso provar, mas eles são anormalmente macios.

Kaia bufou.

— Não, ela não faz isso. Tente de novo.

— Ela faz — disse com bastante seriedade.

— Não. Isso não é algo que alguém faria — Kaia afirmou, fazendo um gesto negativo com a cabeça para enfatizar duplamente a insanidade daquilo.

— Porém, meus cotovelos dizem o contrário.

— O.k., preciso ver esses idiotas — Kaia disse e agarrou meu braço.

— O quê? Não! Pare. São privados — afirmei, mas quem eu estava enganando? Kaia podia pegar meu cotovelo sempre que quisesse.

Como se estivesse passando giz em um taco de bilhar, Kaia esfregou a palma da mão sobre meu cotovelo. Incrédula, ela agarrou o outro e comparou. Kaia até passou meu cotovelo ao longo do seu braço. Seu choque foi real.

— São como os de um bebê!

— Eu te disse.

— Cam, sua mãe não é normal — ela afirmou, um pouco preocupada. — Mas seus cotovelos são uma obra de arte.

— Vou dizer para ela.

Na verdade, nunca tinha confrontado minha mãe a respeito daquilo. Provavelmente deveria.

— Ela também faz isso nos do seu pai?

— Ah, não. Ele foi embora quando eu tinha 7 anos — informei.

Pude sentir a parte da conversa "pobre Cam" chegando. Era o que geralmente acontecia quando eu contava para as pessoas que meu pai tinha ido embora. Ou elas desviavam o olhar, constrangidas, como se eu tivesse acabado de dizer que estava morrendo, ou se tornavam muito sensíveis e queriam me mostrar quanto estavam preocupadas comigo.

— Ah, nossa. Desculpe. Estávamos tendo uma conversa divertida, e agora essa chatice — Kaia disse.

Ela deu um sorriso do tipo "opa" e comeu uma batata frita fingindo desconforto. Eu ri, muito aliviado porque ela não teve pena de mim. Isso me fez gostar dela ainda mais. Algo que realmente não deveria ser possível.

— Na realidade, foi bom ele ter ido embora. Minha mãe é, tipo, o dobro do pai que ele teria sido — disse.

Depois de puxar o tapete da minha mãe com a coisa toda do cotovelo, queria que Kaia soubesse que ela não era uma *serial killer*. Também me deu o pretexto para trazer à tona uma história que eu esperava que deixasse Kaia impressionada.

— Quer dizer, nem pensar que meu pai teria ficado numa fila durante quatro horas para conseguir uma foto autografada e um exemplar de *Minha história*, de Michelle Obama.

— Como é? Você conheceu Michelle?

— Conheci.

— Você deixou ela tocar em seus cotovelos?!

— Não, mas foi o melhor dia da minha vida. Tenho a foto dela ao lado da minha cama. Ela toma conta de mim enquanto durmo.

Kaia me olhou de um jeito engraçado.

Ah, não. Ela não percebeu que eu estava brincando.

— Kaia! Meu Deus, como é que você está?

Uma garota que eu acho que conhecia da aula de inglês perguntou a Kaia, nos interrompendo. Aquilo não era nada bom. Não devia ter tentado brincar, mas Kaia tinha dito a coisa do cotovelo e eu queria que continuasse. Mas então ela achava que eu tinha algo estranho com Michelle. Droga. Quer dizer, às vezes eu falava com ela. No entanto, não acreditava que ela me ouvisse.

— Deve ser muito difícil — a garota da aula de inglês disse a Kaia.

— Bem, foi uma piada! Você sabe disso, não sabe? — afirmei, tentando me intrometer, mas acho que Kaia não me ouviu. A garota dramática estava recebendo toda a sua atenção.

— Você é muito corajosa — a garota continuou com um suspiro solidário.

Tentei novamente.

— A coisa da Michelle. Foi...

Kaia encolheu os ombros, parecendo um pouco desconfortável.

— Ah, hum, obrigada. Mas Steve é realmente o corajoso.

— Mas é meio romântico, não é? — a garota disse, dando a impressão de estar imaginando Kaia enxugando a cabeça de Steve com um pano.

— Ah, não sei... — Kaia respondeu e se virou para mim. — Você conhece o Cam?

A garota da aula de inglês olhou para mim, tentando identificar meu rosto e, depois, fazendo que não com a cabeça.

— Ele tem uma foto de Michelle Obama ao lado da cama. Ela cuida dele à noite — Kaia continuou.

Fiquei paralisado.

A garota da aula de inglês me deu um sorriso assustado e, em seguida, pediu desculpas rapidamente e foi embora.

Então, Kaia caiu na gargalhada.

— A sua expressão facial!

— Você não presta — disse, com minha temperatura corporal voltando ao normal.

— Vamos. Foi muito engraçado — Kaia afirmou, e me deu um tapinha nas costas.

Tenho certeza de que Kaia sentiu a umidade em minha camiseta, mas ela não disse nada. Em vez disso, inclinou-se, apoiou o queixo na mão e falou com grande interesse:

— Agora me conte tudo sobre Michelle.

Uma hora depois, as embalagens vazias dos sanduíches e das batatas fritas tinham se amontoado na pequena lata de lixo debaixo da nossa mesa. Em geral, eu não comia muito quando estava nervoso, mas nossa conversa fluiu de maneira tão fácil e relaxada que fiquei me empanturrando sem parar. Contive um arroto enquanto me perguntava em voz alta:

— Seria melhor se eu cursasse direito ou ciência ambiental? Eu meio que quero trabalhar no Conselho de Defesa dos Recursos Naturais, mas a Tesla também está fazendo coisas incríveis.

— Eu não consigo decidir entre a União Americana pelas Liberdades Civis, Médicos sem Fronteiras ou Greenpeace. Quer dizer, são coisas totalmente diferentes. Só fico preocupada se vou escolher uma coisa e depois vou descobrir que outra precisa de mais ajuda e já vou ter me especializado e… Argh!

— Exatamente! Eu…

O celular de Kaia vibrou e fiquei desapontado quando ela o checou.

— Meu Deus! Sabia que não devia ter me metido nisso. Ainda estão discutindo se vão usar "Aqui no mar" ou "Atlantis" como tema musical do baile. Será que não conseguem decidir sem mim? Por que eu tenho que ser o voto de minerva? — ela gritou ao celular. — São iguais, gente! São balões azuis de qualquer maneira!

Kaia deixou escapar um gemido de exaustão.

— Não existe um substituto para os balões? — disse, tentando parecer útil. — Algo que possam reciclar ou doar depois?

— Quem dera! Destruiriam de qualquer forma. Tentei fazer com que incluíssem uma exibição de recifes de coral em risco de extinção para conscientizar. Mas acharam que era algo deprimente para o baile. O que provavelmente é.

— Se fôssemos você e eu planejando, a pista de dança seria uma ilha de plástico flutuante.

Só estava meio brincando, mas Kaia riu.

— Já pensou? Ainda bem que não somos nós. Posso contar um segredo para você?

— Sim! — respondi de modo atencioso. Ninguém nunca me mandou bilhetes ou me contou segredos. Não importava o que fosse. Era um segredo de Kaia!

— Na verdade, gosto da ideia de um baile dos velhos tempos, superextravagante e megarromântico.

Enquanto Kaia falava, conseguia ver a visão daquilo nos olhos dela.

— Você gosta? Eu poderia pôr em prática essa fantasia?

Minha expressão preocupada deve ter parecido um julgamento.

— Não seja uma dessas pessoas que não acham possível que uma garota possa gostar muito de brilhos e salvar o mundo.

Esforcei-me para me recuperar.

— Não, quer dizer, eu gosto de um baile — disse. Kaia precisava saber que eu estava dentro do seu baile superextravagante se eu conseguisse convertê-lo em *nosso* baile superextravagante. — Quem não gosta de um baile? É a única vez que podemos ser extravagantes.

— Não é? — Kaia concordou de modo enfático.

Mas então sua expressão mudou e ela cruzou os braços.

— Mas não faço ideia se Steve vai estar bem o suficiente para ir.

— Ah... Não...

Tentei encontrar tristeza em minha voz, mas simplesmente não estava ali. Será que ela estava me dando uma oportunidade? Puta merda. Será que Kaia queria que eu a acompanhasse?

— E eu já comprei um vestido...

Meu Deus, Kaia estava me dando uma oportunidade. Ela mencionou o vestido e o fato de que não tinha certeza se poderia ir e também disse quanto ela amava o baile. Aqueles eram quase todos sinais verdes! Será que eu precisava mesmo que ela dissesse: *Cam, você já pode me convidar para o baile?*

Senti meu estômago embrulhar, mas poderia ser apenas meu sistema digestivo tentando gerenciar a enorme quantidade de comida que tinha acabado de consumir.

— Por favor, Cam Webber, pode vir até o campo?

Espera aí. Eu tinha acabado de imaginar que estava sendo chamado ao campo de futebol para evitar que eu convidasse Kaia para sair? Era uma nova e divertida reviravolta na minha ansiedade.

— Acabaram de chamar você? — Kaia perguntou, pelo menos confirmando que eu não estava alucinando.

— Não acho...

— Cam Webber, por favor, junte-se a nós no campo de futebol — repetiu o locutor por meio do sistema de som.

Kaia me olhou com uma expressão confusa.

— Para substituir a goleira?

Esmaguei a grama com os meus pés quando entrei no campo. A iluminação do estádio deixava tudo com uma cor branca brilhante e fantasmagórica. Semicerrei os olhos, esperando que eles se adaptassem. Alguém estava parado na linha central.

— Alô, Colégio San Buenaventura! Sentiram minha falta?

A voz retumbou sobre a multidão. Houve um rugido imediato em resposta. Ao meu lado, Kaia deu um suspiro de surpresa. Meu estômago voltou a embrulhar. De repente, senti cada mordida que tinha dado nos hambúrgueres ameaçando voltar. Steve Stevenson estava sobre uma pequena plataforma no centro do campo, empunhando um microfone sem fio. Ele andava para a frente e para trás diante da multidão.

— Eu sei. Eu sei. Provavelmente, vocês estão tipo, o quê? Esse cara está com câncer? Não poder ser! Ele é tão sexy!

Steve fez flexão, exibindo-se. A multidão deu um riso sufocado.

— Mas esta noite não é sobre os meus músculos abdominais...

Steve levantou a ponta da camiseta. A multidão gritou.

— Ou minhas armas...

Ele flexionou seu bíceps. Mais gritos.

— Ou o fato de que consigo levantar 130 quilos.

Apupos e assobios. Steve sorriu agradecido e, depois, ficou sério.

— Não. Estou aqui para algo ainda mais incrível.

Recolocando o microfone no pedestal, Steve pulou para fora da plataforma e caminhou até onde Kaia e eu estávamos paralisados, provavelmente por razões muito diferentes. Ela exibia uma expressão de prazer, estupefata. Eu tinha quase certeza de que a minha era apenas de estupefação. Steve nos alcançou e pegou Kaia e eu pelas mãos, puxando-nos em direção à plataforma.

— Como você está?... Por quê? Onde... Eu não posso... — Kaia gaguejou ofegante enquanto Steve nos puxava.

Sim, pensei. *Todas essas perguntas.* Steve nos arrastou até o microfone.

— Não estou morrendo — ele sussurrou no ouvido de Kaia e, ao mesmo tempo, olhou diretamente para mim. Seus olhos brilhavam com a diversão. — Posso fazer coisas divertidas — ele ainda sussurrou.

Antes que eu pudesse imaginar o que ele considerava "coisas divertidas", Steve passou o braço em volta de mim, agarrou o microfone novamente e se dirigiu à multidão.

— Estou aqui para apoiar meu amigão Cam e a sua última brincadeira maluca que ele postou em SalvemSteve.org esta noite!

As pessoas pegaram seus celulares e um murmúrio de interesse foi crescendo. Eu me virei para Steve.

— Mas... Eu mudei a senha! — sussurrei.

Steve cobriu o microfone com a mão e chegou mais perto de mim.

— Você parece achar que só porque sou popular e muito mais atraente do que você sou um desmiolado. Garanto que não sou.

Lembrei então que Steve frequentava todos os meus cursos extracurriculares e até alguns cursos avançados que eu não fazia. Como eu não tinha me dado conta disso?

Satisfeito com minha falta de expressividade, Steve tinha se voltado para a multidão.

— Agora, como o site diz, Cam está convidando todos vocês a descer para o campo e, em troca de uma pequena doação, rolá-lo até o gol!

— O quê? — exclamei, olhando ao redor, desesperado.

Steve ergueu os dois braços no ar.

— Tragam a bola para hamster!

Suas palavras trovejaram sobre a multidão. Houve uma ovação em resposta. Os alto-falantes começaram a tocar uma música e quatro animadoras de torcida sorridentes apareceram, rolando uma bola inflável gigante de plástico transparente, com pelo menos 2,5 metros de diâmetro. No centro dela, havia um orifício circular grande o suficiente para uma pessoa passar por ele.

Steve chegou mais perto de mim.

— Os lanches caíram bem, amigão?

De repente, o plano de Steve ficou terrivelmente claro, e pareceu muito perto de se concretizar.

Agarrei o braço de Steve.

— Não estou... — comecei a dizer e arrotei. E subiu o gosto de todos aqueles hambúrgueres. Meu Deus.

Kaia se inclinou em minha direção.

— Cam! Por que você não me contou? Eu vi isso no YouTube! É uma puta ideia!

Ela estava sorrindo para mim, aquele sorriso lindo e caloroso. De repente, só conseguia pensar em palmeiras, ukulelês, ondas banhando nossos pés descalços. Paraíso.

— Eu... Queria fazer uma surpresa para você.

Eu era um idiota.

— Uau! Olha só! — Steve exclamou.

Desviei meu olhar de Kaia. Steve estava apontando para o grupo de vinte pessoas que, naquele momento, esperava na base da plataforma. Elas agitavam notas de 5 dólares no ar.

— As pessoas querem mesmo fazer o Cam rolar! — Steve disse, e se virou para Kaia. — Por que você não recolhe as doações, Kai?

Kaia caminhou ao longo da beirada da plataforma, pegando o dinheiro e fazendo com que as pessoas formassem uma fila.

— Só 5 dólares, Cam? — ela disse, com a testa enrugada de preocupação.

— Sim, também fiquei surpreso que tivesse um preço tão acessível — Steve disse, e me deu um tapão nas costas.

— ... 5? — ecoei.

Eu queria chorar.

— Mas percebo que o preço acessível está gerando mais entusiasmo — Steve afirmou, apontando para uma fila agora enorme que se estendia até as arquibancadas.

— Verdade — ela disse, já sem as rugas de preocupação na testa.

Com um empurrão, Steve me impeliu na direção da bola.

— É hora de entrar nela, amigão!

Olhei para a grande esfera de plástico, sem muita vontade de entrar. O campo parecia incrivelmente comprido e largo e eu estava incrivelmente empapuçado. Forcei outro arroto nervoso, mas Steve percebeu e seus olhos brilharam.

— Cam, Cam, Cam, Cam — ele começou a entoar.

A multidão o acompanhou.

— Cam, Cam, Cam, Cam.

Kaia se juntou ao coro, batendo palmas.

— Cam, Cam, Cam, Cam.

Apesar de não ser capaz de sentir meus pés, avancei lentamente até onde a bola estava, mantida no lugar pelas animadoras de torcidas com seus sorrisos brilhantes correspondentes. Inclinei-me para a frente e segurei as laterais da entrada. O plástico chiou sob os meus dedos. Deslizei para dentro.

Imediatamente, o som da multidão diminuiu e o mundo exterior ficou reduzido a um borrão de cores, rostos e luzes. Percebi que havia uma bola muito menor dentro da bola maior, e era onde eu estava agachado naquele momento, mal conseguindo ficar em pé. Podia ouvir minha respiração ricocheteando nas paredes de plástico. O ar tinha um cheiro forte de produtos químicos e não parecia haver oxigênio suficiente ali. O que aconteceria a seguir? Não conseguia ouvir nada. Eu só tinha que esperar alguém me rolar rumo ao meu destino cruel?

De repente, o rosto de Steve preencheu o orifício de entrada como se fosse uma paródia de um filme de terror. Ele começou a cantar:

— *É isso que é um Cambúrguer!*

— Steve — gritei e pulei na direção dele, pronto para implorar, mas ele já tinha ido embora. Através do plástico transparente, eu o vi voltar ao centro da plataforma e fazer um anúncio. Consegui ouvir a ovação em resposta mesmo dentro da minha bolha.

Quatro vultos embaçados vieram em minha direção, substituindo os das animadoras de torcida. Pelo tamanho parrudo deles, tinham de ser jogadores de futebol americano.

A bola começou a rolar. Fui junto com ela. O.k., aquilo não era mau. Realmente era como se eu fosse um hamster. Os jogadores de futebol americano ganharam velocidade. Tudo bem. Era mais difícil. Inclinei-me para a frente, com minhas mãos arranhando o plástico liso enquanto tentava acompanhar o ritmo. Então, com um empurrão e uma gritaria, eles soltaram a bola e, de repente, eu estava quicando loucamente. Escorreguei e, POFT, meu rosto bateu no plástico. Então, eu estava caindo, rolando, de cabeça para baixo. Só conseguia ver as luzes ofuscantes do estádio e, depois, a grama. Em seguida, a luzes novamente.

Meu estômago protestou. Cerrei os dentes, recusando-me a entregar os pontos.

PÁ. A bola parou de rolar bruscamente, ficando presa na rede do gol. Dentro dela, eu estava estendido como uma estrela-do-mar. Meu cabelo estava grudado na testa. O ar dentro da bola estava úmido por causa do meu suor, mas eu não tinha vomitado. Do lado de fora da bola, podia ouvir a multidão ovacionando loucamente. Pelo orifício de entrada, achei que até consegui ver Kaia aplaudindo. Chupa, Steve!

— De novo! Mas desta vez, O CAMPO INTEIRO! — Steve disse.

O quê?

Vi diversos vultos correndo em minha direção. Sentei-me.

— Ei, pessoal. Espera aí.

Os vultos bateram as mãos no plástico ao meu redor. Ficou escuro por dentro, com os diversos corpos bloqueando a passagem da luz. A bola começou a rolar.

— Esperem. Me deem um segundo.

Mas ninguém ouviu. Do lado de fora, estavam rindo e entoando:

— Cam, Cam, Cam.

A bola ganhou velocidade. Novamente, esforcei-me para tentar manter o equilíbrio. Pressionei minhas mãos nas paredes. Derrapei e deslizei. Senti o estômago revirar. O cheiro penetrante dos produtos químicos se misturou com o do meu suor amedrontado.

Mais rápido. Estavam me empurrando muito mais rápido.

— Um. Dois. Três.

Foi como se uma onda me atingisse. Eu nem tive chance. A bola quicou descontroladamente. Eu não consegui mais apoiar as pernas. BUM. Bati no chão. BUM. Eu estava no teto. Dei cambalhotas dentro da bola. Repetidas vezes. Fiquei de cabeça para baixo. Luzes. Grama. Luzes. Grama. Tudo ficou embaçado rápido demais.

Senti um suor frio e liso me cobrir. De repente, minha boca se encheu com um galão de saliva. Estava chegando. Meu Deus, estava chegando e eu não conseguia impedir. Tentei engolir, mas não consegui. Senti um aperto na garganta. Meu estômago se contraiu. *Entregue os pontos.* O pensamento cresceu, espontaneamente. *Entregue os pontos e você vai se sentir muito melhor.* Não. Não. Eu não podia. Kaia estava vendo. Cerrei os dentes e fechei os olhos.

Aquilo foi um erro.

Com um jato, o vômito escapou da minha boca, espalhando-se pelo interior da bola. Senti pedaços salpicarem meu rosto. O que naturalmente me fez vomitar de novo. Um vômito maior e mais longo. Eu não conseguia parar. Simplesmente continuava vindo. O vômito cobriu o interior da bola enquanto eu rolava repetidas vezes. Estava no meu rosto, nos meus braços, na minha calça, dentro dos meus sapatos. Todo o interior da bola se encheu com o fedor do hambúrguer vegetariano e do milk-shake de chocolate sem lactose.

Do lado de fora, o público reagiu. Contudo, a bola comigo dentro continuou rolando, sem que ninguém fosse capaz de pará-la. Perdi a conta das vezes em que me chafurdei em meu oceano pessoal de vômito. Então, a bola passou a rolar devagar e, finalmente, parou. Fiquei deitado com os olhos fechados, sentindo o vômito cobrindo meus cílios e uma umidade quente ensopando minha nuca e meu cabelo. Ouvi o troar dos passos das pessoas se aproximando e, em seguida, percebi as reações horrorizadas delas quando chegaram perto o suficiente para ver e sentir o cheiro do desastre que era eu.

— Cam? Cam? Você está bem.

Era a voz de Kaia.

— Não chegue mais perto… — implorei, com a voz rouca. Mas sabia que Kaia não podia me ouvir do lado de fora do plástico grosso. E eu sabia o que ela devia estar vendo: uma bola para hamster gigante completamente revestida com as entranhas do meu estômago, com o jantar que tínhamos acabado de comer juntos. Podia ouvir o barulho dele enquanto pingava lentamente do teto.

— Peguem uma maca! — alguém gritou.

Passos. Alguém se aproximou. Houve um chiado do plástico quando colocaram as mãos na bola para espiar dentro. A coisa toda se moveu um pouco e eu contive outra onda de náusea.

— Caramba. Quanto esse cara comeu?

Era a voz de Steve. O maldito Steve.

— Eu me sinto mal agora por ter mandado aqueles hambúrgueres.

Enquanto ele se afastava, a voz se perdia na distância.

— Mas, quer dizer, ele sabia que tinha planejado isso…

A DUCHA DE ÁGUA GELADA BATEU NAS MINHAS COSTAS.

— Ali, perto do ouvido. Acho que ainda tem um pedaço — Steve disse.

Kaia apontou a mangueira um pouco mais alto e a água atingiu meu ouvido, ensurdecendo-me momentaneamente. Depois que fui carregado para fora do campo e colocado em sua lateral, Kaia insistiu que ajudaria na minha limpeza. Os especialistas em primeiros socorros decidiram que não havia realmente nada que exigisse a competência deles e entregaram a mangueira para ela. Steve também resolveu ajudar e, sentado em um banco, apontava meticulosamente cada parte do meu corpo que estava coberta de vômito.

— Acho que estou bem — disse.

Eu estava totalmente encharcado, mas era uma grande melhora em relação ao meu estado anterior. Kaia desligou a mangueira.

— Você está bem? — ela perguntou assim que se aproximou de mim.

Fiquei olhando para os sapatos dela, incapaz de encontrar seus olhos.

— Sim — respondi.

Kaia deve ter percebido que não ia arrancar mais nada de mim. Seus pés se moveram de um lado para o outro.

— Bem, acho que vou indo, então. Steve precisa voltar para casa. Isso foi muito para ele. Para todos nós, na verdade.

Concordei com um gesto de cabeça. Eu também queria ficar o mais longe de mim, o que obviamente fora o plano de Steve. E tinha funcionado.

— Está bem. Então, até mais.

— Até mais.

Enquanto Kaia e Steve se afastavam, seus passos esmigalhavam o cascalho. Steve murmurou algo. Kaia respondeu baixinho:

— Eu sei. Acho que nunca vou conseguir tirar esse cheiro do meu nariz.

11

ACORDEI COM UM RESQUÍCIO DE GOSTO DE VÔMITO NA BOCA. E medo em meu coração. Steve ainda tinha o controle do site.

Peguei o celular na mesinha de cabeceira. Na noite anterior, tentei redefinir a senha durante horas, mas o site estava totalmente bloqueado. Como Steve conseguiu fazer aquilo?

— Nada de novo… Nada de novo… — repeti, como se estivesse orando.

Abri o site e parei de orar.

Na tela, SalvemSteve.org prometia agora o seguinte: *Se alcançarmos 1.300 dólares em doações, vou usar uma barba de abelhas!*

Joguei o celular e ganhei mais três rachaduras na minha tela.

Uma hora depois, estava novamente parado à porta da casa de Steve. Tinha que acabar com aquilo antes que ele me matasse. Ensaiei em diferentes tons de voz:

— Nós dois queremos a mesma coisa, Steve. Nós dois queremos a mesma coisa.

Mesmo sem estar convencido de que tinha encontrado o tom certo, bati na porta.

Talvez seus pais abrissem a porta. Preferivelmente, a mãe. Ela gostou de mim. Talvez eu pudesse usar sua boa vontade contra Steve. De alguma forma.

A maçaneta deu um estalido e a porta se abriu.

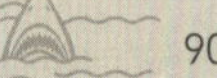

Steve. De roupão de banho rosa-choque. Tomando sorvete em uma tigela. Sem se incomodar com a minha presença.

— Ah, oi, Cambúrguer. Eu sinto muito. Deve haver algum engano. A reunião dos Vomitadores Anônimos foi na semana passada. Por que você não volta talvez... Nunca?

E bateu a porta na minha cara.

Eu devia simplesmente contar para Kaia que Steve hackeou o site. Mas qual era a minha prova? Que eu não tinha a senha? Eu tinha concordado com a fralda e a bola para hamster. Que tipo de louco faria isso?

Voltei a bater na porta. Nada. Cheguei mais perto da porta e tentei gritar através da sólida madeira de carvalho.

— Steve, só quero...

A porta se abriu e Steve sorriu como se fosse a primeira vez que tivesse me visto naquele dia.

— Ah, oi, Cam. Nossa. Obrigado por dar uma passada, mas hoje só estou andando com pessoas que não sentem tesão pela minha namorada. Talvez amanhã... — ele disse, e estendeu o braço para fechar a porta.

— Podemos conversar sobre o site? — falei impulsivamente.

— Site? Que site? — Steve respondeu, fingindo estar confuso.

— O site que você hackeou — reclamei.

— Como eu poderia hackear um site, Cam? Eu pareço um nerd de computador? Sou apenas um *brother* burro com câncer. E ele é realmente debilitante, como você pode ver — Steve disse e, então, enfiou uma colherada enorme de biscoitos e sorvete em sua boca, com o excesso transbordando nas bordas dos seus lábios como se ele fosse um bebê.

— Só estou tentando ajudá-lo. Não podemos nos dar bem?

— Nos dar bem? Isso me parece algo muito chato.

— Steve, me devolva a senha. Como você conseguiu ela de novo?

— Sabe, Cam, para um cara legal como você, você é muito estúpido. Simplesmente adicionei meu e-mail no contato principal e me tornei o administrador do site. Ou seja, posso remover qualquer e-mail de contato antigo de algum *bot* chamado Cam. Agora sou a única pessoa que pode redefinir a senha — Steve explicou e tomou mais um pouco do sorvete. — Embora eu possa ser persuadido a devolver o site caso você diga uma coisa simples.

— Certo. O quê? — perguntei, tentando parecer complacente.

Steve falou com uma voz que acho que deveria soar como eu, mas soou mais como a voz de uma velhinha:

— Steve, você tem razão. Só estou fazendo isso para chegar na calcinha de Kaia.

— Steve, eu não estou...

— Diga!

— Não posso. Não é verdade.

— Usar o nome de Kaia como sua última senha diz o contrário.

— Só fiz isso porque estamos trabalhando nisso juntos.

— Por que você não usou "Steve"?

— Não é recomendável usar o nome do seu site como senha.

— Diga, Cam!

— Sério, não estou fazendo isso para...

— Chegar na calcinha de Kaia?

— Pare! Eu odeio essa palavra.

— Você pode dizer "roupa de baixo" se for mais adequado para sua sensibilidade vitoriana.

— Não vou dizer nada.

— Então, você vai ficar bem bonito com o rosto cheio de abelhas — Steve afirmou, parecendo realmente mais feliz. — Você acha que elas vão escalar seu nariz? E se uma delas ficar presa?

Cruzei os braços.

— Eu não vou aparecer, o.k. Que tal? Você pode postar qualquer brincadeira maluca que quiser, mas não significa que vou fazê-la.

— Cam? O que você está fazendo aqui? — Kaia perguntou ao aparecer atrás de Steve.

Ela estava ali o tempo todo? E nós ficamos falando da calcinha dela!

— Bem, eu só... Eu queria ver como Steve está.

— Achei que você queria falar sobre o site, Cam — Steve afirmou, com um sorriso capaz de cortar vidro.

— Ah, bem, sim. Eu...

— Meu Deus, eu vi a coisa das abelhas — Kaia disse, horrorizada.

— Sim, é uma ideia estúpida, não é? — afirmei, mas devia contar para ela que era uma ideia de Steve.

— Bastante estúpida — Steve concordou, parecendo preocupado. — Disse ao Cam que ele não deve fazer isso. Parece meio perigoso e pode doer pra cacete se elas formarem um enxame acidentalmente.

Sua expressão era séria, mas seus olhos estavam dançando.

— Foi o que pensei — Kaia afirmou.

Graças a Deus. Relaxei, até que ela continuou:

— Mas vocês têm que ver uma coisa!

Kaia fez um gesto para que a seguíssemos de volta para o interior da casa. O seu entusiasmo me assustou muito.

Steve levantou uma sobrancelha, animado com o que quer que fosse.

Engoli em seco.

Na sala de lazer de Steve, Kaia pegou seu laptop e o mostrou para nós.

— Vejam! — ela disse.

Na tela, estava o site Salvem Steve.

— Você estabeleceu uma meta de 1.300 dólares e já alcançamos 5 mil! — Kaia prosseguiu.

Ah, merda. Merda, merda, merda, merda.

— A brincadeira com a bola para hamster foi nojenta, e acho que nunca vi tanto vômito na minha vida, mas realmente chamou atenção das pessoas — Kaia concluiu.

Por falar em vômito, tentei ocultar uma onda de náusea que tomava conta de mim naquele momento.

— Ah, nossa. Isso é... Ótimo — eu disse, já podendo sentir as abelhas no meu rosto.

Steve saboreava aquele novo nível de tortura. Sua voz saiu quase em falsete.

— Mas você vai desistir da brincadeira da barba de abelhas, não vai? Estou preocupado com você, Cam. Não quero que você se machuque.

Steve tinha me encurralado. Se eu desistisse, ele venceria e, ao mesmo tempo, pareceria preocupado e atencioso. Se eu concordasse em fazer aquilo... Abelhas. Por que não encontrar outra garota de quem gostar? Quer dizer, eu já tinha gostado de outras. Devia haver uma outra pela qual eu poderia me apaixonar. Kimberly Longacre parecia legal. Mas Kimberly Longacre não tinha passado a noite toda comigo no pântano lendo a respeito do fim do mundo. Kimberly Longacre não se voluntariou para catorze causas diferentes. Kimberly Longacre não me confortou após minha ereção na fralda. Kimberly Longacre não cheirava a coco.

Arrgggh!

Kaia havia percebido o novo instinto maternal de Steve.

— Eu sei. Eu sei. Você tem razão, Steve, Cam, isso é uma loucura. Você não pode fazer isso — ela disse, colocando o laptop de lado e o fechando com um suspiro.

Meu Deus, eu tinha desapontado Kaia.

— De acordo — Steve disse, sorriu e se jogou no sofá, vitorioso.

As abelhas eram mesmo tão assustadoras?

— Vamos ter que devolver o dinheiro para as pessoas — Kaia disse, desanimando por completo naquele momento. — Lamento, mas fiquei empolgada porque a brincadeira com as abelhas nos colocou a um quarto do caminho do nosso objetivo.

Kaia também podia sentir o gosto dos 20 mil. Os *nossos* 20 mil.

— Mas não vale a pena se você se machucar, Cam — ela continuou e deu um tapinha no meu braço.

A desilusão de Kaia avançou sobre mim como uma geleira em colapso.

Eram apenas abelhinhas. Certo?

— Eu posso fazer isso.

— Cam! — Kaia exclamou, parecendo assustada. — Você não pode.

— Sim, Cam, por favor, é perigoso demais — Steve afirmou com a fisionomia impassível.

Droga, ele estava se divertindo com aquilo.

Eu me concentrei em Kaia.

— Vai dar tudo certo. Eu vou ficar bem. O pessoal do santuário das abelhas deve saber o que está fazendo, não é?

— Talvez. O aluguel pareceu um pouco baixo quando consultei o site deles — Steve disse, cruzando os tornozelos e colocando os braços atrás da cabeça.

Mas a atenção de Kaia estava concentrada em mim.

— Você tem certeza? — ela perguntou.

Vi uma centelha de esperança em seus olhos.

— Totalmente — respondi.

Por um momento, nós nos entreolhamos e ela absorveu minha coragem (ou insanidade, era difícil dizer).

Steve se sentou reto.

— Bem, que bom que está resolvido, Kaia. A Netflix está nos esperando... — ele disse e ligou a tevê.

— Você quer ficar? — Kaia perguntou para mim, como se ela meio que quisesse.

Steve recostou-se e estendeu os braços sobre o encosto do sofá.

— Sim, Cam. Seremos apenas eu e Kaia nos abraçando e nos acariciando, mas você pode se sentar no sofá e tornar a situação constrangedora.

— Steve! Deixa de ser babaca! — Kaia falou.

Steve se encolheu nas almofadas. Eu realmente precisava registrar a reação dele na próxima vez que aquilo acontecesse.

— Desculpe. É que eu queria muito passar o tempo com você — ele disse.

Kaia se virou para mim, dando um suspiro compungido.

— Desculpe, Cam, estou muito ocupada ultimamente. Steve e eu não tivemos nenhum tempo juntos, sabe?

Concordei, feliz pela oportunidade de poder sair dali.

— Sem dúvida. Sim. Claro. Acho que verei você na brincadeira com as abelhas.

Kaia me abraçou.

— Você é incrível, Cam.

Com os braços dela envolvendo meu corpo na frente do Steve, quase me esqueci da colmeia de abelhas esperando por mim. Quase.

Ansioso para escapar dali antes que Steve encontrasse outra maneira de me atormentar, corri para a porta da frente. Mas, antes de alcançá-la, ouvi o pai de Steve.

— Não estou aceitando caridade, Cheryl!

Fiquei paralisado, sem saber o que fazer.

— São amigos dele. Eles querem ajudar — a mãe de Steve implorou. — Você viu aquelas contas. Precisamos do dinheiro.

Não queria ouvir aquilo. Tentei abrir a porta da frente sem fazer barulho.

— Você queria que eu pegasse aqueles trabalhos?

O tom de voz do senhor Stevenson era corrosivo.

— Já recusei três. Se eu pegasse, quem iriar cuidar do Steve, hein?

— Eu teria ficado em casa...

— Mas você tem o plano de saúde. Nós já discutimos isso, não é? Isso não significa que estamos aceitando caridade como se fôssemos uns aproveitadores preguiçosos de merda.

Realmente, não me lembrava exatamente a respeito do que versavam as discussões dos meus pais, mas aquela dos pais de Steve parecia familiar.

Senti-me mal pela mãe de Steve. Ao contrário da minha mãe, ela ainda tinha que lidar com a postura masculina tóxica do pai de Steve.

Antes de fechar a porta da frente sem fazer barulho, ainda ouvi o pai de Steve rir e dizer:

— Embora eu esteja algo animado de ver aquele garoto esquisito ficar com o rosto cheio de abelhas.

Abelhas.

Assistir a todos os vídeos de barba de abelhas que encontrei no YouTube ajudou um pouco. Claro, as pessoas se contorceram e se contraíram, mas todas sobreviveram. Provavelmente, não era tão assustador quanto eu tinha imaginado. Acontece que era algo natural as abelhas criarem uma barba. Elas até faziam isso fora das suas colmeias, agrupando-se para sentir o cheiro da sua rainha. Assumi que a abelha-rainha cheirava a coco.

E quem sabe talvez pudéssemos chegar a 10 mil dólares? Algumas picadas valiam a pena, não é mesmo?

No canto da tela, o YouTube recomendou um vídeo semelhante intitulado: "Barba de abelhas deu errado!". O quê? Por que o algoritmo recomendaria aquele vídeo? Tanto faz. Eu não tinha que clicar nele. Por que eu deveria? Estava tentando me acalmar, não é? Não iria clicar nele. Não, não vou clicar.

Cliquei.

Doze mil abelhas se juntaram e atacaram um cara gordinho no vídeo. Ele gritou e correu até um campo próximo sendo seguido pelo enxame furioso. Até o cara da câmera estava fugindo, gritando "Todos nós vamos morrer!".

Comecei a ofegar.

Zum zum zum. Aquele som não estava no meu laptop. Estava no meu quarto. Ah, merda! As abelhas estavam no meu quarto! Merda! Merda! Merda!

Mas era só o meu celular vibrando. Era uma mensagem de Kaia.

Kaia: ***Tenho a tarde livre. Vou poder gravar.***

Devia dizer a ela para não vir. Não queria que sua última lembrança de mim fosse eu esperneando em um santuário de abelhas, sendo picado até a morte.

A porta do meu quarto se abriu. Rapidamente, fechei meu laptop.

— Você viu? — minha mãe perguntou, mostrando-me o celular. — O santuário das abelhas tem um pequeno café muito bacana e que serve chá da tarde! Adorável, não é? Você poderia me trazer alguma coisa de lá — ela disse.

Um café bacana? Aquela era a preocupação da minha mãe.

— Você não está preocupada com o fato de eu ter que usar uma barba de abelhas? — perguntei então.

Ela deixou o celular de lado e se sentou na minha cama.

— Querido, claro que estou apavorada. Eu ia proibir você de fazer isso, porque, francamente, é uma loucura. Mas me dei conta de que você só está fazendo o que eu ensinei a você. Para fazer a diferença você tem que arriscar algo. Então, enquanto eu estava no trabalho tendo um pequeno ataque de pânico, lembrei-me de que você não tem alergia a abelhas. E o lugar parece muito profissional. Fizeram doze barbas de abelhas no ano passado.

— Isso faz de mim o número treze...

— Além disso, quando você pensa a respeito disso, está chamando atenção para duas grandes causas: Steve *e* as abelhas em risco de extinção — minha mãe disse e sua expressão ficou mais sombria. — Você ouviu aquela reportagem? Um herbicida está provocando o colapso das colmeias. Se chamassem o herbicida de "veneno contra abelhas", você acha que as pessoas ainda o comprariam só para se livrarem de alguns dentes-de-leão? É só uma questão de margens de lucro para esses malditos — minha mãe prosseguiu e apontou o dedo para mim. — Não seja como esses idiotas — advertiu. Então, ela me deu um abraço. — O jantar vai estar pronto em dez minutos — informou. Tão rápido quanto apareceu, ela sumiu.

Zum!

Outra mensagem de Kaia.

KAIA: ***Vai ser incrível.*** 🐝 🌞

Não podia dizer a Kaia para ficar longe. Então, as palavras da minha mãe ecoaram em minha cabeça: "pequeno café muito fofo". Abri o site do santuário das abelhas no meu celular e, sem dúvida, havia um café temático dedicado a abelhas. "*O local mais romântico para um chá da tarde*", o site alardeava. Romântico? Chá da tarde?

Mandei uma mensagem de volta:

Que bom que você vai estar lá. Isso vai me livrar dos ferrões! 🤪

Isso seria perfeito. Se eu sobrevivesse.

UMA QUANTIDADE GENEROSA DE VASELINA FOI ESPALHADA NOS MEUS LÁBIOS e debaixo dos meus olhos. Bolas de algodão brotavam dos meus ouvidos e das minhas narinas. As mangas compridas da minha blusa estavam bem presas. Mas eu ainda estava apavorado com a colmeia engaiolada que zumbia ao lado. Kaia não tinha chegado e eu estava meio feliz. Não tinha certeza se queria que ela me visse daquela maneira.

Mas tínhamos reservas no café, e era óbvio o motivo de ter sido eleito o chá da tarde mais romântico. Os campos em volta brilhavam e ondulavam com a brisa sempre suave. O ar era tão perfumado que eu fiquei em um estado constante de quase espirrar tufos de algodão. Era uma pintura viva de Monet. Ou era Manet? História da arte era uma das minhas piores notas.

Jesse e Paula, os apicultores antes acolhedores, estavam ficando impacientes. Eu sabia que estávamos atrasados, mas pelo menos eles estavam vestidos com capuz com véu e macacão branco para protegê-los. Eu me encontrava basicamente pelado. Não obstante, eles continuavam checando os relógios que mal podiam ver.

— Só mais cinco minutos — implorei.

Percorri com os olhos os canteiros de flor de bergamota, prímula e lilás-da-califórnia (eu já tinha feito o tour completo pela fazenda antes) até chegar à casa de madeira rústica. Apenas os beija-flores e os insetos vinham e partiam. Seus sons e zumbidos também pareciam impacientes.

— É melhor começarmos, Cam. Temos que fazer rondas em cerca de meia hora.

Não devia estar surpreso. Kaia sempre se atrasava. Talvez ela ainda aparecesse no meio da formação da minha barba de abelhas.

— Tudo bem, mas um de vocês pode me filmar? Preciso de uma prova.

Paula tirou o celular do macacão. Trazendo uma caixa de madeira, Jesse caminhou em minha direção. Será que eles tinham que se mover tão rápido?

— Em geral, ofereço um comprimido, mas, como você é menor de idade, acho que vai ter que respirar fundo e pensar em um lugar feliz. Como eu disse, a primeira coisa que vamos fazer é amarrar essa caixinha de madeira com a rainha em volta do seu pescoço — Jesse explicou com a voz rouca, já amarrando. Não conseguia ver a abelha-rainha, mas podia ouvir seu zumbido agitado.

Paula ergueu o celular para me filmar e eu tentei sorrir. Mas então ouvi Jesse trazendo a colmeia.

— O que vou fazer é começar a cobrir você. Vamos começar pelo peito e, em seguida, as abelhas vão rastejar aos poucos para cima.

Uma abelha veio voando e me alvejou, e eu vacilei. Apenas uma abelha! Jesse estava prestes a despejar 12 mil abelhas sobre mim. Meu Deus. Milhares de abelhas rastejando e zunindo! Com certeza, eu era o cara mais estúpido da história do condado de Ventura. Maldito Steve!

Lembrei-me dos conselhos de Jesse. Respiração profunda e um lugar feliz. Qual *era* meu lugar feliz?

Jesse tirou uma colher de abelhas da colmeia e elas se agarraram à sua mão enluvada. Ele ia colocá-las em mim. Eu queria correr, mas aquilo provocaria problemas piores com a abelha-rainha ao redor do meu pescoço. Ele arremessou e sacudiu o bando de abelhas nas palavras "Salvem Steve" estampadas na minha camiseta. Senti todos os meus órgãos se contraírem. As abelhas se agarraram à minha camiseta. Mesmo com algodão nos meus ouvidos, a coisa estava ficando barulhenta. Não ousei olhar para baixo. Fiquei olhando para a frente, esperando que Kaia ainda aparecesse. Depois, poderíamos desfrutar do nosso chá da tarde. Um chá da tarde romântico. Com Kaia. Aquele era o meu lugar feliz.

O café. Ao fim da tarde. A luz é suave e Kaia parece radiante. Ela ri de algo que eu disse. Ela lambe um pouco de mel e sorri. Ela diz que eu também tenho que provar o mel e levanta a colher para que eu possa lamber. Nossa, é muito bom...

Zásss!

Inúmeras abelhas estavam se empurrando e vibrando no meu peito. Algumas começaram a rastejar no meu pescoço. Eu podia sentir cada perninha que puxava minha pele. Outras abelhas se seguiram. Abelhas em cima de abelhas em cima de abelhas! As patinhas se seguravam em meus poros. Cada abelha estava se agarrando a uma abelha que se agarrava a uma abelha que se agarrava à pele do meu pescoço! A pele estava se alongando.

O chá com mel desce pela minha garganta enquanto Kaia põe o cabelo para trás da orelha. Ela me diz que mel é um afrodisíaco. (Na verdade, eu diria isso a ela porque tinha acabado de ler sobre isso na internet, mas me pareceu muito assustador sugerir.) *Dou uma mordida sedutora no favo de mel. Croc. Croc.*

Uma primeira abelha começou a se arrastar pelo meu rosto. A vaselina deveria proteger minha pele, mas podia sentir que a abelha a escavava. Ela estava interessada nos meus lábios. Naquele momento, outras abelhas estavam se juntando à primeira. Elas procuravam pela umidade na minha boca. Suas patinhas estavam tentando forçar a abertura da minha boca. Elas eram fortes. Muito fortes. Fechei minha boca com força.

— Nesse momento, pode ser que você também queira fechar os olhos — Jesse sugeriu. — Elas gostam de beber lágrimas.

Fechei os olhos com força. Na escuridão, os arranhões das abelhas escalando meu rosto eram ainda mais viscerais. Eu podia sentir as abelhas raspando meu rosto com seus ferrões para me intimidar. Não sabia se já tinha uma barba de abelhas, mas talvez tivesse um ataque cardíaco se aquilo não acabasse logo.

— Olha, a pessoa que você estava esperando chegou!

Eu ouvi Paula dizer.

E num piscar de olhos tudo estava bem. Os zumbidos se transformaram em um suave canto tibetano. Os arranhões se tornaram cócegas divertidas e calorosas. Queria dizer olá para Kaia, mas não podia abrir minha boca. Em vez disso, sussurrei algo ininteligível.

Eu queria vê-la e, corajosamente, dei uma olhada com os olhos semicerrados. Tudo o que consegui distinguir foi a silhueta do seu traje de apicultor, mas ela acenou e eu, muito cuidadosamente, mexi meus dedos para trás. Kaia ficava bem mesmo naquele traje. Naquele momento, consegui sentir o gosto do mel do café. Ela iria adorar. Porém, não iria mencionar o fato de que o mel é um afrodisíaco. A menos que ela mencionasse primeiro.

— O.k., é isso! — Jesse anunciou.

Não podia acreditar. Eu tinha conseguido. Eu era um veterano da barba de abelhas. Naquele momento, tudo o que eu precisava fazer era tirá-las de cima de mim. Mas, com Kaia ali, eu me sentia mais confiante do que nunca. No fundo, as abelhas eram amigáveis. Jesse só tinha que recolocá-las na colmeia.

— Então, você vai pular com força — Jesse explicou. — Você quer que as abelhas caiam.

O quê?! Ele quer que eu fique dando pulos? Com as abelhas em mim?

— Depois, vamos usar o soprador de folhas para recolhê-las. Entendeu?

Pelo menos, havia um soprador de folhas.

— Um — Jesse iniciou a contagem. — Dois.

Fui ao meu lugar feliz uma última vez.

Servimos um ao outro um sorvete coberto de mel com pequenos bombons de chocolate em forma de abelha.

— Três!

Eu pulei. Podia sentir as abelhas caindo. Mas não caíram no chão e cochilaram. Elas começaram a voar em padrões caóticos. Pareciam zangadas. E a abelha-rainha ainda estava no meu pescoço!

— Tire ela daqui! Tire ela daqui! — gritei.

Então, Jesse ligou o soprador de folhas e senti uma forte rajada. Minhas bochechas gorjearam. Cambaleei para trás em um túnel de vento zumbidor. As abelhas atingiram meu rosto como se fossem balas peludas. Ai! Uma acabou de ferroar minha orelha! Não era assim que devia ser. Uma vez que uma o ferroou, era como um sinal para o restante atacar. Foi o que o Google disse! Porra! Fodeu!

— Todos nós vamos morrer! — gritei. — AHHHHHHHH!

— Relaxe. Está tudo limpo, amigo — Jesse disse, tirando a abelha-rainha do meu pescoço.

Tudo limpo?

O zumbido cessou. Naquele momento, consegui ouvir uma risada. Uma risada familiar. Uma risada maníaca. Não era a risada de Kaia.

Abri meus olhos.

Steve.

No traje de apicultor.

Puta que pariu!

— Amigão! — ele entoou, saboreando minha decepção. — Desculpe, Kaia está muito ocupada. Ela se envolveu em outra causa justa e raivosa. Ela me pediu para vir no lugar dela. Prometi enviar uma foto para ela.

Steve ergueu o celular.

— Sorria! — ele disse.

Em seguida, tirou uma foto minha que, tenho certeza, parecia uma mistura de Einstein com uma criança de 3 anos que tinha acabado de deixar cair seu sorvete.

Aquele não era o meu lugar feliz.

Caminhei rapidamente em direção ao meu carro ao longo do caminho florido. A ferroada na minha orelha era a menor das minhas dores.

— Acho que eles fazem um cobertor de abelhas de corpo inteiro se você quiser ir mais além, amigão — Steve disse.

Avancei e espantei uma abelha.

— Que bom que você acha isso engraçado. Não vejo mais ninguém fazendo tudo isso por você — disse.

Eu tinha acabado de usar uma porra de uma barba de abelhas para arrecadar dinheiro para a família dele e ele nem sequer era capaz de agradecer.

— Cam Webber? — uma mulher com um vestido amarelo-vivo com estampas de abelha perguntou. — A mesa para você e seu convidado está pronta.

As orelhas de Steve se ergueram e ele parou derrapando.

— Mesa? — exclamou.

— Para o chá da tarde — a mulher explicou.

— Ah, Cam? — Steve gritou, eufórico. — Para mim?

— Na verdade, não é preciso. Acho...

Mas Steve não largava o osso e não ia desistir.

— O quê? Não, parece muito romântico. Quase como... Um encontro. É um encontro, Cam? — ele perguntou em um tom minimamente ameaçador. — E você nem sabia que eu vinha.

— Isso...

— Alguma chance de conseguirmos uma mesa perto da janela? Eu simplesmente adooooro a vista aqui — Steve disse e piscou para a mulher.

— Claro — ela gorjeou. — Por aqui.

Steve entrelaçou seu braço no meu.

— Vamos, querido! — ele disse e me puxou para o chá da tarde mais romântico.

Havia quadros de abelhas vestidas de cozinheiras e abelhas vestidas de fazendeiros, e também de abelhas com asas de fada e abelhas sereias com nadadeiras longas em vez de ferrões. Móbiles de abelhas voando em torno de flores pendiam do teto.

E havia toalhinhas de renda. Na mesa. Nas cadeiras. Nas paredes. No teto! Muitas toalhinhas.

— Bem, isso é simplesmente delicioso — Steve disse, servindo-se de chá do bule em forma de abelha. Uma bandeja com vários sanduíches minúsculos empilhados estava entre nós (com pepino, agrião, rúcula). Ao lado dela, havia uma pirâmide de potes de mel (com sabor de mirtilo, café, alfafa, flor de laranjeira e molho de churrasco).

No salão, as únicas outras pessoas eram senhoras de idade com chapéus festivos. Elas sorriram para nós. Podia jurar que uma delas até deu bola para Steve.

Steve pegou um sanduíche com delicadeza.

— Estou cheio de desejo. Acho... Acho que esse sanduichinho está fazendo eu me apaixonar por você, Cam.

Ele o colocou na boca e acariciou minha perna com seu pé por baixo da mesa.

— Não era um encontro, Steve. Era o único lugar para comer por aqui — disse, recusando-me a admitir minha fantasia, mesmo que fosse gritante.

A garçonete chegou com outra bandeja, esta cheia de sobremesas enfeitadas com abelhas confeitadas.

— Tudo em ordem? — ela perguntou.

— Delicioso — Steve sussurrou.

Ela sorriu e se afastou.

— Cam, esse é um bolinho com uma abelha nele. Sem dúvida, a abelha diz: "Posso espetar meu pau em você?".

— É uma sobremesa, Steve. Não existe uma mensagem oculta.

— E esse chá! Tão aromático! Será que, de repente, vou achar sua bunda mole mais atraente se eu tomá-lo? — Steve disse, tomou um longo gole e então parou.

Com os olhos arregalados, saboreou o chá e o engoliu.

— Caramba! Esse chá é do cacete — ele disse.

Exprimindo descrença, olhei em volta.

— Cara, não estou mentindo — ele insistiu e me serviu um pouco.

Certo de que Steve estava só tirando sarro de mim, tomei um gole sem entusiasmo e coloquei a xícara na mesa. Mas então eu percebi.

— Uau!

— Não é incrível?

Foi como uma erupção de bondade com gosto de xarope doce em minha boca.

— É mel. É mel fresco.

— Não é o chá? — Steve perguntou. Frenético, ele pegou o pote de mel no alto da pirâmide, abriu-o e enfiou o dedo dentro.

— Não acho... Você não devia... — disse.

Mas Steve enfiou o dedo coberto de mel em sua boca. Novamente, seus olhos se arregalaram.

— Não é só mel. Tem algo nele.

Steve me entregou o pote em que tinha acabado de enfiar o dedo. Peguei uma colher bem pequena, tirei um pouco de mel e provei. Hummm! O prazer tomou conta de mim.

— É laranja. A gente pode sentir o gosto da flor de laranjeira!

Steve pegou o pote de volta.

— Puta merda. Você tem razão. Isso é louco. Você pode sentir o que as abelhas comeram.

As senhoras de idade esticaram o pescoço para nos ver e balançaram a cabeça.

— Sim — disse e saboreei a doçura restante.

— Então, estamos comendo merda de abelha.

— Não. Não é isso. É uma excreção.

— Então, é porra de abelha?

— Dá um tempo.

— Porra de abelha é uma delícia — Steve disse e saboreou o mel diretamente do pote.

A garçonete apareceu. Constrangido, recostei-me e chutei Steve para que ele parasse de consumir o mel diretamente do pote. Sem dúvida, ela tinha ouvido sem querer nossa conversa idiota e sentiu a necessidade de fazer um esclarecimento.

— Na verdade, o mel fica armazenado na parte do estômago da abelha chamada de inglúvios. Quando a abelha forrageira volta para a colmeia, ela regurgita o néctar e começa o processo de trofalaxia, no qual ela transfere o néctar pela boca para a abelha doméstica — ela disse.

Satisfeita com sua explicação, a garçonete encheu nossas xícaras de chá e se afastou.

Por um momento, Steve e eu ficamos em silêncio para reconstituir o que ela havia dito. Em seguida, Steve baixou lentamente o pote.

— Então... É vômito? — perguntei, encarando minha xícara cheia de chá.

— Não. É pior. As abelhas vomitam na boca umas das outras e depois voltam a vomitar. É um vômito duplo.

Afastei minha xícara de chá.

O gosto de xarope doce ainda permanecia na minha boca. Era mais nojento do que iogurte? Quer dizer, iogurte era apenas bactérias.

— É delicioso — disse para ver se Steve também conseguia ver além do fator vômito.

Steve suspirou.

— Foda-se. Me passe esses biscoitos de vômito de abelha.

Ri e peguei alguns antes de passar a bandeja para Steve. Os biscoitos de mel crocantes se esfarelaram em minha boca como uma avalanche de felicidade de mel. Antes de nos darmos conta, tínhamos limpado toda a bandeja. Enquanto nos deliciávamos em nossa glória dourada, perguntei-me se aquela não era uma boa reviravolta. Talvez eu só precisasse de algum tempo com Steve para que ele pudesse perceber que eu realmente me importava?

— Então, como está indo o tratamento? Você já teve duas sessões de quimioterapia, não é?

Mas Steve gemeu.

— Nossa, por falar em desmancha-prazeres, Cam.

— Sério, a coisa deve ser mais difícil do que você está deixando transparecer.

— Está tudo bem — ele respondeu e recolheu as migalhas do seu prato. — Se eu soubesse que um cancerzinho me tiraria da escola tão rapidamente, já teria ficado com um tumor nos meus gânglios linfáticos há muito tempo.

Pensei em mudar de assunto, mas então me lembrei da discussão dos pais de Steve. Eu tinha vivido algo assim.

— Bem, sua mãe está muito chateada.

Mas em vez de relaxar, Steve ficou rígido e largou o prato.

— O que você sabe sobre minha mãe?

— Eu ouvi seus pais discutindo... Isso deve ser estressante para você — respondi, tentando parecer simpático, mas percebi que ele estava ficando furioso.

— Ah, não basta tentar roubar minha namorada, agora você vai na minha casa e julga a minha família?

— Não estou julgando ninguém... Só estou tentando ser simpático...

Steve empurrou seu prato na minha direção e os demais talheres trepidaram.

— Olha, fique fora da minha vida, o.k.? Todo mundo sabe por que você está aqui. E não é por minha causa — ele disse, bem puto. — Não quero que você de repente comece a fingir que é meu *brother* porque espionou os meus pais e ouviu por acaso algo que não entendeu. Nós estamos muito bem. Ninguém quer você por perto. Ninguém quer *você*.

Senti a barriga doer e as pernas tremerem.

— Então, volte a farejar Kaia e fique fora da minha família — ele disse, ficando de pé e jogando o guardanapo sobre a mesa. — Nós não somos amigos.

As senhoras de idade com seus chapéus prestavam atenção.

— Nós podíamos ser… — disse, tentando desesperadamente acalmá-lo.

— Sério? — ele ironizou, sorrindo, mas me fuzilando com os olhos. — Vamos ver isso depois.

E Steve foi embora.

Fiquei sem me mexer, atordoado com a mudança repentina.

Um momento depois, a garçonete se aproximou de mim com a conta.

Estava sobre uma toalhinha que tinha uma inscrição: "*Seja a mudança que você quer ver no mundo — Gandhi*".*

---

* No original, "*Bee the Change You Want to See in the World — Ghan-bee*". Trocadilho intraduzível da famosa frase de Gandhi com "bee" (abelha). (N. T.)

12

COMO ELE É O MEU MELHOR AMIGO NO MUNDO INTEIRO, SE arrecadarmos 15 mil dólares, vou tatuar o nome Steve Stevenson na minha bunda.

Aquele era o novo desafio lançado por Steve.

Olhei furioso para a postagem através do vidro rachado do meu celular. Que babaca. Já tinha arrecadado 8 mil dólares para aquele cara e ele não parava. Poderíamos ser amigos. No entanto, em vez de ver uma oportunidade para falar sobre sua família, ele queria descontar sua raiva reprimida em mim. Bem, tanto faz, Steve. Eu quase tinha sido picado por 12 mil abelhas furiosas. Ele achava que eu ficaria preocupado com uma pequena tatuagem? Poderia até removê-la depois. Naveguei de volta através de todas as mensagens maravilhadas de Kaia sobre as abelhas.

Kaia: ***Chocante!***

Kaia: ***O vídeo já teve 3 mil visualizações!*** 🌞

Kaia: ***Muitos comentários!*** 😋

Kaia: ***Acabei de ter um sonho com sua barba de abelhas! Acho que ainda me sinto culpada por ter perdido isso. Eu não presto. Você é demais! Herói!***

Kaia estava sonhando comigo! Eu podia sentir o gosto dos 20 mil dólares. E a tatuagem pode nos levar ao topo.

Foda-se a dor!

— Você vai se arrepender disso — minha mãe disse, assinando a autorização como minha responsável. — Mas tudo bem. Os erros fazem parte do crescimento. Na verdade, você ainda comete erros quando é adulto. De qualquer forma, já falei com o Mario sobre um possível encobrimento mais para a frente. Foi ele que colocou a tatuagem de rosas sobre o nome do seu pai.

Tinha demorado muito para convencer minha mãe a concordar com aquilo, mas eu estava determinado. Steve não iria me vencer. Não que eu tivesse dito isso para minha mãe. Eu tinha acabado de mostrar a ela quanto as pessoas já tinham doado e, em seguida, lembrei-lhe que ela havia feito sua primeira tatuagem quando tinha 15 anos na garagem de uma amiga. Às vezes, o compartilhamento excessivo e crônico da minha mãe vinha a calhar.

— Você já pensou em hena? — minha mãe perguntou. — Ainda faria uma outra tatuagem. Uma menos específica.

Mal ouvindo, corri os olhos pelo estúdio. Steve estava nos fundos, conversando com Mario. Claro, Steve tinha insistido em filmar tudo sozinho. Ele olhou para mim e fez um sinal de positivo animado com o polegar. Depois do nosso lanche no café, não tínhamos trocado mais do que algumas palavras. Naquele dia, porém, Steve dava a impressão de que decidira fingir que nada tinha acontecido.

Minha mãe olhou para seu celular.

— Tenho que mostrar um imóvel para um possível comprador. Boa sorte, querido — ela disse e, em seguida, ajeitou o blazer e me beijou no rosto. — O traseiro é seu. A escolha é sua. Ainda que eu não aprove, tenho orgulho de você.

Cinco minutos depois, estava deitado de bruços com a calça arriada, enquanto Mario, que não parava de falar da minha mãe e de como ela era incrível, transferia cuidadosamente o desenho de Salvem Steve para o meu corpo. Concentrei-me no grande mural de um demônio pintado na parede dos fundos. Fiquei satisfeito por não ter convidado Kaia. Ela não precisava ficar olhando para minha bunda nua. Nem Steve, mas aparentemente aquilo não podia ser evitado.

— Está lindo. Você é um bom amigo, Cam — Steve disse e aproximou seu celular do meu traseiro. — Mostre para ele, Mario.

Mario pegou um espelho e o inclinou para que eu pudesse ver seu trabalho. Era maior do que eu esperava. E em Comic Sans. Steve tinha feito uma votação no site e, claro, a maioria escolhera a fonte mais idiota. Dentro da minha visão periférica, consegui ver o imenso sorriso estúpido de Steve.

— Então? — ele perguntou, claramente saboreando aquilo. — Gostou?

Encarei-o, não lhe dando nenhum sinal de arrependimento.

— Está ótimo.

Ele correspondeu à minha encarada.

— Adoro essa fonte maluca. Uma escolha excelente para algo que vai marcar para sempre o seu corpo.

— Por você, Steve, faço qualquer coisa — disse e dei o sorriso mais sincero que consegui.

— Muito bem. Prepare-se. Não vai levar mais do que alguns minutos — Mario anunciou, pegou a máquina de tatuagem e a ligou. As agulhas soavam como uma dupla de abelhas inofensivas. Confiante, respirei fundo. Steve se inclinou para a frente, apontando seu celular bem no meu rosto.

Sorri e falei para a câmera:

— Salvem Steve!

— Vai ser como um beliscão — Mario orientou.

ZIZAZT!

Senti uma dor lancinante, que subiu pela minha espinha e fez meu corpo se arquear. Eu parecia Homer Simpson sendo eletrocutado, com o corpo lampejando entre a pele e o esqueleto.

— Aaaai! — gritei de dor.

Pulei da mesa, subi minha calça e corri. Rápido. Longe. De Mario. E de sua pena de morte.

Quando bati a porta da frente do estúdio de tatuagem, ouvi a voz de Steve atrás de mim.

— Volte, amigão. Volte!

E, em seguida, chorando de tanto rir, ele disse:

— Você é o meu melhor amigo!!!

— Você foi hackeado como o Partido Democrata foi em 2016 e não pode deixar esse escroto escapar impune. Você precisa contar para Kaia que o site não está mais sob seu controle, meu caro — Todd disse, andando de um lado para o outro com uma xícara de café na mão.

Deveríamos parar de fazer nossas reuniões de planejamento para a sessão do Conselho Municipal na cafeteria, porque todo mundo acabava ficando agitado por causa da cafeína. Eu estava viciado em mocaccino duplo, e foi por isso que tinha começado a tagarelar sobre Steve.

Patrice entrou na conversa.

— Eu te disse, Cam. Você não deve se meter em uma história de amor que envolve câncer. Veja um filme clássico, *Seu amor, meu destino*.

— Aqui vamos nós… — Todd bufou.

Patrice o ignorou e se inclinou, animada.

— Eu sei que é um filme de muito antes do seu tempo, mas acho realmente que é o mais pertinente. Uma garota com câncer tem que escolher entre um garoto legal e um atleta babaca. Adivinhe qual ela escolhe?

— Kaia não está com câncer — tentei esclarecer.

— O babaca — Patrice afirmou e, em seguida, tomou um gole do seu café com leite e açafrão.

— Não sei o que devo tirar disso — afirmei.

Com certeza, Patrice não entendia a dinâmica em jogo do meu caso.

Todd me cutucou e apontou para a porta do café. Kaia tinha acabado de entrar, usando seu agasalho de moletom Salvem o Tubarão. Os outros ativistas a cumprimentaram e eu fiquei paralisado. Era a primeira vez que eu a via desde o fiasco no estúdio de tatuagem e precisava lhe assegurar que ainda alcançaríamos o nosso objetivo. Tinha o início de uma letra S no meu traseiro, e mais nada. Parecia uma marca de nascença com formato estranho e, sem dúvida, não cumpria os requisitos da promessa.

Espremendo-me entre as mesas bastante cheias, finalmente a alcancei.

— Oi — disse, com as mãos nos bolsos.

Kaia pareceu confusa.

— Desculpe, me atrasei. Tive um lance de um julgamento simulado do qual não consegui escapar. Como tá indo? Já escolhemos um orador para a sessão do Conselho Municipal?

— Ainda não — respondi, olhando para os meus sapatos, mais nervoso perto dela do que havia estado recentemente.

— Ah, legal — Kaia disse e acenou para Todd.

Ele me deu um sorriso para me espetar.

— Desculpe não ter conseguido fazer a tatuagem. Acontece que tenho um limite baixo para dor.

— Ei, eu não te culpo. Você queria mesmo que todas as garotas pensassem em Steve se vissem você pelado? — Kaia disse e riu.

Por que eu não tinha pensado nisso? E por que estávamos falando de outras garotas? E eu pelado?

— Vamos ter que devolver o dinheiro. É uma pena — ela disse e suspirou. — As pessoas são tão idiotas. Como se o mais importante não fosse salvar Steve.

— Exatamente... Bem, tive algumas ideias que podem nos reabilitar... — comecei a dizer, pronto para inspirar confiança nela.

— Acho que vai ser muito difícil superar a brincadeira das abelhas — Kaia me interrompeu antes que eu pudesse seguir em frente. — E se você continuar tendo que se superar e não conseguir cumprir a promessa, acho que as pessoas ficarão irritadas e toda a nossa reputação vai pro espaço.

— Certo, mas... — comecei a dizer, correndo para conter o recuo de Kaia.

— Talvez devêssemos continuar com as redes sociais, o e-mail e essas coisas. De qualquer forma, é mais fácil em termos de agenda — Kaia disse e me deu um sorriso compungido.

Sentia o meu tapete sendo puxado. Eu estava caindo. Rapidamente.

— Ainda quero conseguir os 20 mil — afirmei, soando desesperado.

— Eu sei, mas foi uma loucura achar que conseguiríamos.

O sonho estava acabando. Kaia estava pronta para seguir em frente e deixar o movimento Salvem Steve ser uma das coisas que fizemos juntos alguma vez. Uma lembrança.

— Escute. Apenas me dê mais uma chance. Tenho uma grande ideia.

— Tem? E qual seria?

Havia dúvida, mas também um vislumbre de interesse. Kaia ainda estava dentro. Mal. E ainda que eu não fizesse a mínima ideia do que era a ideia brilhante, poderia manter o sonho vivo por um pouco mais de tempo, até descobrir algo mais incrível do que uma barba de abelhas.

Invoquei meu melhor sorriso de animador de auditório e apregoei:

— É uma surpresa.

Toquei a campainha da casa de Steve e esperei. Estava trazendo várias sacolas e baldes, que carregava nos ombros e nas mãos. Houve um estalo de estática.

— O que foi?

A voz de Steve soou bem baixa no interfone. Eu me atrapalhei, mudando as sacolas para uma mão e apertei o botão para responder.

— Vim propor a nossa próxima brincadeira de arrecadação de fundos. Você vai gostar.

Steve não respondeu. Assim que comecei a me perguntar se ele tinha voltado a atirar em coisas no seu Xbox, a porta se abriu.

— Ainda não foi suficiente pra você? Achei que o grito de dor fosse sua rendição final — Steve disse e olhou para mim.

Ele estava usando roupão de banho e chinelos em forma de unicórnio. No entanto, o calçado ridículo não foi o que primeiro chamou minha atenção.

— Você está careca!

As palavras escaparam da minha boca, espontaneamente.

Exprimindo impaciência, Steve olhou em volta.

— Estou com câncer, panaca — disse e abriu mais a porta. — Bem, vamos ver o que você tem.

De calção de banho, no quintal da casa de Steve, com meu celular montado em um tripé próximo, coloquei um jarro sobre a minha cabeça. Desconcertado, Steve observava, ainda usando o roupão e os chinelos. Aos seus pés, estavam os vários baldes que eu trouxe.

— Isso é uma fantasia sexual? — ele perguntou.

— Comece a filmar, por favor.

Dando de ombros, Steve ligou a câmera do celular. Eu entornei o jarro e um rio dourado de mel se derramou, cobrindo meu cabelo, depois os meus olhos e, por fim, todo o meu corpo.

— Com certeza, isso é uma fantasia sexual — Steve disse.

— Chama-se o Desafio do Pegador de Mel. Sabe, como aquelas brincadeiras virais que as pessoas fazem em favor de diversas causas? Eu faço isso, então as pessoas me imitam, e nós vamos arrecadar rios de dinheiro.

— Não sei, acho que isso é uma fantasia sexual. Estou ficando estranhamente excitado.

— Não é uma fantasia sexual!

Na realidade, a fala saiu ininteligível, porque uma grande gota de mel rolou pelo meu nariz e entrou na minha boca. Eu a engoli (ainda tinha um gosto delicioso de flor de laranjeira) e continuei:

— É mel. É, tipo, a nossa coisa, certo?

Precisava ter certeza de que Steve aprovaria a brincadeira, mas também queria ver se conseguíamos aplanar nosso desentendimento no café. Mostrar que eu não guardava ressentimento. Que era capaz de me elevar a um nível superior.

— Desculpe, mas nós temos uma "coisa"?

Ignorei Steve e apontei para os baldes.

— Agora abra os baldes e verá coisas para jogar em mim. Entendeu? Mel...

Vuum! Fui atingido no rosto por um punhado de farinha.

— Pegador! — Steve disse, deleitado, ao terminar de atirar a farinha.

— Sim. Acho que entendi.

Depois daquilo, foram cinco minutos completos de farinha, Sucrilhos, purpurina, penas, peças de Lego e pompons coloridos sendo jogados em mim. Steve quase saltava enquanto me decorava como uma árvore de Natal, atirando purpurina no ar e a deixando chover sobre mim. Cada vez que um pompom ou uma peça de Lego chegava perto de me acertar nas bolas, ele dava uma risadinha. Finalmente satisfeito com seu trabalho, ele se sentou, um pouco sem fôlego, e desligou a câmera do celular. Nós dois estávamos sorrindo.

— Meu Deus, isso é bem divertido! — ele disse, ofegante.

— Não é? — disse e tirei um Sucrilho da minha sobrancelha. — As pessoas vão adorar.

— Estou impressionado, Cam.

— Então, você está dentro? Podemos fazer o *upload*?

— Com certeza — Steve disse.

SAÍ DO BANHEIRO DO STEVE ENXUGANDO MEU CABELO COM UMA TOALHA. Tinha conseguido lavar todo o mel. Não demorei muito porque o banheiro tinha um enorme boxe de vidro com um chuveiro com, tipo, doze jatos diferentes. Enquanto me secava, não pude deixar de notar todos os frascos de comprimidos enfileirados na pia. Havia até um daqueles porta-comprimidos semanal com as cores do arco-íris que eu achava que só os velhos usavam. Parecia errado olhar para aquilo, como quando olhei para a careca de Steve por muito tempo.

Ao entrar em seu quarto, Steve tirou os olhos do computador.

— Cam, meu amigo pegajoso, acabei de postar sua nova ideia! — ele disse e virou o laptop para eu ver.

— Espere... Isso não se parece com o Desafio do Pegador de Mel — exclamei.

Não havia nenhum vídeo no site, apenas uma caixa de texto.

Steve recostou-se na cadeira, apoiando os braços atrás da cabeça.

— Você achou mesmo que eu iria postar essa brincadeira sem graça? Algo que foi claramente planejado para ser indolor e só um pouco humilhante, mas que ainda assim permitiria que você arrecadasse dinheiro para impressionar minha namorada? Ah, querido e estúpido Cam — ele disse e deu uma risada rápida e falsa. — Mas me deu uma ótima ideia.

Aproximei-me mais do laptop para ler.

— Desculpe, falhei totalmente com Steve como amigo e desisti da coisa da tatuagem. Para compensar a ele e a todos, vou assumir o lugar de Steve no concurso de dublagem da próxima semana. Vou apresentar "Money", da deusa da música Cardi B. A canção favorita dele e minha de todos os tempos. E, se você quiser me ver fazendo isso com esse figurino, doe agora.

Rolei a página para baixo e vi uma foto de Cardi B em uma peça de roupa muito brilhante e praticamente inexistente. Em seguida, horrorizado, levantei os olhos, mas Steve não estava mais em sua mesa. Ele estava vasculhando seu armário. Alguns segundos depois, apareceu com o figurino da foto. Era uma peça muito, muito pequena. A única coisa que realmente cobria algo eram as botas de cano alto.

— Comprei o traje antes de descobrir que estava com câncer. Tenho arrasado na batalha da dublagem por dois anos. Tenho a confiança e o carisma para arrancar um retalho de elastano. Mas você não, Cam. Não com seu peitoral de 5ª série e sua bunda patética parcialmente marcada com um *S*. Sempre que Kaia pensar em você depois disso, ela não vai mais ver Cam, o simpático ativista benfeitor com um coração de ouro. Não, ela vai pensar em Cardi Cam com sua genitália murcha balançando no palco — Steve disse e se aproximou de mim. — Ah, sim. Isso acontece. Eu experimentei, Cam. Deixa zero para a imaginação. Não há suporte — ele sussurrou em meu ouvido e se afastou. — Mas isso não importa, não é? Porque é tudo para mim.

Ele praticamente cantou a última palavra.

Meu celular vibrou.

Kaia: ***Cam, não tenho certeza se isso é uma boa ideia...***

Steve se inclinou e olhou a mensagem no meu celular. Ele sorriu. Não era o sorriso deleitado que ele tinha exibido quando me decorou com a purpurina. Era um sorriso frio, triunfante e malvado.

— Mal posso esperar para ver você rebolar.

Guardei o celular e procurei não reagir. Mas Steve sabia que eu estava em suas mãos. Ele sabia que eu odiava Cardi. Ele sabia que eu ficaria ridículo com aquele traje. Ele sabia que Kaia nunca olharia para mim da mesma maneira novamente. Havia apenas uma coisa que Steve não sabia...

13

... EU TINHA FEITO SETE ANOS DE AULAS DE DANÇA.

— Obrigada, Abby Rosendale, por esse remix de *Cats* — a locutora, a senhora Buyikian, nossa professora de teatro, gritou.

Eu esperava em um canto escuro do auditório. O concurso de dublagem era o destaque do ano e quase todo mundo apareceu. A sala estava lotada.

— Antes de passarmos para a nossa próxima atração, gostaria de dar as boas-vindas, por uma noite, a Steve Stevenson! — a senhora Buyikian continuou.

O público aplaudiu, assobiou, ovacionou.

Na primeira fila, ao lado de Kaia, Steve ficou de pé, curvando-se para o público em agradecimento. Podia ver seu sorriso presunçoso de onde eu estava, escondido nas sombras. Durante toda a semana, ele tinha me enviado mensagens a respeito de como mal podia esperar por aquele momento. Nem eu. Pela primeira vez, Steve não tinha ideia do que estava por vir.

— A seguir, Cam Webber vai apresentar a versão light de "Money", de Cardi B!

As luzes diminuíram. Houve um sussurro de expectativa na plateia. Consegui ver a silhueta de Steve se inclinando para cochichar algo no ouvido de Kaia. O silvo suave da máquina de fumaça fez com que todos se calassem. Confuso, Steve inclinou a cabeça.

Nove anos atrás, minha mãe recém-divorciada tinha decidido que eu seria um jovem de corpo bem modelado, com um senso de masculinidade amplo e avançado. Isso se converteu em aulas na Academia de Dança da senhora Bea, três vezes por semana. Estudei balé clássico e contemporâneo, hip-hop, jazz e sapateado. Tudo isso. Eu me apresentei em *O Quebra-Nozes* do condado de Ventura em seis Natais. Então, quando Steve me mostrou aquele figurino frágil, precisei de todo o autocontrole para não dar risada. Como se eu nunca tivesse usado um collant de balé antes.

Os primeiros compassos fortes do rap sacudiram o auditório. No palco, quatro refletores se acenderam, iluminando quatro bailarinas com espartilhos de couro envernizado, coques apertados, meias 7/8 arrastão, queixos retraídos e olhos no chão. A fumaça girava em torno dos seus tornozelos. Ao mesmo tempo, elas lançaram seus braços para o alto. A respiração do público era quase audível. Na frente, vi Steve ficar tenso.

A primeira coisa que eu tinha feito depois que Steve postou o desafio foi ir até a academia da senhora Bea pedir-lhe um favor. Logo, consegui quatro das minhas ex-colegas de classe e espaço no estúdio. Não saímos daquele espaço por uma semana, exceto para irmos à escola. Sim, eu me opus à música de Cardi, mas a ideia de um branco dublando a arte de uma negra em busca de risadas era muitíssimo mais ofensiva. Então, certifiquei-me de que ninguém iria rir *daquela* apresentação. Usaria toda a minha formação em dança para arrasar.

Tinha feito minha lição de casa. Minha mãe e eu fizemos algumas modificações no figurino de Steve. Vi todas as apresentações de Cardi que consegui. Fiquei ainda mais motivado quando descobri que ela e Michelle Obama tinham se unido para fazer com que os jovens votassem. Trabalhei muito. Tudo para aquele momento.

— Quem são essas dançarinas? Quero ver o meu amigão Cam — Steve pediu em voz alta da primeira fila.

Do fundo do auditório, sorri e contei mentalmente... *Cinco, seis, sete, oito.*

O refletor me iluminou. Houve uma onda de rangidos quando todos da plateia se viraram para olhar. Lancei meus braços para o alto, deixando o cetim do vestido que minha mãe tinha costurado captar a luz. Era uma alusão ao vestido que Cardi usara no Emmy, em que pregas arquitetônicas surgiam em um semicírculo pouco abaixo dos quadris e subiam até a altura do decote, fazendo-a parecer uma pérola no centro de uma ostra. Avancei pelo corredor central do auditório como se fosse minha passarela, rebolando meus quadris, com o vestido balançando ao meu redor como a cauda de um pavão.

Cardi começou a entoar seu rap, com sua voz ecoando pelo auditório. Passei a dublar sobre cheques gordos, contas enormes e saltos altos. E eu estava usando saltos altos. Eram as botas de cano alto que Steve tinha me dado. Elas apareciam através da fenda na frente do meu vestido a cada passo.

O público estava em completo silêncio. Meu coração palpitou e senti uma película de suor cobrir as minhas costas. Mas eu tinha que continuar. Parar naquele momento seria pior. Mantive minha cabeça erguida, recusando-me a deixar a dúvida transparecer no meu rosto. Eu estava fazendo aquilo. Aproximei-me dos degraus que levavam ao palco. Em conjunto, duas das minhas dançarinas de apoio desceram correndo.

Quando nos cruzamos na escada, as garotas estenderam a mão, pegaram as pontas do meu vestido e puxaram o velcro. O vestido se abriu e caiu ondulando no chão, revelando o collant que Steve tinha me dado. Eu o tinha coberto com um mosaico de strass. As luzes dos refletores ricochetearam no meu corpo em cintilações ofuscantes, enviando arco-íris dançantes pelo auditório. Pisei no palco. Finalmente, a plateia encontrou seu meio de expressão: urrou.

Mas eu só estava começando. Na palavra "estrelas" da letra do rap, joguei minha perna de impulso para cima, dei um pequeno salto com meu pé de trás, empurrei minha perna da frente em direção ao chão, mantendo meus braços bem abertos, lançando-me em uma estrela aérea. Com minha cabeça perpendicular ao chão, jurei que pude ouvir Steve balbuciar "PUTA MERDA" em câmera lenta. Meus tornozelos bateram no chão e aterrissei perfeitamente, encarando o público. A ovação das pessoas foi tão ruidosa que bloqueou temporariamente o som da música, mas não parei. Agachei-me, com as botas de couro envernizado estalando, olhei para o rosto aturdido e estúpido de Steve e continuei.

Atrás de mim, minhas dançarinas de apoio contorceram seus corpos e enfatizaram o ritmo original da música com seus passos precisos e vigorosos. Alcancei o refrão.

"*Diamantes no meu pescoço...*"

Deixei as mãos caírem atrás de mim, apontei meu peito para o teto e dobrei uma perna. Deslizei a outra para a frente, apontando-a, e comecei a impulsionar meus quadris.

Pandemônio.

"... *Mas não há nada neste mundo...*"

Virei-me novamente com um movimento brusco e me contorci ao longo do chão, sentindo a sujeira do palco cortar minhas mãos e coxas. Steve estava boquiaberto. Kaia estava com os olhos arregalados e sem piscar. Não me permiti sorrir, mantendo minha expressão feroz.

"... *Que eu goste mais do que cheques*".

Girei e retrocedi, voltando a me enfileirar com as minhas dançarinas. Juntos, abrimos e fechamos as coxas. Movemos a cabeça. Deslocamos nossos ombros. Rebolamos nossas bundas. Tudo em perfeita sincronia. Naquele momento, não conseguia ouvir o público nem a música. Só estava dançando.

Steve era o pensamento mais distante da minha mente.

Finalmente, as garotas correram para o fundo do palco, deixando-me sozinho quando a apresentação alcançou seu ápice. Foi a parte que tinha me dado mais problemas durante toda a semana, mas não naquela noite. Cada vez mais rápido, dei passos bem marcados, contorci-me, mergulhei e girei, com a plateia urrando. Então, em uma explosão final de velocidade, caí de joelhos e deslizei até a beira do palco, virando-me enquanto fazia isso, e parei com minha bunda encarando a plateia. Arqueando minhas costas e olhando por cima do ombro, com um sorriso tímido, alcancei minha parte de trás e puxei rapidamente a ponta do collant para revelar... a tatuagem concluída de Salvem Steve. Na semana anterior, eu tinha voltado ao estúdio de Mario, decidido a enfrentar meu limite muito baixo para dor e me redimir. Enquanto o público assimilava aquilo, uma faixa gigante com a inscrição SalvemSteve.org foi desenrolada no fundo do palco e notas falsas de 100 dólares choveram ao meu redor, com a palavra "dinheiro" ecoando nos últimos compassos da música.

O auditório inteiro foi à loucura. Todos ficaram de pé, se abraçando, gritando, socando o ar com os punhos. Ofeguei, com o suor escorrendo nos meus olhos, fazendo minha visão cintilar. Houve uma explosão de aplausos. Incessantes. Estrondosos. Ondas que pareciam nunca ter fim. Apenas uma única pessoa em todo o recinto não estava de pé: Steve.

Olhei-o nos olhos e sorri ironicamente.

Nos bastidores, vesti uma calça de moletom e uma camiseta velha, pendurando cuidadosamente meu figurino em um cabide. Esfreguei o rosto com uma tolha, tentando remover a maquiagem, mas tinha esquecido como aquilo era difícil. Provavelmente, eu só estava borrando o delineador e o glitter. A única coisa que certamente não estava sendo removida nem borrada era o meu sorriso. Tinha certeza de que ele estava preso ali, permanentemente. Eu estava nas nuvens. Naquele momento, poderia fazer qualquer coisa. Poderia entrar no parque aquático e libertar o tubarão sozinho. Considerando uma causa perdida, desisti de remover o delineador e joguei a toalha de lado. Então, saí do camarim improvisado que montaram para os artistas.

Fui imediatamente cercado. Todos os garotos que eram técnicos do teatro deixaram o que estavam fazendo e, por um momento, tudo o que fiz foi corresponder aos cumprimentos deles e tentar passar pela multidão. Então, no meio da muvuca de corpos vestidos de preto, avistei Kaia e Steve abrindo caminho através da aglomeração de sombras nos bastidores. Meu sorriso ficou ainda maior. Pedindo desculpas aos jovens técnicos nerds, comecei a forçar a passagem na direção dos dois.

— ... E então ele fez aquela coisa com os quadris e... Uau! — Kaia disse para Steve e agitou os braços animadamente para dar ênfase.

Ao entreouvir seu elogio, minhas entranhas pareceram como um biscoito com pedaços de chocolate meio assado. Tive que parar e me recompor atrás de uma macieira de madeira compensada.

— Você tem que admitir que foi incrível! — ela continuou.

— Muito incrível. Foi basicamente sua apresentação de saída do armário, não foi? — Steve perguntou, debochando.

Desapontada, Kaia deixou os braços caírem.

— Nossa! Você realmente não consegue lidar com nada além das normas de gênero do século XX, não é?

— O quê? Fala sério, Kaia, você não achou que foi um pouco gay?

Kaia ficou tensa.

— Desculpe, você está usando a palavra "gay" como se fosse uma coisa ruim?

— Sim... Não... — Steve disse, atrapalhando-se.

Senti um pouco de pena dele e voltei para as sombras, mas ainda estava um pouco animado para ouvir Kaia espinafrá-lo.

— Porque não sei bem o que você está tentando dizer — Kaia disse, cruzando os braços e esperando.

— Ah, por favor, não aja como se isso fosse normal.

— Desculpe-me?

— Não que ser gay não seja normal... Quer dizer... Pelo amor de Deus, Cam estava usando um vestido! — Steve disse a última frase como se fosse prova de algo, embora obviamente não tivesse mais certeza do quê.

Indignada, Kaia balançou a cabeça.

— Quer saber? Por que você não vai para casa? Você parece cansado de estar sendo tão ameaçado.

— Tanto faz. Se é o que você quer. Meu Deus, você está sendo uma...

— O quê? — Kaia disse, aproximando-se com um olhar gélido e a voz baixa. — O que eu estou sendo, Steve? Começa com "V"?

O momento pareceu se estender.

— Tudo bem — Steve disse, enfiou as mãos nos bolsos e saiu de fininho, chutando algo que fez barulho.

Eu me virei e, por puro nervosismo, agachei-me para brincar com o meu cadarço. Precisava de um tempinho para digerir o que tinha acabado de acontecer. Porque parecia que Kaia e Steve tinham brigado por minha causa.

Através dos galhos recortados da árvore falsa, vi Kaia perguntar ao contrarregra se ele tinha me visto. Não querendo que parecesse que eu estava me escondendo, fiquei de pé.

— Kaia?

Com os olhos brilhando, Kaia veio em minha direção.

— Cam!

Dei um passo para trás quando ela se jogou contra mim, apertando-me com força.

— Puta merda! Quer dizer... Puta merda, Cam! Foi uma performance... Sexy!

Todos as emoções que tinha tido desde que saí do palco voltaram rapidamente. Estava nas nuvens novamente. E Kaia Gonzales estava me abraçando. Passei meus braços em volta dela e rodopiei com ela antes de soltá-la. Dei um passo para trás, sem fôlego.

— Fui muito injusto com Cardi. Agora eu entendi. Quer dizer, desde que fazer strip-tease seja por escolha e não como último recurso devido à desigualdade econômica sistêmica... Bem, não importa. Dane-se. Foi uma loucura — disse e algo me ocorreu. Dei um sorriso largo. — Espere. Você acabou de me chamar de sexy?

Kaia ficou vermelha e deu um tapa no meu ombro.

— Fica quieto. Você sabe que foi bem quente.

Ergui minhas sobrancelhas, desloquei meus ombros e rebolei meus quadris como tinha feito na dança. Alguns assistentes de palco assobiaram e Kaia fingiu se abanar e riu.

— Bem, foi tudo por Steve.

A expressão de Kaia mudou. Ela pareceu desapontada e eu me xinguei silenciosamente. Um jeito de estragar o momento.

— Sim. Bem, ele teve que ir embora. Não estava se sentindo bem — ela disse.

Então ficou estranho. Ótimo.

— Ah, tudo bem — disse.

Procurei algo mais para dizer e não encontrei nada. Ela provavelmente iria embora.

— Hum, de qualquer maneira, o que você vai fazer agora?

Espera aí. Foi isso... Ela queria que eu...

— Eu vou levar as bailarinas para sair como um agradecimento.

— Ah, isso é legal da sua parte — Kaia disse e olhou para seus pés.

Eu ainda estava nas nuvens. Eu podia fazer qualquer coisa.

— Você quer vir? — perguntei.

Vinte minutos depois, estávamos todos amontoados em uma mesa, com montes de comida espalhadas nela: panquecas de chocolate, batatas fritas, palitos de queijo, uma enorme banana split. Nossas colheres se chocavam na disputa pelos melhores pedaços. Kaia estava bem ao meu lado. Todos estavam conversando uns com os outros. Nossas risadas preenchiam o salão do restaurante. Os outros clientes olhavam para nossos rostos manchados de glitter. Não nos importávamos.

— E quando você estendeu seus braços... — Mei gritou.

— E todos ficaram superquietos... — Tamara disse.

— Mas então nós tiramos o vestido... — Alyssa continuou.

— E todo o público simplesmente... — Lainey imitou o urro da plateia.

As garotas caíram na gargalhada. Kaia me encarou e sorriu.

— Há quanto tempo vocês são amigas de Cam? — Kaia perguntou quando as risadas diminuíram.

— Ah, bem, eu não era amigo delas — eu disse. — Quer dizer, eu e elas fazíamos aula juntos, mas não saíamos depois — expliquei e imediatamente me dei conta de como aquilo soou mal. Não que eu não quisesse ser amigo delas. Ou que não gostasse delas.

— Cam era um mistério para todas nós — Alyssa afirmou, pegando um palito de queijo.

— Nós o chamávamos de Sumido Webber, porque ele ia embora assim que a aula acabava — Mei acrescentou.

Era verdade. Eu sempre as via saindo juntas depois da aula para tomar sorvete e eu queria ir. Mas sempre que pensava em perguntar se poderia ir junto sentia aquela dorzinha de barriga.

— Puf! Sumia num passe de mágica! — Mei prosseguiu, mexendo os dedos.

— Eu me sentia intimidado! — disse, tentando me defender dos olhares risonhos delas. — Você eram todas fodas, e minha voz falhava.

As garotas riram.

— Tanto faz — Lainey disse. — Só porque não fizemos festinhas do pijama não significa que não éramos suas amigas.

— Espere, vocês eram minhas amigas? — perguntei, confuso.

As garotas voltaram a rir.

— Meu Deus, Cam — Tamara falou atabalhoadamente. — Você não tem jeito.

Mei pôs uma mão no meu ombro e me explicou como se eu fosse uma criança.

— Passamos horas juntos durante toda a semana, Cam. Sim. Éramos suas amigas.

Pisquei algumas vezes, assimilando aquilo.

— Sim — Alyssa acrescentou. — Você achou que passaríamos uma semana naquele estúdio para qualquer um? Você viu as bolhas nos meus pés?

— Ah, não, as minhas estavam muitos piores — Lainey disse.

Ao meu lado, o celular de Kaia vibrou. Ela o pegou e expressou aborrecimento.

— Sua mãe? — perguntei.

— Não — ela respondeu, suspirando. — É o Steve. Ele disse algo estúpido mais cedo e está pedindo desculpas a noite toda.

— Ah, silencie essa merda. Faça-o sofrer.

— Já disse que estava tudo bem, mas Steve ainda se sente mal — Kaia disse, olhando para mim e, em seguida, desviando o olhar.

Alyssa deu de ombros e cavou a banana split.

— Bem, ele é gostoso.

Lainey a empurrou, fazendo o sorvete respingar na mesa.

— Alyssa! Ele está doente.

— Então? Ele não pode ser gostoso?

Tamara recostou-se na cadeira.

— Estou com Alyssa nessa. Onze em cada dez transariam.

— Garotas, parem. Estamos fazendo nossa nova amiga ficar vermelha — Mei disse, rindo. Então, ela deixou cair sua batata frita. — Ah! Ideia! Quem quer ir à praia?

Ouviu-se um grito de resposta vindo da mesa e, de repente, o dinheiro estava sendo tirado das carteiras e jogado na mesa. Virei-me para Kaia.

— Você vem conosco?

— Tenho que trabalhar em algumas páginas do anuário da escola... — ela respondeu, um pouco caída.

— Não faz mal. Você está ocupada.

Não fiquei surpreso. Na verdade, ainda estava meio em choque com o fato de Kaia ter tido tempo de ir.

Kaia jogou algum dinheiro na mesa.

— Foda-se. Vamos.

Nós nos esparramamos em um trecho da areia não iluminado. Atrás de nós, a rodovia fornecia um clarão de luz conforme os carros passavam e o zumbido do tráfego se misturava com o barulho das ondas. À nossa frente, o mar estava quase invisível na escuridão. Apenas a ocasional espuma branca quando as ondas quebravam sugeria que não estávamos olhando para um céu interminável.

As garotas tinham corrido direto para a água quando chegamos. Naquele momento, elas estavam dançando e gritando, chutando areia e água salgada umas nas outras enquanto corriam das ondas. Ao meu lado, Kaia as observava, sem os sapatos, com os pés enterrados na areia fria. Mas então ela enfiou a mão na mochila, tirou o celular e começou a digitar.

— Desculpe, acabei de ter uma boa ideia para a capa do anuário: pegadas na areia — ela disse e fez uma pausa, com os dedos pairando sobre a tela. — Não é muito clichê? Sinto como se já tivesse sido feito. Talvez apenas um tema de praia? — ela disparou, dando um suspiro em seguida. — O que eu estou fazendo? A noite está tão bonita. Eu devia estar me divertindo, mas estou pensando no anuário. O que não seria problema meu se Kendra tivesse entregado a capa a tempo — prosseguiu. Em seguida, suspirou e largou o celular. — Sinto muito. Não sou nada divertida.

— Não se preocupe — eu disse, tranquilizando-a. — Eu também não sou.

Kaia se virou.

— Do que você está falando? Você acabou de fazer uma apresentação completa de Cardi B e, algumas semanas atrás, usou uma barba de abelhas.

O que eu deveria dizer? Foi tudo por Steve? Seu namorado. Porque por minha conta eu era muito mais um tipo de se sentar na areia do que correr nas ondas.

— Juro que não sou mais divertido do que você. Passo a maior parte do meu tempo pensando em como o mundo vai acabar.

Kaia fez um ar de espanto.

— Sério? Porque quando olho ali, tudo que vejo é o aumento do nível dos oceanos — ela disse, apontando para o mar.

— Vejo os vazamentos tóxicos — contra-ataquei sem piscar.

— Vejo tartarugas marinhas se sufocando em sacos plásticos.

— Extinção por pesca predatória.

— Poluição sonora debaixo d'água.

— Fluorescência de algas bioluminescentes! — terminei, triunfante.

Kaia deu uma risada e estendeu o punho. Batemos os punhos tristemente e, em seguida, voltamos a dirigir o olhar para as bailarinas. Elas estavam girando e dando saltos longos e graciosos sobre a água.

— Levante-se.

— O quê? — Kaia disse.

Confusa, ela franziu a testa quando fiquei de pé.

Limpei a areia da minha calça de moletom e estendi a mão. Kaia a pegou, ainda insegura.

— Vamos tentar ser divertidos — disse e a levantei.

— Não vou dançar, Cam. Não sou boa...

— Você é — disse e dei um tapinha no ombro dela.

Kaia olhou para mim, ainda sem compreender, enquanto eu dançava, dando alguns passos para trás.

— Meu Deus! Você tem 8 anos?

— Não. Sou divertido — respondi e sorri.

Kaia fez um gesto negativo com a cabeça, mas então, sem aviso prévio, ela me atacou. Mal consegui saltar para trás a tempo. Ela tentou de novo e eu corri para fora do seu alcance. Kaia bufou, frustrada, e pulou na minha direção. Eu me esquivei, mas quase perdi o equilíbrio. Desta vez, ela riu um pouco.

— Veja, eu estou rindo. Você está rindo — eu disse.

— Não, você não é divertido — Kaia resmungou e se jogou contra mim.

Com um giro, finquei meus calcanhares na areia e me impulsionei, com os pés pisando firme, voando baixo pela praia. Kaia correu atrás de mim, deixando um jato de areia em seu rastro. Aumentei a distância entre nós, pisando firme na areia úmida a cada passo, sentindo a brisa fresca da noite passar pelo meu rosto.

— Como você corre tão rápido? — Kaia gritou atrás de mim.

— Dancei três horas por dia durante uma semana! Posso correr assim a noite toda! — respondi.

Rindo, continuei correndo, amando como a praia se estendia diante de mim, aparentemente infinita na escuridão.

— Vá mais devagar!

— E deixar você me pegar?

Kaia não estava muito atrás, mas sentia dificuldade para manter o ritmo.

— Veja! Lixo!

— Onde? — perguntei e virei a cabeça para ver para onde ela estava apontando.

Então, Kaia me agarrou pela cintura e me jogou no chão. Caímos na areia, os dois gargalhando sem parar. Finalmente, um pouco sem fôlego, sentei-me e espanei meu cabelo, fazendo voar areia dele.

— Ah, ai!

Kaia sentou-se, com areia untada em seu rosto.

— Sim. Areia. Apesar das aparências, não é macia.

— Não — disse e olhei para a praia. Mal conseguia ver Alyssa e as outras garotas, mas podia ouvir seus gritos ocasionalmente irrompendo sobre o barulho das ondas. Virei-me de volta para Kaia. Ela estava olhando para mim. Perguntei-me o que ela estava vendo. Provavelmente alguém cujo cabelo estava uma bagunça, com um arranhão no cotovelo e areia misturada com o glitter que envolvia os olhos. Sabia o que vi quando olhei para ela:

alguém que me conhecia bem o suficiente para que pudesse me vencer no pega-pega, fazendo de conta que havia lixo na praia.

— Viu, foi divertido — disse, embora tenha saído um pouco fraco demais.

Nenhum de nós se moveu. Ficamos empacados ali, em suspensão.

— Foi por isso, sabe — Kaia disse, baixinho.

— O quê? — perguntei, piscando um pouco, como se estivesse saindo de um sonho.

— Por que estou com Steve.

Ah.

Por apenas um instante eu havia me esquecido de Steve. Por apenas um instante, éramos apenas eu e Kaia em uma praia quase vazia.

— Diversão.

Houve uma torção engraçada nos lábios de Kaia quando ela disse isso.

— Foi por isso que comecei a namorar ele. Porque Steve parecia divertido. Não houve nenhuma grande história, nenhum grande romance. Em um projeto escolar, fiz dupla com ele. Tinha certeza de que eu faria tudo, mas, na realidade, Steve fez o trabalho junto comigo. Exceto que, enquanto eu me preocupava com tudo, ele apenas ria. E então, Steve me convidou para sair. E pensei: *Talvez seja disso que preciso*. Ele nunca foi quem eu imaginei namorar... mas talvez desse certo. E não queria ferir os sentimentos dele. Então, aceitei o convite.

Foi tão simples. Depois de tudo que planejei e me preocupei, esperando o momento certo, Steve tinha simplesmente convidado Kaia para sair, como se não fosse nada, provavelmente a caminho do almoço, meio que pensando no que iria comer. Ele se importou com qual seria a resposta dela? Foi por isso que foi tão fácil? Dei-me conta de que Kaia ainda estava falando.

— ... E começamos a namorar. E continuei esperando que talvez houvesse algo mais nele. Porque gostei dele. Gostei. Gosto. Mas... Ele não é... — Kaia parou de falar e olhou para baixo.

Ele não é o quê, Kaia? Meu coração estava aos pulos. *ELE NÃO É O QUÊ??*

— E então pensei, bem, não vai durar muito. Ele já terminou o namoro com quantas garotas?

— Seis no ano passado — disse, não que eu tivesse contado nem nada.

— Verdade. Mas então ele não terminou o namoro comigo. E eu não sou muito de romper relações. Quer dizer, nem sequer tive um namorado de verdade, exceto ele. E então Steve descobriu o câncer. O que eu devia fazer? Não posso terminar um namoro com um cara com câncer.

Tudo o que ouvi foi *terminar um namoro.* Repetidas vezes, como as ondas que quebravam.

— Desculpe, eu... — Kaia disse, esfregando os olhos.

Queria abraçá-la, mas em vez disso gracejei.

— Espera aí. Ainda estou preso na parte em que você achava que Steve Stevenson tinha sentimentos.

Kaia deu uma risada que se converteu em um soluço.

— Cam! Isso não é engraçado! — ela disse, caindo para trás em direção ao chão e cobrindo os olhos com um braço. — Estou namorando um cara que chama o pênis dele de "Stevie Wonder".

— Não acredito — disse, engasgando.

Kaia tirou apenas uma parte do braço de cima dos olhos e olhou para mim.

— As pessoas vão me odiar se eu terminar o namoro com ele?

Ali estavam aquelas palavras novamente. As palavras que eu estava desesperado para ouvir. Eu tinha usado uma fralda, enfrentado abelhas, dançado e feito uma tatuagem só para chegar àquele momento.

— Não que ele vá ficar sozinho por muito tempo — Kaia continuou. — Quer dizer, você viu a seção de comentários no site?

— Infelizmente — respondi.

Conforme a campanha ficava mais popular, garotas de toda parte estavam deixando mensagens de "apoio" para Steve, insinuando que estavam dispostas a cuidar da saúde dele de maneiras não muito tradicionais.

— É horrível eu imaginar que terminar o namoro com ele não seria um problema se conseguíssemos os 20 mil dólares e a família dele fosse ajudada? E estamos bem perto de alcançar nosso objetivo, não estamos? Quer dizer, não 20 mil... Mas as pessoas mesmo assim me odiariam? — Kaia perguntou.

Ela tirou totalmente o braço de cima dos olhos e olhou para mim, com os olhos brilhando e esperançosos no escuro.

— Eu não te odiaria — respondi da única maneira que pude.

Com um suspiro, Kaia fechou os olhos. Ela estava sorrindo novamente. Era um sorriso um pouco vacilante, mas estava ali. Ela abriu os olhos e se sentou.

— Posso te contar um segredo?

— Claro.

— Eu me referi a você como a Melhor Pessoa no anuário.

— Sério?

Eu não conseguia olhá-la nos olhos. Era tudo o que eu queria. Bem, não *tudo*, tudo, mas era como eu queria que Kaia me visse. Então, por que eu não estava pulando as ondas? Por que me sentia culpado?

— Ah, não me venha com essa conversa fiada de humildade. Você sabe que é.

— Não sou.

— Me diga uma coisa ruim que você já fez. E esquecer de reciclar alguma coisa não conta.

Olhei para o mar. "O.k., eis uma coisa: fingi querer ajudar seu namorado para te impressionar. E então, muito embora ele tenha me torturado, meu plano funcionou perfeitamente e agora estamos sentados aqui na praia enquanto seu cabelo flutua ao seu redor, na brisa do mar, e você está me dizendo que quer terminar o namoro com ele, e, embora eu me sinta muito, muito feliz com isso, também me sinto um pouco confuso e culpado, e não sei bem por quê."

Poderia ter dito isso, mas decidi dizer outra coisa:

— Eu fiz algumas coisas ruins.

— Sério? — Kaia exclamou e chegou mais perto de mim. — Por favor, me diga que foi algo muito terrível, porque então...

Ela divagou, com seu rosto a centímetros do meu.

— Então o quê? — perguntei.

De repente, quaisquer pensamentos que estavam na minha cabeça desapareceram. Kaia estava muito perto de mim.

Ela estendeu a mão e tirou um pouco de glitter e areia do meu rosto com seu dedo.

— Você não seria a Melhor Pessoa...

Espere, o que isso significa? Ela não queria que eu fosse a Melhor Pessoa? Tudo bem se eu não fosse? E como não percebi que Kaia tinha sardas?

— E também... — ela continuou.

— O quê? — perguntei, com a voz saindo um pouco sufocada.

Kaia pôs a mão com delicadeza no meu ombro e se inclinou para sussurrar em meu ouvido:

— ... Agora é a sua vez!

Com um grito, ela se levantou rapidamente e saiu correndo. Permaneci sentado. Kaia se virou para mim, com seus pés descalços dançando na areia.

— E aí? Você não vai me pegar?

14

ENQUANTO MINHA MÃE PREPARAVA UMA PILHA ENORME DE panquecas comemorativas, dei uma espiada no site. O que eu teria de fazer agora? Saltar sem paraquedas? Correr dos touros? Queimar uma floresta tropical?

Quando o site apareceu, fiquei chocado ao ver que continuava inalterado. Presumi que Steve devia estar dormido. Era sábado. Respirei aliviado e tentei aproveitar aquele raro momento de paz. Fechando os olhos, deliciei-me com a memória da praia, de Kaia e de ser a Melhor Pessoa. Aquilo tinha mesmo acontecido? Kaia tinha mesmo dito que queria terminar o namoro com ele?

No dia seguinte, o site ainda estava igual. Vaguei pela minha casa em transe enquanto minha mãe ouvia Cardi B e dançava em comemoração. Eu ainda não tinha conseguido relaxar completamente. Quanto mais Steve demorava para mexer no site, pior eu imaginava que seria o que estava por vir. Provavelmente, ele queria revelar a próxima sacanagem numa segunda-feira, quando pudesse sentir o impacto total da minha humilhação. Ou talvez Steve finalmente tivesse desistido. Ou talvez Kaia tivesse terminado o namoro com ele. Tal pensamento fez com que eu deixasse cair meu celular novamente, quebrando finalmente a tela de maneira tão catastrófica que o aparelho ficou imprestável. Mas então considerei que a falta de conexão com a internet provavelmente era uma coisa boa para mim. Inspirado pela paz que aquilo trouxe, até deixei a bateria do meu laptop descarregar para que eu também não pudesse navegar nele. Eu estava fora da rede, vivendo na ignorância e na felicidade. Na noite anterior, li o exemplar de *As cinco linguagens do amor* que tinha comprado para minha mãe no Natal do ano passado. Esperava que a linguagem de Kaia fosse a número 2: Atos de Serviço.

Na manhã da segunda-feira, ainda não tinha carregado a bateria do meu laptop. Finalmente, tive uma noite inteira de sono e só queria manter as boas vibrações. Ao chegar à escola, porém, senti algo estranho. Em geral, quando eu caminhava em direção ao meu armário pela manhã, era ignorado. Mas naquele dia as pessoas estavam sorrindo para mim. Alguém me cumprimentou. Depois, uma outra pessoa. Dois caras do time de basquete me parabenizaram. Em seguida, Mark, o representante da turma, fez o mesmo, assim como meu professor de história da arte, que eu tinha certeza de que me odiavam. Quer dizer, sabia que minha dança tinha sido boa, mas não estava esperando algo assim.

Deve ser uma brincadeira! Steve fez com que todos na escola fossem legais comigo e então... O quê? Estavam colando notas autoadesivas nas minhas costas? Apalpei e não havia nada ali. Talvez estivessem cortando meu cabelo secretamente. Mas meu cabelo pareceu sem problemas no reflexo do vidro da vitrine de troféus. Havia algum outro nível de humilhação que eu não conseguia conceber? Muitos deles já tinham me visto coberto de vômito e com uma ereção em uma fralda.

Avancei através do pessoal, procurando por ar e alguém em quem pudesse confiar. Finalmente perto da entrada da sala multiuso, vi Kaia vendendo ingressos para o baile. Comecei a ir em direção a ela, mas Kaia me viu primeiro.

— Cam! Cam! Meu Deus! — ela exclamou, levantando-se e correndo para mim.

— O que está acontecendo? Por que essas pessoas estão... — perguntei e fiquei atento à pegadinha que achei que ainda estava por vir.

— Você não viu o site de manhã?

— Não. Meu celular dançou e meu laptop está sem bateria.

— Cara, você conseguiu! — Kaia disse e empurrou seu celular para mim.

— Consegui o quê? — perguntei, confuso, pegando o celular.

O site SalvemSteve.org estava na tela e dizia algo verdadeiramente insano.

— O objetivo. Nós conseguimos! — Kaia informou.

Aquilo não podia estar certo. Kaia continuou explicando:

— O vídeo da sua dublagem de "Money" viralizou no fim de semana. Tem tipo 60 mil visualizações no YouTube e trechos dele estão bombando no TikTok!

Olhei para o registrador na tela. Não tínhamos apenas alcançado nosso objetivo. Tínhamos o superado em muito! Naquele momento, o registrador marcava 29.342 dólares.

— Nossa, é muito dinheiro! — disse, olhando boquiaberto para a tela.

— Eu sei. Nem posso acreditar. Você salvou o Steve! — ela afirmou.

Baixei o celular e olhei para Kaia. Ela tinha lágrimas nos olhos e um sorriso tão largo que achei que apareceriam coraçõezinhos voadores. Foi exatamente como eu imaginara que Kaia ficaria se eu conseguisse ter sucesso. Eu tinha conseguido. E ela estava olhando para mim. Daquele jeito.

— E Cam, você viu? — Kaia perguntou e pegou o celular de volta, animada. Ela tocou em algumas janelas e me devolveu o aparelho. — Olha quem retuitou seu vídeo.

— Furrydick15? — li, confuso.

— Debaixo desse — ela apontou. — Aquela que cuida de você à noite!

E com certeza, logo debaixo de Furrydick15, estava...

— Michelle... Ah... O quê?... Ah, meu Deus... — exclamei e comecei a ficar ofegante. — Ah, meu Deus!

Kaia gostou de assistir ao meu colapso respiratório e terminou de dizer o que não consegui.

— Michelle Obama, porra!

Então, ela me abraçou com tanta força que achei que fosse estourar.

Michelle Obama tinha me retuitado! Por causa da minha dança! Porque eu tinha arrecadado 30 mil dólares! Porque eu tinha salvado Steve. Porque eu era incrível. E eu estava segurando Kaia. Meus olhos se encheram de lágrimas. E naquele momento foram minhas lágrimas que caíram no ombro de Kaia. Lágrimas de alegria e espanto.

E vitória.

Steve era passado.

Rasguei um pedaço de fita adesiva do meu rolo e preguei o cartaz de Salvem o Tubarão no poste de luz. Era uma tarefa boa e maquinal de fazer enquanto eu pensava em como finalmente convidar Kaia para o baile. Naquele exato momento, ela podia até estar terminando seu namoro com Steve. Eu precisaria esperar um pouco a poeira baixar, mas não muito. O baile aconteceria dentro de algumas semanas. E, independentemente de como eu perguntasse, não deveria ser algo público. Tinha feito proezas suficientes por causa de Steve. Não queria que Kaia achasse que eu era viciado em espetáculo. E ela estava em um estado emocional complicado. Não queria que parecesse que eu estava muito festivo. Precisaria ser perfeito. Talvez o pântano! Poderia fazer um piquenique, e então perguntar simplesmente: "Então, Kaia, queria saber se você não quer ir ao baile comigo?". Não, eu precisava soar mais confiante. "Você gostaria de ir ao baile comigo?... Que tal..."

— E aí?

Ouvi alguém dizer atrás de mim e senti um calafrio percorrer a espinha.

— Kaia disse que você talvez estivesse aqui.

Steve tinha acabado de ouvir o que eu estava ensaiando? Kaia tinha acabado de terminar o namoro com ele? Steve estava ali para chutar meu traseiro?

— Ah, oi, Steve... — disse, tentando soar como se não tivesse ideia do que estava acontecendo. — Já faz algum tempo. Sei porque não fui picado, nem tive que rolar em fluidos corporais.

— Você fez isso para si mesmo — Steve disse, friamente.

— Porque eu estava tentando ajudá-lo!

— Porque você tem um tesão do tamanho de uma sequoia por Kaia.

— Não tenho...

— Meu Deus. Apenas admita, o.k.? Você ganhou. Parabéns — Steve disse, um pouco derrotado.

Ah, meu Deus, ela tinha terminado o namoro com ele. Eu estava começando a me sentir um pouco do tamanho de uma sequoia.

— Eu subestimei você e sua atuação no papel do pequeno cara legal. Kaia mal está falando comigo. Feliz? — Steve afirmou.

Espera aí. Aquilo não parecia o fim de um namoro. Parecia mais uma briga.

— Olha, não é por isso que estou aqui — Steve disse.

Nesse momento, fiquei totalmente confuso. Por que mais ele estaria ali? Steve parecia calmo e um pouco cansado.

— Estou tentando ser diferente — ele prosseguiu. — Estou tentando... Bem, vim aqui porque... Só queria dizer... Obrigado, o.k.?

— O quê? — exclamei e fiquei preocupado se aquilo tinha soado um pouco rude. Mas, falando sério, que diabos estava acontecendo?

— O dinheiro realmente ajudou. Meus pais... Vou ser sincero, foi legal ver minha mãe chorar de alegria pelo menos por uma vez.

Não. Não. Eu não estava caindo naquela cena do cara legal. Tinha visto muitos pintos rabiscados em muitos guarda-volumes para me esquecer daquilo rapidamente. Tinha uma tatuagem em fonte Comic Sans na minha bunda. Só ia entrar no jogo e ficar de olho aberto.

— Ah, não tem de quê.

— E tenho um favor a pedir — Steve disse e, rapidamente, viu a minha clara expressão de ceticismo. — Não fique assim. Não é nada de mau.

— Desculpe, mas, por algum motivo, não confio em você.

— Você pode chegar na escola um pouco mais cedo amanhã?

— Sério? — disse, inclinando a cabeça para o lado para demonstrar bem minha desconfiança.

Steve riu um pouco e buscou seu tom mais sincero.

— Não é nada de mau. Prometo.

Pela maneira como ele disse aquilo, com um toque de vulnerabilidade e de desculpa, não pude deixar de pensar se ele realmente quis dizer aquilo.

Steve começou a se afastar, mas parou, lembrando-se de algo.

— Ah, a propósito — ele disse e tirou um pedaço de papel do bolso e o estendeu para mim. — Pegue.

Por um momento, fiquei olhando para o papel, confuso.

— Um passe livre para o parque aquático?

— Deram para mim, mas não quero saber do tubarão.

— Então, jogue fora.

— Escrevi a senha do site no verso — Steve falou, entregando-me o ingresso. — Cansei de torturar você — concluiu e, em seguida, afastou-se.

Por algum tempo fiquei olhando para o ingresso, tentando entender o que tinha acabado de acontecer.

Finalmente, virei ao contrário o ingresso e vi a senha: CamÉ-UmBundão!!

A senha tinha funcionado. Então, por que eu estava ali? No parque aquático? Eu devia simplesmente ter jogado fora o passe livre. Mas por alguma razão queria ver o tubarão. Precisava vê-lo. Durante todo o tempo que tinha passado tentando salvá-lo, nunca realmente o tinha visto em carne e osso. Provavelmente porque eu morria de medo de tubarões. Embora algumas crianças tenham passado por uma fase de obsessão por tubarões quando pequenas, eu achava que até os de brinquedo eram assustadores. E era específico a tubarões. Eu adorava monstros e alienígenas. Não tinha medo de um dinossauro ou de uma criatura da neve em *Frozen*. Só tinha medo de tubarões. Uma das poucas lembranças que tinha do meu pai era a de ter assistido ao *Tubarão* com ele quando eu tinha 4 anos. Ele disse que era um filme antigo e cafona. Meu pai era muito idiota.

Era o fim de tarde de uma terça-feira e o lugar estava bem vazio. Cobri parte do rosto com o capuz do agasalho de moletom, para que não me reconhecessem pelo protesto. Depois de deixar para trás a loja de presentes e o cinema IMAX, atravessei o parque aquático, procurando a exibição do tubarão. Passei por enormes tanques cheios de água azul-turquesa, onde cardumes de peixes se moviam em círculos. Alto-falantes ocultos tocavam baixinho uma versão instrumental de "Aqui no mar", música-tema do filme *A Pequena Sereia*. Um trio de bonecos animatrônicos em forma de peixe, do tamanho de seres humanos, com rostos sorridentes e cartolas, cantava junto com a música. Odiava a maneira pela qual aqueles lugares sempre antropomorfizavam a fauna marinha, que era constituída por criaturas mágicas e misteriosas. Os parques aquáticos pareciam achar que deviam apresentar aquelas criaturas como seres humanos, para que pudéssemos nos relacionar com elas. Um peixe não podia ser apenas um peixe?

Segui as placas com um tubarão com dentes ensanguentados apontando o caminho e finalmente cheguei ao local da exibição. A área estava cheia de famílias, que gritavam histericamente enquanto se esforçavam para ver o grande tubarão-branco. Na superfície da enorme piscina, algumas pranchas de surfe flutuavam à deriva, insinuando descaradamente que os surfistas donos delas já haviam sido devorados. Em um dos lados, havia um mirante em forma de anfiteatro, onde os espectadores poderiam ver a icônica barbatana à espreita ou, se tivessem sorte, o tubarão pulando para fora da água para o entretenimento aterrorizado das crianças. O medo vendia ingressos. Mas eu sabia que, na verdade, o tubarão-branco era apenas uma criatura rara e bela, que precisava de liberdade.

Em outro lado, uma caverna anunciava a entrada para uma área de observação subaquática. Estava decorada com mais peixes sorridentes. Entrei em um corredor muito escuro e a música ali se tornou mais sinistra. Claro que tinham que converter o tubarão em um monstro. Isso tornava mais fácil mantê-lo em uma gaiola. Placas de advertência avantajadas estavam presentes por toda parte enfatizando o perigo. Finalmente, saí do corredor e cheguei à Zona do Tubarão. Era uma enorme parede de vidro, que permitia uma visão do tanque especial que se ligava ao mar aberto. Era como enganavam a todos fazendo-os pensar que era um cativeiro misericordioso. O tubarão poderia olhar para um mar em que nunca seria capaz de nadar.

Embasbacado, olhei para o tanque verde-escuro. Peixes menores, condenados a ser o almoço do tubarão, nadavam nervosamente. Um cardume passou perto do vidro e então saiu em disparada. Atrás deles, flutuando entediado no meio do tanque, estava o tubarão. Ele era ainda maior do que eu tinha imaginado, como um zepelim em uma gaiola de pássaro. Sua pele em dois tons de cinza parecia desgastada. Havia pequenos cortes em suas barbatanas. E ele tinha aquele grande sorriso branco. Aquele que revelava uma fileira de dentes pontiagudos. Aquele que dizia que gostaria de devorá-lo a qualquer momento. Aquele que me fazia lembrar de Steve.

Steve.

Por que ele tinha me dado a senha? Por que ele estava sendo tão simpático? O que era aquele "favor"? O que estava me escapando? Ele iria me devorar?

Desvencilhei-me daquilo. Steve não era um tubarão. Ele era apenas Steve. Tínhamos alcançado a meta de arrecadação de fundos. Não havia mais nada que ele pudesse fazer.

Voltei a me concentrar no grande tubarão-branco e em como ele parecia deprimido enquanto deslizava preguiçosamente rumo à lateral do aquário.

— Ei, pobre coitado — disse serenamente, como se ele pudesse ouvir. — Nós vamos tirar você daí — continuei. Dei um passo hesitante em direção ao tanque. — Não há nada a temer, não é?

Dei mais um passo. A maneira como o tubarão se movia era fluida e confiante. Ele conhecia sua força e sabia como usá-la. Kaia provavelmente gostaria dele. Sobretudo se ele tivesse câncer.

Pare!

— Você é apenas um peixe — lembrei a mim mesmo. — Você não vai virar a esquina de repente e me comer, não é?

Respirei fundo e absorvi o sossego da natureza. A maneira como a água ondulava. A dança das algas marinhas de acordo com a maré. O murmúrio das ondas quebrando ao longe. O modo como o tubarão repentinamente se lançou em minha direção. Seus olhos arregalados! Seu poder crescente! Suas mandíbulas bem visíveis! Sorrindo! Tramando!

Tropecei para trás, caindo de bunda sobre uma criança. O menino gritou.

— Que diabos você está fazendo? — o pai esbravejou.

Eu me levantei e pedi desculpas.

— Tubarão! — o garoto anunciou com alegria, apontando para o tanque. Animado, ele mostrou seu tubarão de brinquedo, do qual ele definitivamente não tinha medo.

Um furgão com os dizeres na carroceria "kyet — Equipe de notícias número 1 de Ventura" estava estacionado na frente da nossa escola. Pensei mil coisas tentando imaginar como aquilo era parte do "favor" de Steve. Mas devia ser. A única outra vez que tivemos um furgão de uma emissora local foi quando o senhor Jenkins se trancou no vestiário feminino.

Rumando para o pátio, deparei-me com um grupo de alunos em torno de um palco onde um púlpito tinha sido montado. Steve estava no palco, junto com seus pais. Steve estava de terno. O meu radar de pegadinhas estava em alerta máximo.

— Ah, que bom, você chegou — disse uma mulher de blazer, bastante maquiada, segurando um microfone da kyet. Ela agarrou meu braço e me conduziu em direção ao palco. Steve acenou para mim e sorriu.

— O que é isso? — perguntei, mas ela permaneceu calada enquanto me levava ao palco.

— Você vai ficar nesse X, ao lado de Steve — ela finalmente disse quando nos aproximamos dele.

A expressão de Steve era inescrutável.

Parei sobre o X e me virei para Steve.

— O que você está fazendo?

— Fica frio. É uma surpresa — ele respondeu, dando aquele sorriso largo.

Senti um gosto familiar de vômito na boca.

— Steve? Cam? — Kaia perguntou, ao pé do palco. — O que está acontecendo?

Confuso, encolhi os ombros. Steve sorriu.

— Consiga um lugar na frente — ele disse.

Descontente, Kaia franziu a testa. Ela também parecia cansada das palhaçadas de Steve. Mas ela se encaminhou até o pé do palco e esperou.

Steve se aproximou do púlpito e pegou o microfone.

— Oi, pessoal. Obrigado por estarem aqui hoje. Não que vocês tenham escolha. Escola e tudo o mais.

O público riu e um cara gritou:

— Nós te amamos, Steve.

Steve fez um sinal de positivo com o polegar para o rapaz. Com sua careca, Steve tinha um ar classudo, que sua cabeleira geralmente escondia.

— Tenho um pequeno anúncio a fazer.

Houve um suspiro e uma garota gritou:

— Não morra, Steve!

Kaia pareceu um pouco chocada.

Steve levantou a mão para acalmar a garota e continuou.

— Não estou morrendo.

Os alunos deram um suspiro de alívio.

— A maioria de vocês já sabe que meu câncer tem grande probabilidade de cura e estou prestes a fazer minha última sessão de quimioterapia. E meu muito obrigado a todos vocês, pessoas generosas — Steve disse, apontando para a multidão. — E a minha namorada, Kaia — ele continuou e acenou para ela com a cabeça. — E sobretudo ao meu bom amigo Cam, minha família tem todo o dinheiro de que precisa para pagar as contas médicas e mais um pouco — ele afirmou e estendeu o braço em minha direção.

Houve aplausos estrondosos e alguns gritos. Kaia sorriu para mim e tentei retribuir, ainda sem saber para onde aquilo estava indo. Então, Steve abaixou a voz e, com uma sinceridade incomum, explicou:

— Mas há muitos jovens com câncer que não têm a mesma sorte que eu tenho. Fiquei sentado em salas de espera com eles. Fiz sessões de quimioterapia com eles. Aprendi muito a respeito de como funciona o nosso sistema de saúde. E como, mesmo se você tiver um plano de saúde, ainda existem inúmeras despesas que não são cobertas.

O público ficou em silêncio. Kaia estava olhando para Steve de uma maneira que eu não tinha visto antes. Como se ela estivesse vendo alguém que não conhecia. Com uma inflexão de voz brilhante, Steve comunicou:

— Então, com o dinheiro extra arrecadado pela campanha Salvem Steve, criei uma nova fundação: o Fundo do Herói Cam Webber.

Tinha ouvido meu nome, mas não o registrei até que vi Kaia balbuciando “Meu Deus”.

A multidão aplaudiu, vibrou, aclamou, ovacionou.

— Cam Webber tem estado ao meu lado. Sem vacilar em nenhum momento. Com muita coragem. Fez coisas que ninguém deveria ter que fazer! — Steve prosseguiu.

A cada elogio que Steve me fazia, eu via a expressão de Kaia se suavizar. Ele se virou para mim e deu um sorriso largo.

— Você merece tudo isso e muito mais, Cam — Steve concluiu, pegando uma placa que estava no púlpito e vindo até mim.

— Obrigado. Eu… Bem...

Peguei a placa, atordoado. Senti a câmera do canal de notícias me focalizando. Steve fez um sinal para seus pais se aproximarem. Os dois me abraçaram. O pai um pouco forte demais. Vi Kaia enxugando uma lágrima.

— De nada! — Steve disse e agarrou meu ombro do jeito que um político concorrendo a um cargo agarraria. Então, ele se voltou para o público.

— Ah, sim, e antes de sairmos do palco, mais uma coisa — gritou. — CARDI B LIGOU E DISSE QUE QUER PARTICIPAR DA FESTA!!!

Pandemônio. De forma triunfante, Steve ergueu as mãos no ar. Vi Kaia dizer "Puta merda!" e tive a sensação de ficar sem chão.

— Steve! Steve! Steve! — as pessoas gritavam.

Steve surfava no tsunami de excitação da multidão.

Então, quando as coisas não podiam ficar mais surreais, Steve pulou do palco, caindo bem na frente de Kaia. Do nada, ele exibiu uma rosa vermelha de haste longa.

— Oi, Kaia… — ele disse com sua voz mais rouca.

Ela ficou vermelha.

Ui!

— Acho que você sabe o que vem a seguir — ele disse.

Em uma caixinha de som Bluetooth, tocou a música de Jay-Z pedindo desculpas para Beyoncé. Steve se ajoelhou. Gritos e assobios vieram da multidão. Kaia desviou o olhar, tímida, mas sorrindo.

— Eu sei que errei. E eu sei que você ficou um pouco brava. Mas me desculpe — Steve afirmou.

Kaia olhou para ele, direto nos olhos superarrependidos dele. Todo o corpo discente se enterneceu.

— Eu meio que tinha a esperança de que você não se importasse de ficar com um garoto careca e canceroso… — ele continuou.

— Steve… — Kaia sussurrou.

— Que também é um péssimo dançarino…

— Pare… — ela objetou de brincadeira.

— … Você quer ir ao baile comigo? — Steve perguntou e ofereceu a rosa.

Kaia olhou para ele e fez que sim com a cabeça, comovida demais para encontrar palavras.

— Acho que as câmeras de tevê precisam ouvir você dizer isso — Steve provocou.

Em concordância, o público incentivou. Ele ergueu o microfone.

— Ah, meu Deus, sim. Sim! — ela disse.

O público teve um orgasmo coletivo quando Steve puxou Kaia para perto e a beijou.

Eu fiquei segurando minha placa. Desamparado. Desintegrando. E então Steve deu a punhalada final. Olhou Kaia nos olhos e, embora estivesse sem o microfone e só se dirigisse a ela, consegui vê-lo dizer claramente: "Eu te amo". Kaia ficou boquiaberta. Fui capaz de sentir a emoção dela brotando. E consegui perceber que ela estava prestes a dizer alguma coisa.

Mas então o corpo de Steve ficou rígido. E o pasmo de Kaia se transformou em preocupação.

— Steve?

Os olhos dele reviraram.

— Steve?

O público gelou. E então Kaia não conseguiu segurá-lo e ele deslizou para o chão.

— Steve?

Rapidamente, o pai de Steve entrou em ação.

— Alguém ligue para o serviço de emergência!

A mãe dele seguiu o pai e logo havia um grupo de pessoas em volta de Steve. Corri para a extremidade do palco, mas não consegui ver nada.

— Para trás, todos! Afastem-se! — o pai de Steve exigiu.

Dei um passo para trás. Depois outro. Até que fiquei invisível.

ALGUNS INSTANTES DEPOIS, EU ESTAVA NO ESTACIONAMENTO AO LADO DA ambulância, esperando por Steve. Precisava ver se ele estava bem. Não tinha organizado o evento, mas me sentia responsável de alguma forma. E também bastante confuso. Ele tinha mesmo criado um fundo em meu nome? Ele estava mesmo tão grato? Ele tinha mesmo mudado?

Houve um aumento súbito de atividade e então vi os paramédicos empurrando uma maca com Steve em direção à ambulância. Kaia e os pais de Steve estavam logo atrás. Corri até a maca.

— Steve? Steve? — implorei, rezando para que ele respondesse, mas Steve não se mexeu. Senti meu coração aos pulos. Ele tinha morrido? — Steve... — disse e o pânico tomou conta de mim. Trevas. Vazio.

Naquele exato momento, Steve virou a cabeça para o lado e abriu os olhos.

— Graças a Deus! — exclamei.

E então ele... Foi aquilo mesmo?... Ele acabou de me dar uma piscadela? Tropecei em uma rachadura no concreto. Espera aí, porra!

— Você está fingindo? — perguntei, ainda não acreditando naquilo.

Steve acenou para que eu chegasse mais perto. Obedeci.

— Você não é capaz de vencer um cara moribundo — ele sussurrou e, então, piscou novamente.

Minhas vísceras congelaram.

Os paramédicos pararam de empurrar a maca. E, antes que eu conseguisse dar uma resposta, Steve foi colocado dentro da ambulância. Ele ergueu um pouco a cabeça e gritou:

— Kaia!

Ela correu até as portas traseiras da ambulância.

— Steve. Ah, meu Deus. Steve. Eu te...

BAM! As portas se fecharam.

Os pais de Steve saíram correndo na direção do carro deles e, antes que eu me desse conta, a ambulância já estava longe.

Poucos minutos depois, eu ainda não tinha me mexido. Em vez disso, continuava parado ali segurando minha placa. E pensando que, o tempo todo, Patrice tivera razão.

15

SHAILENE WOODLEY ESTAVA SENTADA EM SEU CARRO E LEU A carta que Ansel escreveu antes de morrer. Deitada na grama, com o tubo de oxigênio no nariz, ela olhou para as estrelas e disse "Tudo bem".

Clique.

As lágrimas rolaram pelo rosto de Keanu Reeves enquanto ele estava sozinho em um parque. Charlize foi embora. Ela não suportaria deixar Keanu vê-la morrer.

Clique.

"Eu disse a você para não se apaixonar por mim", Mandy Moore sussurrou de noite. Então, ela se casou e morreu.

Clique.

Tirei o laptop do meu colo e peguei outro lenço de papel. Droga, Patrice tinha razão. Ela tinha absoluta razão. *(Assoei o nariz.)* Uma história de amor que envolve câncer era uma força inabalável. Ninguém podia resistir à combinação de amor verdadeiro com morte prematura.

E sabe quem mais sabia disso? Steve. Steve, aquele fingidor de merda. Ele era a versão maligna daquele garoto do filme favorito da minha mãe: *Curtindo a vida adoidado.* Mas, em vez de fingir um resfriado para matar aula, Steve estava fingindo complicações por causa do câncer para manipular Kaia.

Então me dei conta. Ferris Bueller só tinha tirado um dia para matar aula. Steve iria fingir aqueles sintomas extras para sempre? Como ele poderia ser Steve se sempre desmaiasse, babasse e ficasse de olhos caídos? Como ele sempre poderia ser incrível? O plano dele era insustentável.

Respirei fundo, assoei o nariz pela última vez e disse a mim mesmo para parar de me preocupar. Kaia estava quase disposta a terminar o namoro com ele naquela noite na praia. Aquele foi apenas o gesto de um homem desesperado.

No dia seguinte, atravessei os corredores da escola até o meu armário, de cabeça baixa e com o capuz do agasalho de moletom levantado. Gostaria de estar com fones de ouvido porque, o dia todo, independentemente de onde eu fosse, havia apenas um tema de conversa.

— Cara, Steve estava com um aspecto péssimo.

— Você ouviu? Steve está se alimentando por sonda.

— Kaia teve que segurar a mão dele a noite toda.

— Ele nem consegue mais falar. Pisca apenas em código Morse. E só diz uma coisa: "Eu te amo, Kaia".

Um cara da aula de economia ficou observando enquanto eu tomava água no bebedouro. Quando terminei, ele se aproximou, apoiou as duas mãos nos meus ombros e me olhou nos olhos.

— Sinto muito pela sua perda — ele disse e começou a se afastar.

— Steve não morreu! — falei para o cara. — Ele está bem. Ele ficou no hospital por uma hora e depois foi para casa! Ele está jogando videogame agora!

Mas o cara já tinha desaparecido no corredor.

— Porra! — vociferei e chutei a parede.

Eu me virei. Kaia estava segurando uma cartolina, com a mochila pendurada em um ombro.

— Você também? — perguntei.

— Hoje de manhã, três garotas ficaram chorando no meu ombro porque jamais vou amar alguém de novo.

— Nossa. Deve ser difícil se dar conta de que, com apenas 16 anos, você é basicamente a casca de um ser humano, enfrentando um deserto sem fim de tristeza.

— Comprei alguns véus de renda preta na Amazon — Kaia disse, dando uma risada.

Relaxei, sentindo que Kaia não tinha sido enganada por Steve. Ela percebia como tudo aquilo era ridículo. Seu "Eu te amo" fora dito apenas no calor do momento.

— De qualquer forma, ainda bem que encontrei você — Kaia continuou. — Quero lhe perguntar uma coisa.

— Vá em frente — disse.

Kaia parecia nervosa. Estar nervosa era bom ou ruim? Bom, não é?

— Sei que é estranho. Tivemos toda aquela conversa na praia, mas eu queria saber se talvez...?

Ela mencionou a praia! Com certeza, aquilo era bom. Fiz o possível para soar casual.

— Sim?

— Kaia! Aí está você.

Um cara magro do grêmio estudantil veio correndo em nossa direção. Impotente, observei Kaia se virar.

— Oi, Cole! Já peguei a cartolina.

Não! Não! A cartolina pode esperar!

A expressão de Cole mudou.

— Não é a cartolina certa.

— Sim, é.

Já chega dessa maldita cartolina! Vamos voltar para a praia.

— Não, ela é muito fina. Precisa ser mais grossa. É, tipo, sabe, feita com... espuma.

Pigarreei.

— O que você estava querendo saber sobre a praia, Kaia? — perguntei.

Kaia inclinou a cabeça para Cole.

— Quer dizer, aquela com uma placa de espuma laminada com papel nos dois lados? Chama-se papel espuma.

— Ah, é assim que se chama? Desculpe, eu não sabia. Você consegue?

— Claro — Kaia respondeu, com um sorriso que pareceu um pouco tenso.

— Precisamos dela para hoje à noite. Obrigado! — Cole disse e se afastou.

Kaia amassou a cartolina e a jogou no lixo, mas se arrependeu imediatamente. Ao recuperar a cartolina, murmurou para si mesma:

— Depois da reunião da comissão do baile, colo um papelão no verso e pronto.

— Só para constar, eu sei a diferença entre papel espuma e cartolina — disse.

Kaia riu.

— Está vendo, é por isso que gosto de você.

Ah, meu Deus, ela disse que gosta de mim. Mas preciso retomar o assunto.

— Então... Havia algo que você queria me perguntar?

Kaia balançou a cabeça, lembrando.

— Ah, isso mesmo. Eu só estava querendo saber se tudo bem para você...

Qualquer coisa que ela dissesse seria tudo bem para mim.

— ... E você pode me dizer que não.

Como se eu fosse dizer não a Kaia alguma vez.

— Talvez você possa compartilhar a Melhor Pessoa com Steve?

Nunca tinha levado um soco, mas soube como era levar naquele momento. De repente, senti o ar faltar nos meus pulmões.

— Ah... — balbuciei, com minha voz vindo de algum lugar distante. — A coisa do anuário.

— Sinto-me péssima. Não quero magoar você nem nada. Você é um cara muito legal. É que...

— Steve.

— Sim. É que, nas últimas 24 horas, as coisas realmente mudaram. Acho que vi pela primeira vez quem Steve é de verdade. E tenho certeza de que nunca conheci ninguém mais atencioso ou generoso.

Não só tinha levado um soco, mas, naquele momento, estava levando um maçarico na cara. À queima-roupa.

— Steve é generoso — disse.

Achei que se dissesse aquilo em voz alta faria sentido. Não fez. De alguma forma, em uma caída de bunda, ele tinha roubado toda a minha identidade.

— Não é? Claro, você já tinha visto. Você passa o tempo todo com ele. Por favor, esqueça tudo o que eu disse na praia. Estou tão envergonhada. Não acredito que estava pensando em terminar o namoro com ele. Se eu tivesse... Deus, eu nunca saberia. Ele explicou tudo para mim no hospital. Ele está sofrendo demais, sabe? Foi preciso muita coragem para ele sair e fazer aquilo.

— Desabar? — disse. Não consegui me conter. Aquilo foi ridículo. Como Kaia pode ter se deixado enganar por uma rosa e um tropeço?

— Como? Não. Ser tão vulnerável na frente de todos. Na minha frente. Mas, meu Deus, vê-lo desabar daquela maneira... Me fez perceber como a vida é frágil.

Porra. Câncer. História de amor.

— Você já viu *Curtindo a vida adoidado?*

— O quê? Não. O que tem a ver com isso?

— Nada. Eu só... Quer dizer, Steve melhorou meio que muito rápido, né?

— Foi. Os médicos ficaram surpresos. Mas ele é muito forte — Kaia disse, ficando um pouco confusa na última palavra. Como se estivesse perdida na lembrança dos bíceps estranhamente inalterados de Steve a envolvendo.

— Mas, tipo, você não acha que pode ter sido um pouco, sei lá, rápido demais?

— O quê? Não. O que você quer dizer?

— Eu não estou...

— Você acha que ele não desmaiou de verdade?

Eu deveria mentir. Eu deveria desistir daquela conversa.

— Na verdade, acho que não — acabei respondendo.

— Então você acha que ele está fingindo que está com câncer? — ela perguntou, me fuzilando com os olhos.

— É claro que não! — respondi, recuando.

As pessoas se viraram em nossa direção.

— Claro que Steve tem câncer! — prossegui, mas como eu poderia retirar o que tinha dito?

— Você acha que ele fingiu ter perdido o cabelo?

— Não! — disse, dando outro passo para trás e, em rendição; levantei minhas mãos.

— Você acha que ele está fingindo que está vomitando por causa da quimioterapia? — ela perguntou, aproximando-se de mim.

— Não! Claro que não! — respondi novamente, recuando mais um passo e batendo contra os guarda-volumes.

— Então o quê?

Kaia cruzou os braços e esperou. Seu grau de raiva equivalia ao que ela geralmente reservava às empresas de petróleo.

Eu queria rastejar para dentro do guarda-volumes atrás de mim.

— Nada — lamuriei, mas não podia apagar o que tinha dito.

— Que possível razão alguém teria para fingir um desmaio?

— Para impressionar você?

Kaia olhou para mim com incredulidade.

— Acho que talvez você não deva compartilhar o título de Melhor Pessoa.

Não vi Kaia no dia seguinte nem depois. Conferira meu celular recém-consertado uma centena de vezes para ver se tinha recebido uma mensagem dela. A única mensagem que tinha deixado escapar foi da minha mãe pedindo para trazer uma acelga chinesa. Não consegui enviar uma mensagem para Kaia, porque a ideia de escrever para ela e não receber uma resposta era ainda pior.

Pelo menos então era a noite da sessão no Conselho Municipal, onde eu com certeza a encontraria. Estavam votando a lei referente à proibição de tanques de grandes animais marinhos. Todd havia me pedido para falar em nome do grupo, por razões de "cultura jovem", "Geração Z" e algo a respeito de "estar no espírito da época". Eu poderia pedir desculpas a Kaia antes de fazer meu discurso. E talvez se eu ferrasse o parque aquático naquela noite, Kaia começaria a esquecer o nosso último encontro.

Aquela pequena esperança me impulsionou para a *Main Street*. Infelizmente, eu estava um pouco atrasado. Checar o site Salvem Steve, cujo nome fora alterado para Fundo do Herói Cam Webber, tinha sido um erro. Havia me distraído ao navegar pelos comentários. Havia centenas deles, todos elogiando Steve e sua generosidade. Se as garotas da internet foram depravadas anteriormente, naquele momento tinham alcançado um nível totalmente novo. Eram comentários poéticos. Poesia suja. E, apesar do fato de o fundo ter o meu nome, nenhuma pessoa se deu ao trabalho de fazer algum comentário a meu respeito.

Uma buzina tocou. Pisei no freio quando uma caminhonete passou o sinal vermelho. Meu carro derrapou até parar. Senti dificuldade para respirar.

— Idiota! — o motorista da caminhonete gritou.

Surtei.

— Você está tirando sarro da minha cara? — gritei pela janela. — O sinal estava verde para mim.

O motorista da caminhonete me mostrou o dedo do meio.

Abaixei meu vidro.

— Babaca! Idiota é você!

Mas a caminhonete partiu a toda velocidade e fiquei gritando para ninguém na rua vazia.

— O AQUÁRIO JÁ INVESTIU CENTENAS DE MILHARES DE DÓLARES EM UM tanque de última geração que propicia acesso ao mar ao tubarão, pondo em risco o nosso interesse econômico... — o lobista do parque aquático disse na sala de audiências do Conselho Municipal, apresentando seu argumento. Na tela de projeção atrás dele, apareceram números e dados.

Estava sentado em uma das cadeiras velhas e esfarrapadas que deviam permanecer àquela sala do Conselho Municipal desde os anos 1990 e tentava prestar atenção. Minha mochila estava na cadeira ao meu lado para guardar um lugar para Kaia. Ela ainda não havia chegado. Inicialmente, não tinha me preocupado. Ela sempre se atrasava um pouco. Mas quando, uma hora e meia depois, um vereador chamou o representante do parque aquático para falar, finalmente me ocorreu: Kaia talvez não viesse. Pela centésima vez, tentei virar sutilmente minha cabeça para a entrada dos fundos para ver se ela tinha entrado.

— Nada da Kaia? — Todd perguntou.

Virei-me e fiz um gesto negativo com a cabeça.

— O que houve? Ela geralmente está colada ao seu lado — Todd prosseguiu.

— Nós tivemos uma discussão.

— Eu te disse — Patrice falou, na fileira atrás de nós. — *Seu amor, meu destino.*

— Não é a mesma coisa! — disse num tom contrariado.

Naquela altura, tinha visto o filme, então eu sabia. Não era a mesma coisa. Por um motivo, Steve nunca usaria uma camiseta tão folgada quanto Chris Klein. Já não conseguia aguentar. Tinha que finalmente mandar uma mensagem para Kaia. Não poderia discursar com aquilo pendente entre nós.

Eu: ***Oi, sinto muito pelo que eu disse.***

Enviei.

Esperei, só ouvindo por cima o lobista vomitar suas mentiras. Meu celular vibrou.

Mãe: ***Melhor filho do mundo! Estou assistindo pela internet!***

Agradeci a minha mãe, com meu coração apertado. Ainda nada de Kaia. O lobista estava terminando. Talvez ela estivesse a caminho. Se estivesse dirigindo, não poderia checar o celular. Tinha certeza de que Kaia não era do tipo que digitava ao volante.

Eu: ***Logo vou ser chamado.***

Não era uma mensagem muito impositiva. Mesmo se Kaia estivesse zangada comigo, ela não perderia aquilo, não é? Estávamos trabalhando naquela causa havia meses. Uma briguinha não poderia arruinar todo o nosso trabalho. O.k., naquele momento, Kaia parecia estar mais na do Steve do que nunca, mas não significava que de repente iria desistir de tudo pelo qual se importava. Ela não iria simplesmente esquecer o tubarão.

— Cam, é a sua vez, irmão — Todd disse, cutucando-me.

Dirigi-me até a frente da sala, sentindo um silêncio cair sobre o público. Um terço das cadeiras estava ocupado. Nenhum sinal de Kaia.

Alguém pigarreou. Dei-me conta de que estava simplesmente parado ali. Peguei minhas anotações.

— Membros do Conselho Municipal, o lobista do parque aquático afirma que o hábitat especial com acesso ao mar tem sido um meio bem-sucedido de manter os tubarões em cativeiro. No entanto, ele não revelou o contexto das estatísticas apresentadas por ele. O lobista disse que os tubarões cativos agora vivem o triplo do tempo em cativeiro. Mas o triplo em relação a quê? Em relação a um tubarão em liberdade? Não, claro que não! Ele quer dizer o triplo em relação à expectativa de vida exageradamente curta que os tubarões sobreviviam nos parques temáticos da década de 1990. Aqueles tubarões costumavam morrer depois de poucos meses. Então, na melhor das hipóteses, vivem alguns poucos anos? Contudo, um tubarão-branco em liberdade pode ter uma expectativa de vida de setenta anos!

Meu celular vibrou. Eu o tinha colocado sobre o púlpito. Podia ver aquilo brilhando, a pequena bolha de texto em minha tela bloqueada. Inclinei o celular na minha direção para conseguir ler a mensagem.

Kaia: ***Tudo bem. Tudo isso tem sido uma loucura. Steve não estava se sentindo bem e, então, estou na casa dele. Estamos vendo pela internet. Boa sorte!***

Ela nunca viria. Porque ela estava com Steve.

Com certeza, Steve, o grande mentiroso, o fingidor de desmaios, se sentia muito bem. Eles estavam abraçados no sofá me vendo. Quase podia ver o sorriso malicioso dele através da câmera de acesso ao público.

— Isso é tudo? — uma vereadora perguntou.

Claro que não. Olhei de volta para a câmera. Para Kaia.

— Você, membro da Câmara, não percebe? Ele está tentando enganá-lo para obter seu apoio. Como você pode confiar em alguém assim? Não se trata apenas do tubarão. É uma questão do que está certo e do que está errado! — disse, bati meu punho no púlpito e desviei o olhar para Steve na câmera. — Não estamos todos cansados das vitórias dos bandidos?

Nosso grupo ovacionou minha fala e até mesmo algumas outras pessoas sentadas na plateia aplaudiram.

Sentindo a energia da sala, virei-me para o público sentado.

— Vocês não estão cansados?

Naquele momento, a ovação foi ainda maior.

— Sim! — um velho de camisa havaiana respondeu, ficando de pé.

— Então, não podemos deixar os bandidos vencerem de novo! Estamos fartos disso! — disse, socando o púlpito com mais força.

Naquele momento, todas as pessoas se levantaram e aplaudiram. Eu saí do palco e caminhei no meio do público, recebendo tapas nas costas e cumprimentos.

— Obrigada, meu jovem, por seus comentários apaixonados — uma vereadora disse enquanto folheava seus papéis. — Se não há mais comentários do público, podemos iniciar a votação.

Sentei-me, um pouco sem fôlego. Meu celular vibrou.

KAIA: ***Belo discurso.*** ☼ ***Com certeza, vamos ganhar!***

Chupa, Steve fingidor!

— Não!

Ao meu lado, Todd meio começou a se levantar, mas se sentou novamente. Levantei os olhos.

— O quê?

Olhei em volta, observando as reações de todos. As pessoas estavam resmungando e fazendo cara feia. Sentada em sua cadeira, Patrice estava com uma expressão carrancuda.

— Nós perdemos.

— O quê? Como?

Ao meu redor, os outros ativistas se levantaram e começaram a vaiar. Os vereadores pediram silêncio, mas não foram obedecidos. Em vez disso, receberam uma vaia estrondosa.

— O sistema é manipulado, Cam! — Todd gritou a plenos pulmões. — É o que ganhamos por jogar de acordo com as regras!

— Se vocês tumultuarem a sessão ainda mais, seremos forçados a recorrer à polícia — um vereador alertou.

Perto da saída de emergência, um policial uniformizado deu um passo à frente. Os ativistas não se calaram, mas começaram a se dispersar e se mover em direção às saídas. Gritando, Todd proferiu uma frase de Nelson Mandela e algo sobre aquilo não ter acabado.

Segui o fluxo das outras pessoas, mas não consegui encontrar energia para juntar minha voz à do grupo. Não entendia o que tinha acabado de acontecer. Nós estávamos com a razão. Como a Câmara Municipal não entendia aquilo? Ao meu redor, as pessoas começaram a gritar "Isso não acabou!". No bolso, meu celular vibrou. Eu o peguei.

Steve: ***Sinto muito, bom rapaz.*** 😉 ***Acho que é hora de desistir do tubarão.***

E foi assim que me vi gritando enquanto caminhávamos pelos corredores, descíamos a escadaria da frente do prédio e marchávamos pelas ruas.

— Isso não acabou! Isso não acabou!

No meio de todo o lixo do seu Instagram, estava o verdadeiro Steve. Steve em um carro com seus *brothers*, fazendo o sinal de paz e amor com a língua para fora. Steve roubando bebidas alcoólicas. Steve fazendo um suporte de barril de cerveja com um chapéu viking amarrado na bunda. Steve pondo fogo em seus peidos. Steve soltando fogos de artifício em uma parede para formar a palavra peido. Steve montado obscenamente sobre um foguete infantil de um parque de diversões em um shopping center.

— Melhor pessoa, uma ova — eu exclamei em voz alta.

A cada mês, Steve era visto tirando uma *selfie* com um sorriso estúpido com uma garota diferente: Madeline Fields, Angelie Shishbangar, Nancy-Lee Nguyen, Brianna Stonebrook, Emma Napolitano, Emma Montoyez, Emma Chan, Emma Bumgartener, Emma-Grace Hurwitz III.

Kaia era apenas mais uma na sequência. Ou, pior, ela era apenas um peão em seu jogo. Ele só queria me vencer. Para provar que poderia conseguir o que quisesse. Aposto que ele já tinha outra na parada. Caramba, eu pagaria para ver o que Kaia faria com Steve se ela o encontrasse com alguma garota qualquer. Então, ela veria quem ele realmente era. Era o que ela precisava ver. O verdadeiro Steve Stevenson. Então, ela o largaria como uma velha meia furada.

Eu não podia, porém, simplesmente dizer a Kaia para que olhasse o Instagram dele. Ela diria que aquilo foi antes e que agora ele estava diferente. Diria que o câncer o havia mudado. Precisava mostrar para ela que ele ainda era o mesmo. O Steve Câncer ainda era o Steve Bundão. Só de pensar neles indo juntos ao baile me deixava nauseado.

Então, tive uma ideia.

Abri uma nova aba, entrei no site Salvem Steve e naveguei até a seção de comentários. Examinando febrilmente, procurei pelo que buscava. Aquilo só funcionaria se eu encontrasse a postagem certa. Não muito louca. Nada de poemas rimando a palavra "quimioterapia" com "vamos dormir de conchinha". Bum! *Steve'sGirls*. Aquele era seu nome de usuário. Uma foto de três universitárias bem gatas ressaltava aquilo. A postagem delas dizia:

Podemos comprar uma cerveja para você, Steve? ❤❤🍺🍺

— Nem sempre dá para jogar de acordo com as regras — disse, como um vilão malvado. Mas eu não era o vilão. Eu era a Melhor Pessoa. E eu iria mostrar para Kaia quem era a Pior.

16

O SOL SE PÔS ATRÁS DA CASA DE STEVE ENQUANTO EU ESTAVA sentado em meu carro ensaiando. Eu só tinha uma chance. E eu sabia que ia ser estranho aparecer do nada para ver se ele sairia comigo.

— Oi, Steve, só queria agradecer-lhe por batizar o fundo com o meu nome. Foi realmente comovente…

Não. Ele nunca engoliria aquilo. Não depois daquela piscadela. Precisava parecer realista. Talvez relacionado ao trabalho. A KYET queria fazer uma nova entrevista com Steve, Kaia e eu sobre o lance da Cardi B.

— Achei que poderíamos falar sobre o que queremos dizer na entrevista?

Poderíamos fazer aquilo parados na porta. Por que Steve sairia para fazer aquilo? Por qual possível motivo nós sairíamos?

Estava ficando escuro. Eu ia ter que improvisar. Droga. Improvisação não era o meu forte, mas a armadilha já estava armada. Então, eu precisava agir.

Após algumas batidas incertas na porta de entrada, ela se abriu. Pela primeira vez, o pai de Steve atendeu. Seu peito marcava sua camiseta crossfit. Ele pareceu muito feliz em me ver.

— Olá, Cam, amigão! Exatamente o cara que eu queria ver!

Pego ainda mais desprevenido do que o normal, gaguejei.

— Sério?

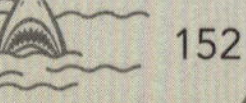

Ele agarrou meu braço, como Steve faria, e me levou para o interior da casa.

— Vamos, você tem que ver isso. Você vai adorar.

Quatro TVs LED de oitenta polegadas montadas como um centro de comando. Um frigobar. Um jukebox temático dedicado ao filme *Pulp Fiction*. Uma fileira de cadeiras gamer com luzes neon. Uma mesa de pingue-pongue elétrica.

— Veja o que você conseguiu para o Steve! — seu pai disse, enquanto me conduzia para o recém-atualizado santuário masculino. Steve estava sentado no meio daquilo tudo. Ao me ver, mostrou-se espantado. Correndo devagar, seu pai se aproximou dele e o sacudiu pelos ombros de brincadeira. — Não podíamos gastar todo aquele dinheiro para pagar contas. Veja como isso deixa meu filho feliz!

Então, em vez de pagar as contas, eles deram ao santuário masculino deles uma dose cavalar de Viagra. Foi para pagar tudo aquilo que toda a minha dor e o meu sofrimento serviram? Mais do que nunca, eu queria acabar com Steve.

— Entre, sente-se e dê alguns tiros em alguma coisa — o pai de Steve exortou.

— Ah, não. Eu só... — balbuciei. Como eu ia tirar Steve daquela utopia masculina? — Eu, bem... Na verdade, eu gostaria de levar Steve para comemorarmos — disse fracamente.

— Bem, comemore aqui — seu pai replicou. — O que poderia ser melhor do que isso?

Então, ele ligou a mesa de pingue-pongue elétrica, com um display de luz do tipo Tetris em cascata através da superfície.

— Cam é vegano e socialista. Isso não é o ambiente dele — Steve explicou.

— Sou pescetariano — corrigi.

Senti a necessidade de esclarecer, embora não fôssemos pedir comida.

Steve me olhou com desdém.

— Não precisamos que Cam julgue o nosso festival de matança, precisamos, pai?

Steve estava fazendo um bom trabalho para se livrar de mim. E eu não sabia o que poderia tirá-lo de casa.

— Ninguém nunca se divertiu sem que alguém fosse morto, Cam — seu pai brincou, e bateu uma raquete de pingue-pongue na mesa, provocando uma explosão digital.

— Não sei se isso é verdade — disse.

Steve saltou da cadeira. Tinha certeza de que ele iria me tirar à força dali. Mas, em vez disso, ele soltou seu controle e sorriu.

— Tudo bem, Cambo. Vamos sair daqui e começar essa comemoração.

Alguns minutos depois, estávamos em meu carro. Não conseguia acreditar como tinha sido fácil. Muito fácil, na verdade. Mas Steve nem sabia que eu viria. Como ele poderia ter tramado alguma coisa? Steve fechou a porta e eu afivelei o cinto de segurança.

— Então, o que você tem em mente? — ele perguntou.

— Eu... Bem... Achei que poderíamos jogar minigolfe — respondi. Eu precisava encontrar um lugar divertido onde pudéssemos esbarrar acidentalmente em alguém.

— Minigolfe? A grama sintética não está cheia de produtos químicos tóxicos? Você tem certeza de que os moinhos de vento não são racistas?

Resisti ao impulso de revidar. Precisava manter aquilo amigável.

— Vamos, Steve. Não precisamos ficar repetindo a mesma dinâmica indefinidamente, precisamos? Não é hora de um novo começo?

Sondando-me, Steve olhou para mim por algum tempo e depois se recostou em seu assento.

— Claro. Por que não? Vamos recomeçar — ele respondeu, afivelou o cinto de segurança e aumentou o volume do rádio que estava tocando "Get Lucky", do Daft Punk.

O ESTACIONAMENTO TINHA ALGUNS SUVs E FURGÕES. STEVE E EU CAMINHAMOS em direção à entrada. Um kart passou zunindo na pista ao lado do estacionamento.

— Tudo bem. Vamos zoar — Steve zombou.

Nós nos aproximamos da entrada e uma mãe estressada, carregando um bolo e balões, passou correndo por nós.

— Você acha que Tyler vai notar se entrarmos de penetra na festa de 7 anos dele? — Steve perguntou.

— Olha, você não vai se divertir com essa atitude.

— O.k., mamãe.

— Nunca se sabe, algo excitante pode acontecer.

— Duvido.

Uma música pop anônima martelava dentro da arcada escura e com cheiro de mofo. O que provavelmente era a festa de aniversário de Tyler rolava em um canto. À nossa direita, alguns garotos golpeavam uma máquina, na esperança de conseguir mais fichas. Um menino de 6 anos matava zumbis digitais perto da piscina de bolinhas. Corri os olhos pelo recinto em busca das garotas. Tinha dito a elas para nos encontrarmos perto do campo de minigolfe, mas talvez elas estivessem adiantadas.

— Você tem algumas moedas para o jogo de garras? Preciso muito de um novo *fidget spinner* — Steve disse.

— Precisamos pegar os nossos tacos.

— Você é quem manda, baladeiro.

Encontrei a bilheteria e vi que um grupo de garotas já estava na fila. Fiquei tenso, sentindo-me ansioso a respeito do meu plano. Entramos na fila atrás delas e tentei dar uma boa olhada. A foto na seção de comentários do site só dava uma vaga ideia de como elas eram. Uma loira e duas morenas. Uma usava óculos. A outra tinha sardas. Inclinei-me na direção delas, mas todas estavam com o rosto colado no celular. Saí um pouco para fora da fila, mas uma delas deu um passo à frente, bloqueando ainda mais minha visão, com sua pequena mochila Totoro quase acertando o meu rosto.

Olhei para Steve para ver se ele tinha notado meu interesse. Ele estava rindo de um garoto que havia subido engatinhando a rampa de *skee-ball* e estava tentando jogar suas batatas fritas nos buracos.

Pigarreei, mas as garotas não perceberam.

Inclinei-me para me aproximar um pouco mais, quase conseguindo ter uma boa visão de uma delas. Ela tinha sardas e cabelo castanho. Mas ainda não tinha certeza. Então, uma criança andando distraidamente com seu iPad esbarrou em mim e toquei na garota sardenta.

— Ei! Qual é o seu problema? — ela esbravejou.

Finalmente, dando uma boa olhada nelas, percebi que não eram as garotas do site. Na verdade, tinham 13 anos e estavam muito assustadas comigo.

— Desculpe, eu tropecei.

— Você tropeçou parado? — uma delas perguntou, com as mãos nos quadris.

— Puxa, Cam. Se esse é o seu lance, precisamos conversar — Steve disse, dando uma risadinha. — Você não ouviu falar do Me Too? Você não pode simplesmente se esfregar em uma garota qualquer.

Fiquei vermelho e recuei.

— Eu não estava... Eu jamais... Eu li Simone de Beauvoir!

Aquilo não ajudou. Elas não tinham a menor ideia de quem era a intelectual francesa do século xx e de como estava ligada a elas. Em vez disso, as três garotas me encararam como se eu tivesse acabado de ser desmascarado.

— Nojento! — uma delas disse.

De modo simpático, o funcionário com costeletas da bilheteria entregou os tacos para elas e as garotas se afastaram bruscamente, nervosas.

Aproximamo-nos do funcionário que tinha acabado de ouvir a história toda. Certo de que ele também achava que eu era um bolinador de garotas repulsivo, expliquei:

— Aquilo não foi um assédio.

Descrente, ele disse, ironicamente:

— Não me diga.

Steve me viu ficar atrapalhado e exasperado.

— Nós sabemos que não foi, Cam. Todos nós sabemos. Sua reputação está intacta — ele disse e me deu um tapinha nas costas. — Afinal, seu lance se assemelha mais a um plano de longa duração e cuidadosamente planejado, que permite que você saia com as namoradas dos outros, não é? — falou e, em seguida, dirigiu-se ao senhor Costelas: — Dois jogos excitantes de minigolfe, por favor.

Luzes azuis e verdes sinalizavam o caminho para o primeiro buraco. Corri os olhos pelo campo em busca das garotas. O campo era maior do que eu me lembrava de quando eu tinha 8 anos. Havia uma família perto do buraco do Velho Oeste, um bando de garotas dando tacadas no Castelo da Princesa e um casal de adolescentes dando uns beijos perto do Lago de Crocodilos. Contudo, as *Steve'sGirls* não estavam à vista.

— É uma caminhada longa — Steve disse e parou.

Enquanto observávamos o campo, percebi que havia muitas escadas e rampas. Steve deu a impressão de desanimar um pouco com a ideia. De certa forma, eu sempre esquecia que ele tinha câncer.

— Desculpe, nem pensei na quimioterapia. Você sempre pareceu tão indestrutível, sabe.

— E você sempre pareceu tão destrutível — ele disse e deu um sorriso malicioso.

Por um momento, nós nos encaramos. Parte de mim estava esperando para ver se ele queria voltar para casa. Eu talvez ficasse um pouco aliviado. Parados ali juntos, em um campo de minigolfe, minha raiva por ele tinha diminuído um pouco.

— É demais para você? — perguntei, oferecendo-lhe uma saída.

Ao considerar minha oferta, Steve olhou de volta para a arcada de onde tínhamos vindo.

— Cam, caras de 80 anos com insuficiência cardíaca jogam golfe de verdade. Eu acho que posso me virar — ele bufou e, em seguida, começou a descer uma série de degraus rumo ao primeiro buraco.

— Você acha que consigo vencer o câncer? — Steve perguntou.

— Eu… Bem… — Gaguejei. Tinha perdido alguma coisa? Achei que a probabilidade de cura era grande…

— Quer dizer, o caranguejo — ele esclareceu.

Então, dei-me conta de que ele estava falando sobre o sorridente caranguejo animatrônico, cujas garras laranja se moviam lentamente de um lado para o outro, bloqueando o caminho até o buraco.

— Ah, certo — disse e ri, aliviado, associando o caranguejo ao símbolo do signo de câncer.

— Muito sério — ele disse e deu uma tacada na direção do caranguejo. A bola passou entre as garras ondulantes sob a barriga e caiu direto no buraco. — Beleza! — ele gritou, vibrando.

Claro que ele acertaria o buraco em uma tacada.

Coloquei minha bolinha no chão. Ela escapou do pequeno sulco na grama sintética e tive que recolocá-la. Em seguida, dei uma tacada, mas não com força suficiente, e a bolinha rolou de volta para mim.

— Uma tacada — Steve contou.

Interrompi o retorno da bolinha e a recoloquei no sulco. Dei uma nova tacada. A bolinha rolou de volta.

— Duas.

Com aborrecimento crescente, recoloquei-a no sulco. Dei uma tacada com mais força. O caranguejo a ricocheteou.

— Três.

Eu sei.

Sulco. Tacada. A bolinha rolou de volta.

— Quatro.

— Eu sei contar.

Sulco. Tacada. A bolinha rolou de volta.

— Sua bolinha precisa de rodinhas de apoio?

— Fica quieto.

Sulco. Tacada. A bolinha ricocheteou. Rolou de volta.

— Acho que vou pegar uma cadeira.

Sulco. Tacada forte. A bolinha saltou. Para o concreto. Acertou um poste. Bateu em um pássaro de cerâmica. O canto de um banco a rebateu. Um copo descartado a direcionou. E a bolinha se arrastou até parar perto do buraco.

— É claro — Steve disse. — Você tinha que encontrar o caminho mais complicado.

— Aham — disse, concordando, enquanto seguíamos o caminho para o buraco.

Demos a volta pelo outro lado do caranguejo e eu vi três garotas descendo a escadaria principal. Estavam usando vestidos pretos justos e pareciam prontas mais para uma noite excitante do que para dezoito buracos de minigolfe. Elas estavam correndo os olhos pelo público, procurando por alguém. Tinha que ser elas. Tinham me mandado mensagens com seus nomes — Nika, Haedyn e Sophie —, mas eu não sabia qual era qual. Então, elas pararam e me viram. Acho que foi Nika quem me deu uma olhada que dizia: "É você?". Acenei que sim com a cabeça e fiz um gesto para elas nos seguirem. Tinha lhes dito para fingirem que não me conheciam. Steve se sentiria muito constrangido se achasse que eu estava armando para ele, havia explicado.

— Termine sua tacada incrível — Steve disse.

Virei-me para ele e tentei fingir que nada estava acontecendo. Minha bolinha caiu no buraco no momento em que as garotas apareceram atrás da garra do caranguejo.

— Steve Stevenson? — Nika perguntou.

Surpreso, Steve ergueu os olhos. Ele as observou por um momento, bem confuso.

— Sim?

Tirei minha bolinha do buraco enquanto as garotas se aproximavam dele.

— Meu Deus, como você está? — Haedyn perguntou.

— Estou legal... E... Eu conheço vocês? — Steve perguntou, com cautela.

As garotas com maquiagem pesada sussurraram entre si, parecendo indecisas a respeito de qual delas falaria primeiro.

Steve olhou para mim e brincou a meia-voz:

— Será que precisamos de segurança?

Finalmente, Sophie deu um passo à frente.

— Você não conhece a gente, mas temos seguido sua corajosa jornada on-line e... Somos, tipo, suas maiores fãs.

Ao ouvir a palavra *fãs*, Steve se animou, aceitando o papel de celebridade com facilidade.

— Você é mais gato pessoalmente — Haedyn acrescentou.

— Também acho — Steve flertou.

As garotas riram bem alto. Aquilo estava funcionando exatamente como eu tinha imaginado.

Sophie se aproximou ainda mais de Steve.

— Você está incrível sem cabelo.

— Posso tocar? — Haedyn perguntou, dando uma risadinha nervosa.

— Por que não? — Steve respondeu e inclinou um pouco a cabeça para facilitar as coisas para elas.

Haedyn passou as mãos delicadamente pela careca de Steve, não deixando que suas unhas vermelhas brilhantes a arranhassem.

— Você está liso em todos os lugares? — ela perguntou, sugestivamente.

Nika se inclinou e ergueu as mãos.

— Deixe-me sentir.

Então, as duas passaram as mãos pela cabeça dele e Steve gemeu. As garotas deram risadinhas nervosas.

— Devia ter raspado minha cabeça há muito tempo — Steve disse, curtindo adoidado as carícias.

Se ele estivesse usando uma aliança de casamento, teria colocado no bolso.

— Bem, é hora do próximo buraco — Steve disse. — Vocês querem vir conosco?

— Sim! — todas responderam ao mesmo tempo.

A operação "O verdadeiro Steve" estava avançando.

Peguei meu celular, pronto para tirar as fotos que acabariam com ele. Nos próximos buracos, não faltaram fotos insinuantes. Steve comprando refrigerantes para todas elas. As garotas não parando de tocar no braço dele. As garotas rindo das piadas infames dele sobre bolas e tacos. No entanto, nenhuma das minhas fotos seria prova suficiente para Kaia dar um pé na bunda dele. Steve poderia explicá-las com facilidade. Eu precisava da foto matadora.

No buraco com tema de circo, vi Haedyn sozinha, tomando seu refrigerante. Talvez Nika e Sophie estivessem tirando uma *selfie* com Steve e o palhaço gigante. Senti a necessidade de avançar com aquilo.

— Steve não é incrível? — perguntei para Haedyn.

— Com certeza. Deve ser muito duro — ela respondeu enquanto observava Steve com um olhar vidrado sonhador. — Sua namorada deve se sentir muito sortuda por ter esse tempo com ele.

Fiquei surpreso ao vê-la considerando Kaia, já que as garotas tinham certamente vindo para apalpar Steve.

— Ah, sim... — disse, concordando. Em seguida, acrescentei (de certa forma com sinceridade): — Mas ouvir dizer que eles estavam com problemas.

Haedyn se animou e olhou para mim com um sorriso malicioso.

— Sério? Isso é terrível.

Mas ela com certeza não achou que fosse.

No buraco do navio pirata, as garotas se reuniram, sussurrando. Haedyn estava informando a novidade às amigas. Olharam curiosas para Steve enquanto ele preparava sua próxima tacada.

— Você está muito quieto, Cambo — ele disse e deu a tacada.

A bolinha passou direto pelo buraco.

— Estou concentrado no meu jogo — respondi, mostrando meu cartão de pontuação. — E agora estou só uma tacada atrás.

— Fiquei um pouco distraído — Steve respondeu com um sorriso bobo e acenou com a cabeça na direção das garotas.

— Bem, você vai perder — disse, no meu melhor tom de atleta brincalhão. Eu nunca tinha realmente zoado com um cara competitivo. Mas achei que era a melhor maneira de impedi-lo de suspeitar de qualquer coisa.

— Ficando convencido, hein? É assim que se comete um erro.

— Apenas meta sua bola no buraco — provoquei. Era estranho caçoar daquele jeito. Até gostei, ainda que estivesse no meio de uma operação.

No buraco do Moinho de Vento holandês, Haedyn tentou acertar a bolinha três vezes e errou todas.

— Sou péssima nisso — ela disse, desamparada, e olhou para Steve. — Você pode me ajudar?

Meu papo tinha funcionado. Naquele momento, ela se sentia livre da culpa em relação a uma namorada triste em casa.

Steve aceitou a oferta de bom grado e se aproximou por trás de Haedyn. Ele colocou os braços ao redor dela e ajeitou a maneira como ela segurava o taco.

— Não deve ser fácil adoecer — ela disse.

— É só um câncer de nada. Não é tão grave — Steve afirmou.

A despreocupação dele só a deixou mais sonhadora. Haedyn se encostou nele e, em seguida, eles deram a tacada juntos. A bolinha superou a ponte e chegou perto do buraco.

— Aí está! — Steve exclamou, encorajando a garota.

No entanto, Haedyn não comemorou. Em vez disso, virou-se para olhar para Steve com uma expressão desejosa e atenciosa.

— A vida é curta demais, não é? — ela falou.

— É mesmo — Steve concordou.

Ela colocou a mão no braço dele e Steve olhou para mim.

— É sua vez, amigão — ele me disse.

Então, Steve pegou a mão de Haedyn e se afastou da área próxima do buraco.

— Vamos ali — ele disse, levando-a para um canto e a trazendo para perto dele.

Apaixonado por Kaia, uma ova! Que farsante.

Aquela era a foto de que eu precisava. No entanto, as outras garotas estavam bloqueando minha visão e seria muito óbvio procurar uma posição melhor, sobretudo porque eu era o próximo a jogar.

— Ei, vocês querem que eu tire uma foto? — perguntei para Nika e Sophie. Elas aproveitaram a oportunidade e ficaram juntas uma da outra, exibindo seus refrigerantes. — A luz está melhor à esquerda — disse.

As garotas se deslocaram até a borda do meu enquadramento. Então, claramente ao fundo, estavam Steve e Haedyn, iluminados por trás pela lava vermelha do vulcão. Ele se inclinou para ela e cochichou algo. *Clique!* Haedyn deu uma risadinha. *Clique!* Ela cochichou algo para Steve, com a mão no pescoço dele. *Clique!* Então, Steve a levou para trás do vulcão, ficando fora da minha vista.

Tirei mais uma foto das garotas.

— Legal.

Em seguida, guardei o celular e elas reassumiram suas expressões normais em um instante. Precisava chegar ao outro lado daquele vulcão. Rapidamente, dei uma tacada, jogando a bola para fora do campo, fazendo-a cair dentro de um laguinho, onde poderia ser capaz de espiar melhor. Provavelmente, as outras fotos serviriam, mas, se eu conseguisse uma que fosse totalmente incriminatória, meu plano seria infalível. Pulei o gradil, mas ainda não conseguia vê-los. Dirigindo-me rumo à beira do laguinho, peguei meu celular, na esperança de ter uma visão de Steve e Haedyn em um amasso bem quente. Vi um cotovelo... E talvez um pedaço de joelho... Aproximei-me um pouco mais. Dei uma escorregada na beira coberta de musgo. Aquilo era uma mão? Meu pé deslizou para dentro da água. Tirei uma foto. Livrei meu sapato do grude lamacento e o sacudi. Naquele momento, Steve e Haedyn saíram do canto escuro. Droga.

Ajoelhei-me, tirei minha bolinha daquele laguinho estúpido e voltei para o grupo. As garotas tinham voltado a se reunir e Haedyn estava cochichando algo para elas.

— Penalidade de duas tacadas na água — Steve disse e apontou para o meu cartão de pontuação. — Anote.

Obedeci. Mas, quando terminei, dei de cara com Haedyn.

— Você é muito corajoso — ela disse.

— Sou? — perguntei.

— Você fez muito por Steve — Sophie acrescentou.

Ela também estava bem na minha frente. A proximidade delas, seus perfumes e decotes me subjugaram.

— Foi o mínimo que eu...

— E você é quem realmente está morrendo! — Nika disse.

O que está acontecendo?

— Desculpe. Eu não estou...

Haedyn pôs a mão no meu braço.

— Pare. Steve disse que você negaria.

Olhei para Steve e ele acenou com a cabeça com um sorrisinho.

— Ele disse que você não gostaria de uma festa piedosa — ela afirmou.

— Não, eu não... — disse, tentando intrometer minhas palavras no meio das delas.

— Apenas três meses de vida! — Sophie falou e levou a mão ao peito.

— E você ainda está tentando animar seu melhor amigo — Nika afirmou.

— Steve...

Tentei chamar a atenção dele, para esclarecer as coisas. Contudo, parado ao lado de sua bolinha, ele olhou para mim com um sorriso largo e deu sua tacada sem olhar.

— Sabe de uma coisa? Vocês dois merecem um brinde! — Haedyn exclamou e ergueu seu refrigerante.

— Espera aí. Precisamos de um reabastecimento — Sophie disse, enfiando a mão na bolsa e tirando uma garrafinha de vodca.

Senti as coisas saindo do controle. Nem sequer considerei que elas iriam beber. Aquilo não fazia parte do plano. Mas também explicava muita coisa. Os olhos vidrados das garotas. Os passos cambaleantes do trio. Naquele momento, então, identifiquei o cheiro de bebida no hálito delas.

Sophie tentou turbinar meu copo de refrigerante com vodca, mas eu o afastei. Imediatamente, ela se deu conta do seu erro.

— Ah, merda. Sinto muito. Você não pode beber fazendo quimioterapia — Sophie disse.

Perplexo, tentei achar uma maneira de explicar que eu não estava fazendo quimioterapia e que não estava morrendo. E, ainda mais importante, garotas bêbadas não faziam parte do meu plano para fazer Steve trair Kaia.

— Bem, mais para mim — Sophie disse e se serviu de outra dose.

— Espere — objetei, tentando controlar aquilo. — Vocês não podem beber.

— Sério? O que mais se faz em um minigolfe? — Nika perguntou, esvaziando o restante em seu copo.

— Exatamente! — Steve encorajou. — Agora vamos para o Vulcão!

Nos próximos três buracos, não consegui mexer com as garotas. Aparentemente, meu "câncer terminal" era mais romântico do que o câncer de verdade de Steve. Quando uma leve névoa se formou, as garotas me idolatraram, colocando as mãos em meus braços e rindo do que achavam que eram minhas piadas. Elas eram um turbilhão embriagado de atenção que me fez suar, cambalear e balbuciar de forma incoerente. O tempo todo, Steve se deleitou com meu desconforto.

Nika puxou meu cabelo pela terceira vez.

— Sério, não é uma peruca — expliquei novamente.

— Mas provavelmente não vai demorar para começar a cair, coitadinho.

— Não vai cair. Não estou fazendo quimioterapia. Estou bem.

— Também acredito totalmente em pensamento positivo — Haedyn disse. — Há seis meses, venho dizendo a mim mesma que posso ser garçonete e ontem consegui uma entrevista.

— Ei, meninas, posso pegar o senhor Camtástico emprestado por um instante? — Steve perguntou.

Por algum motivo, ele tinha decidido me resgatar.

— Não. Ele é nosso agora — Haedyn disse, enrolando a língua. Ela se inclinou para a frente e sussurrou: — Eu realmente gosto de palitos de pão...

Uma lufada de hálito de vodca quase me nocauteou.

— Tudo bem. Qual de vocês quer ajudar a aplicar o creme com esteroide na erupção cutânea dele? É hora de uma aplicação. Caso contrário, vai começar a arder.

— Erupção? — Haedyn perguntou.

A palavra pareceu atiçar instantaneamente a fantasia dela.

Steve pegou um tubo e o mostrou.

— Sim. Efeito colateral da quimioterapia. Meio incomum. Os médicos disseram que nunca viram uma tão ruim, não é, Cam?

— Ah, sim — gaguejei, seguindo com o plano.

— Mas é ao redor da virilha — Steve informou. — Então, talvez isso seja de algum interesse. Mas atenção, a erupção fica um pouco dura. Assim, é preciso ter certeza de que todas as fendas serão cobertas pelo creme. Caso contrário, as feridas vão estourar. Certo, amigão?

As garotas bêbadas fizeram caretas. Aparentemente, a fantasia delas com o câncer envolvia apenas olhar desejosamente nos meus olhos moribundos.

— Ah, isso parece privado.

— Não queremos nos intrometer.

— Claro que não — Steve disse com um sorriso e me puxou para longe.

Assim que estávamos em segurança dentro do banheiro, Steve soltou meu braço, foi até o mictório e abriu o zíper da calça.

— Tietes de câncer? Sério, Cam?

Desviei o olhar.

— Não sei o que você está...

— Lance meio idiota para um cara tão legal. De novo.

— Não, não. Elas só...

Steve sacudiu o pênis e fechou o zíper.

— Chega dessa merda, Cam. Você mente muito mal. Pessoas sinceras sempre são péssimas mentirosas — ele bradou e se virou para mim.

Havia uma frieza em sua expressão que eu nunca tinha visto antes. Ele deu a descarga no mictório com mais força do que o necessário.

— Eu...

Steve deu um passo em minha direção.

— Você achou mesmo que eu iria trair Kaia com algumas garotas desconhecidas no minigolfe?

Nunca tinha percebido antes como Steve era grande. No banheiro minúsculo, porém, com suas lâmpadas fluorescentes zumbindo, ele ficou enorme de repente. Eu queria dizer alguma coisa, mas minha boca meio que se abriu e ficou travada naquela posição. Algo tremulou no rosto de Steve enquanto ele estudava minha expressão.

— Caramba, você tem mesmo uma péssima opinião a meu respeito — ele falou.

Sabia que ele podia enxergar a verdade em meus olhos.

— Eu...

Mas Steve apenas deu de ombros e abriu a torneira para lavar as mãos.

— Então, qual era o plano? Deixe-me adivinhar. Você iria transmitir tudo ao vivo e, então, Kaia terminaria o namoro comigo e cairia em seus braços finos como espaguete. Quer dizer, tenho que reconhecer seu mérito. Você inventa os planos mais complicados para fazer uma garota sair com você — ele disse, sacudindo as mãos e ligando o secador com um soco.

— Não quero que Kaia saia comigo! — gritei por cima do som do secador.

Steve se virou.

— Então, qual seria o motivo de você armar uma armadilha contra mim?

— Eu não...

Steve deu um passo em minha direção. O secador fazendo barulho.

— Vamos. Acabou. Desista.

Recuei e bati contra a pia.

— Não sei do que você está falando.

— Você vai negar? Sério?

— Você está apenas...

Steve se inclinou para a frente, ficando a centímetros de mim, e agarrou a porcelana branca gasta da pia.

— Admita, porra!

— Bem, o que eu devia fazer?

O secador desligou de repente e minhas palavras ricochetearam nas paredes de azulejos. Encolhi-me de medo quando Steve pairou sobre mim, ambos respirando com dificuldade. Por um momento, nenhum de nós pareceu saber o que fazer. Então, Steve soltou a mão da pia e deu um passo para trás.

Com espaço entre nós novamente, pisquei para fazer desaparecer as lágrimas de humilhação. Steve deu as costas para mim.

— Não chore, porra.

— Você a enganou.

Steve se virou, com a surpresa e a fúria guerreando em sua expressão.

— *Eu* a enganei?

— O Fundo do Herói Cam Webber! Fingindo se preocupar com as pessoas! Para ser uma boa pessoa! — respondi, abrindo os braços para tentar expressar a enormidade do que ele tinha feito.

A expressão de Steve ficou estranhamente vazia.

— Talvez eu seja uma boa pessoa. Você já considerou essa possibilidade? Talvez conviver com você e Kaia o tempo todo me fez pensar sobre algumas coisas. A fundação é de verdade, Cam. Talvez criá-la tenha me feito sentir todo caloroso e sentimental por dentro.

— Que tal desabar na frente de todos? Que tal "Você não é capaz de vencer um cara moribundo"? — disse, avançando e reduzindo o espaço entre nós.

Zombeteiro, Steve ficou com a boca torta.

— Ah, sim. Eu fingi essa parte. Torci totalmente meu ombro, se isso faz você se sentir melhor.

Não havia sequer um pingo de vergonha. Meu Deus, eu o odiava. Mesmo com câncer, era como se ele nunca tivesse sentido dor. Queria muito fazê-lo sentir dor.

— Ela só estava ficando com você porque se sentia mal pelo fato de você estar com câncer! Ela ia terminar o namoro!

Por um longo momento, Steve me encarou. De modo inquiridor, ele inclinou a cabeça.

— Sim, eu sei. Ela me contou tudo sobre isso.

Tropecei para trás.

— O quê?

Eu tinha ouvido exatamente o que ele disse, mas meu mundo estava meio que desmoronando.

— Kaia me contou. Porque conversamos sobre as coisas. Porque ela é minha namorada — ele disse de modo pausado, como um professor ajudando um aluno particularmente confuso com um conceito corretivo. E ele estava olhando para mim com um sentimento que não sabia que ele era capaz de demonstrar: pena. Steve Stevenson tinha pena de mim. Foi a sensação mais horrível do mundo.

Queria dizer algo devastador. Mas o que havia para dizer? Eu não tinha mais nada. Estava em um banheiro do minigolfe e tudo que eu achava que era verdade não era. Eles estavam em um relacionamento real. Eles conversavam sobre as coisas. Kaia talvez o amasse de verdade.

— Você nem sequer está com raiva de mim, está? — perguntei, sentindo as palavras amargas em minha boca.

— Difícil ficar com raiva de alguém que é tão ineficaz — Steve respondeu.

Era verdade. A raiva era um sentimento que você reservava para alguém que poderia machucá-lo. E eu não era aquele alguém para Steve. Porque eu não era nada para Kaia. Steve deu um tapinha no meu ombro quando abriu a porta do banheiro.

— Enfim, você se tortura o suficiente por nós dois — ele disse.

Senti uma lufada de ar com cheiro de álcool. As garotas estavam reunidas do lado de fora da porta.

— Estávamos muito preocupadas! — Nika gritou, enrolando a língua.

Steve e eu nos encolhemos.

— Ah, não! Você está chorando? — Sophie exclamou, percebendo meus olhos vermelhos.

Haedyn estendeu os braços e veio trançando as pernas em nossa direção.

— Você precisa de um abraço?

Com isso, as outras duas garotas levantaram os braços em oferta, cambaleando em nossa direção. Nika deixou escapar um arroto longo e ruidoso. Steve se afastou, esbarrando em mim.

— Não! Estamos bem! — ele disse.

— Sem abraços — acrescentei, enquanto Steve batia a porta na cara delas. Nós dois nos viramos e nos apoiamos contra a porta, mantendo-a fechada, enquanto as garotas a empurravam e nós cravávamos os nossos pés. Através do metal pesado da porta, podíamos ouvir gritos abafados de "Ei" e "Só queremos abraçar".

— Só para que fique claro, eu não achei que elas ficariam bebendo — bufei.

Impaciente, Steve revirou os olhos e, então, um empurrão especialmente forte nos jogou para a frente.

— Cam, elas são universitárias. Hoje é sexta-feira.

— Você acha que elas vão arrombar a porta? Devemos tentar bloquear de alguma forma e sair pela janela? — disse, apontando meu queixo na direção da pequena abertura perto do alto da parede de azulejos. — Estamos perto do limite do campo. Podemos pular a cerca para o parque industrial ao lado.

— Meu Deus, Cam. Elas estão bêbadas. Elas não são zumbis. Dê um minuto e elas vão se entediar.

Steve tinha razão. As batidas foram ficando cada vez mais desanimadas, reduzindo-se a um empurrão final que mal nos lançou para a frente. Alguns murmúrios se prolongaram por mais um momento e, então, a única coisa que conseguíamos ouvir era o som distante dos karts pela janela aberta. Deslizamos para o chão.

Estudei o padrão do ladrilho no chão, que se repetia continuamente.

— Por que você gosta dela? — perguntei, sem ter certeza de que queria fazer a pergunta em voz alta.

Steve suspirou, como se tivesse esperando-a.

— Pelas mesmas razões que você.

Fiz um gesto negativo com a cabeça.

— Não, não é possível.

Steve inclinou a cabeça para trás, apoiando-a contra a porta, e olhou para o teto.

— Ela é inteligente. Ela é quente. Ela dança conforme a música — ele disse, contando as qualidades nos dedos, uma por uma.

— Essas são razões bastante genéricas.

— São as razões pelas quais a maioria das pessoas ficam juntas, Cam — Steve suspirou.

— Mas Kaia não é uma pessoa genérica, Steve. Ela é incrível — eu respondi, dobrando meus joelhos para cima e meio que me virando para Steve.

Impaciente, Steve olhou em volta.

— Como se isso fosse superespecífico.

— Tudo bem. Você quer que eu seja mais específico? — perguntei, virando-me totalmente para encará-lo. — Kaia é honesta. Ela pensa o melhor das pessoas. Ela é gentil, mas nunca finge que é simpática. Ela é passional, mas não é justiceira. Dá para perceber que ela acorda de manhã e pensa em como pode tornar o mundo um lugar melhor.

— E ela é quente — Steve disse e também se virou totalmente para mim, com um quê de desafio no olhar.

— Sim, Steve, ela é quente — disse e joguei meus braços para cima, em rendição. — Mas mesmo que ela se queimasse horrivelmente em uma explosão em uma mina de fraturamento hidráulico para extração de petróleo, onde ela tivesse ido para protestar, eu não me importaria.

Steve fez um gesto lento negativo com a cabeça.

— Meu Deus, você se lubrifica com superioridade moral quando se masturba?

Antes que eu pudesse responder, Steve se afastou e entreabriu a porta. Ele olhou para fora.

— Caminho livre — ele disse, levantando-se de um salto.

Em seguida, Steve abriu a porta e saiu sem se preocupar se eu o seguiria.

Alcancei-o perto do Moinho de Vento. Ele esperava por mim, girando seu taco de golfe sob as pás que giravam preguiçosamente e eram delineadas por lâmpadas amarelas brilhantes.

— Tem certeza de que não quer acabar nossa rodada? — Steve perguntou.

— Certeza.

Steve pôs o taco sobre o ombro.

— Que pena. Gosto muito de ganhar de você — ele disse e, com um pequeno salto em seu passo, caminhou em direção à saída.

Atravessamos o estacionamento em silêncio. Algumas fileiras depois, sob a claridade de um poste de iluminação, pude ver meu carro. Entraríamos nele e eu levaria Steve para casa. Era o fim. Meu plano estúpido e meia-boca tinha fracassado. Na verdade, provavelmente tive sorte de não terminar com um olho roxo.

Eu ainda não conseguia me conformar com aquilo: Steve e Kaia conversavam. Compartilhavam coisas. Eram um casal. Poderia lidar com aquilo, com aquela nova realidade em que Steve e Kaia estavam juntos de verdade, se eu soubesse de uma coisa.

— Pelo menos admita que sou melhor para ela.

À minha frente, Steve parou. Por um momento, achei que ele não fosse responder. Então, ele se virou e fez um ar de espanto.

— Não importa se você é melhor para ela, Cam. Fui eu quem a convidei para sair.

Quem me dera ele tivesse me dado um chute no saco. Teria doído menos.

— Vamos lá, vadias!

Nós dois nos viramos e vimos uma picape laranja-ferrugem se aproximar ruidosamente. Ao volante, estava Sophie. Ela estendeu o braço e jogou algo pela janela, que brilhou enquanto girava no ar sob a claridade do poste de luz antes de atingir o asfalto e explodir em mil pedaços. A garrafinha de vodca.

Eu já estava correndo no momento em que meu cérebro percebeu o que estava acontecendo. Meus tênis Nike derraparam quando me espremi entre alguns carros estacionados. Em seguida, corri pela pista, mudando de direção para interceptar o carro. Bati minhas mãos no capô. Houve um baque de resposta perto de mim. Steve estava ao meu lado, com as mãos no carro, ofegante.

— O quê? — ele perguntou, parecendo um pouco irritado com a minha surpresa óbvia.

— Saiam da frente, seus idiotas cancerosos!

Uma buzina soou. Nós dois olhamos pelo vidro traseiro. As três garotas estavam espremidas no assento da frente.

— Nós odiamos vocês — Haedyn lamuriou. — Vocês nos dispensaram!

— Chamem um Uber! — Steve gritou por cima do ronco do motor.

— Minha colega de quarto precisa do carro dela de volta para ir ao trabalho de manhã! — Sophie berrou.

— Não, se ele ficar destruído — Steve disse, paciente e imóvel.

— Eu prometi para ela! Ela vai me odiar — Sophie respondeu, com lágrimas rolando pelo rosto. Ela abaixou a cabeça e a apoiou no volante. — Ela já me odeia.

Nika, sentada no meio, empurrou Sophie.

— Vamos! Estou FAMINTA. Preciso de comida.

Mas Sophie chorou ainda mais. Haedyn esticou os braços e bocejou.

— Podemos ir para casa? Preciso de uma cama. Estou morta.

Abaixei a cabeça.

— Caramba — disse e olhei para Steve. — Vamos dividi-las?

— Sim. Vou levar a Chorona. Você leva a Dorminhoca e a Faminta.

Segui as lanternas traseiras da picape pela Victoria Avenue. Nika estava afundada no assento do passageiro, segurando o estômago e resmungando esporadicamente sobre comida. Haedyn encontrava-se estendida no assento atrás de mim, gemendo.

— Preciso do meu cobertor.

— Já temos um endereço? — perguntei para Steve, falando pelo viva-voz do celular.

— Não exatamente. A Chorona colocou Kelly Clarkson para tocar e não consigo arrancar mais nada dela — Steve respondeu.

Pelo alto-falante, ouvi, num som metálico e rarefeito, Sophie cantando e choramingando: "*I watched you die/ I heard you cry/ Every night in your sleep*".

— O.k., bem, isso fica a 2 quilômetros ou um pouco mais. Depois que a música terminar, pergunte para ela se à esquerda ou à direita — disse.

Sophie continuou sua serenata pelo alto-falante, ocasionalmente desfazendo-se em soluços.

— Por que você simplesmente não convidou Kaia para sair?

A voz de Steve estava baixa, mas conseguiu se projetar por cima da choramingação. Eu não sabia se Steve estava brincando comigo, mas seu tom carecia de sua zombaria habitual.

— Bem... Ela estava namorando você?

Steve bufou.

— Não. Você sabe o que eu quero dizer. Antes disso. Você não tem tesão por ela desde o 2º ano?

— Não tenho...

— Não se preocupe. Tenho certeza de que é um tesão muito respeitoso.

Nika se animou.

— Um cachorro-quente parece ótimo.

Suspirei, deixando meus ombros caírem.

— Olha, eu tentei convidá-la para sair mil vezes.

Todos os momentos quase perfeitos passaram pela minha mente.

— Mas você fez merda.

— Eu não... O momento certo nunca apareceu — disse.

Não havia jeito de Kaia ter dito sim. Certo?

Na nossa frente, o sinal ficou vermelho e paramos. Observei enquanto os carros atravessavam o cruzamento.

Mas então Steve a convidou para sair, aparentemente sem nenhum momento especial, e Kaia disse que sim. Se eu tivesse tentado fazer isso, se tivesse me arriscado em um daqueles momentos perfeitos bagunçados, teria funcionado? Por um instante, fechei os meus olhos, reunindo meus pensamentos.

— Eu só…

— Del taccooooooooooooooooooo!

— O quêêê? — exclamei.

Virei minha cabeça e vi Nika abrindo a porta do passageiro e caindo na rua. Ela se levantou com dificuldade e, em seguida, trançando as pernas, atravessou a rua rumo ao letreiro luminoso vermelho, branco e verde do Del Taco.

— Steve! Temos um problema! — disse e virei o volante.

— Já estou vendo! — Steve respondeu, guinando a picape.

Alguns instantes depois, entramos no estacionamento. Parei o carro e me virei para olhar para trás. Haedyn estava dormindo, babando no assento traseiro.

— O.k. Legal. Fique aí. — Saí do carro.

Nika foi fácil de encontrar. Só tive que seguir o som de um punho batendo no vidro.

— Quero um burrito com molho vermelho agora! — Nika ordenou, meio pendurada na borda do caixa do drive-thru, enquanto batia repetidamente na janela.

O brilho das luzes refletindo no vidro tornava impossível ver o interior, mas achei que tinha visto a silhueta de uma atendente do estabelecimento caindo na gargalhada.

Com os braços estendidos, aproximei-me lentamente de Nika, como se ela fosse uma gazela que poderia fugir a qualquer segundo.

— Oi… Veja…

Não ousei dizer o nome dela. Se estivesse errado, poderia enfurecê-la.

— Por que você não volta para o carro e fazemos o pedido dentro dele? — sugeri.

Rapidamente, Nika se virou, falando de modo ríspido.

— Não! Não vou sair daqui até conseguir a porra de um burrito!

Então, sem aviso prévio, ela tombou, pousando a cara no metal frio da borda do caixa, com os braços pendentes.

— Estou com muita fome.

Sua voz era apenas um sussurro.

Passos ressoaram no asfalto. Steve tinha saído da picape e vinha andando rapidamente em nossa direção. Ele parou a uma certa distância, observando a cena.

— Vamos carregá-la. Você pega os braços. Eu pego as pernas. Entendido?

— Sim, entendi — disse.

Ouvimos uma voz soar pelo alto-falante do painel do cardápio.

— Senhora. Isso é um drive-thru — a atendente disse, conseguindo pronunciar suas palavras através de risadinhas ofegantes. — A senhora precisa de um carro...

Como se tivesse recebido um choque elétrico, Nika ganhou vida e se jogou contra a janela.

— Você vai me dar um burrito!

Através da estática do alto-falante, ouvimos um grito agudo de terror.

Steve e eu nos aproximamos e nos encaramos.

— Vou contar até três — disse, levantando minha mão. — Um... Dois...

A janela do caixa se abriu com um rangido.

— Dane-se. Aqui está.

Então, um burrito saiu voando. Nika arregalou os olhos enquanto o burrito fazia a trajetória de um arco perfeito.

— burrrrittoooooooo!

Ela saltou atrás dele.

— Merda! — Steve gritou. — A Faminta está em movimento!

Como se fôssemos um, corremos atrás dela.

Ao chegar à divisória de grama, Nika recolheu o burrito do chão úmido e o jogou no ar, triunfante.

— Vou correr para a fronteira! — ela exclamou.

— Esse é o slogan do Taco Bell — Steve disse, arremessando-se na direção dela.

Nika saltou para a calçada e saiu em disparada pela rua, segurando o burrito bem alto. Corri atrás, pulando uma moita para cair alguns metros atrás dela. Steve apareceu alguns segundos depois. Seguimos pela calçada na direção dos carros estacionados.

Ao chegarmos mais perto, vimos Sophie pendurada na janela do assento dianteiro da picape.

— Estou sozinha. Sempre ficarei sozinha — ela lamentou.

Continuamos correndo mais alguns metros e, então, paramos. Não havia sinal de Nika.

— Onde ela se meteu? — perguntei, ofegante.

As ruas estavam vazias e silenciosas, nem mesmo um eco de um slogan de um fast-food mexicano.

Ao meu lado, Steve correu os olhos pela escuridão.

— Não faço ideia — ele disse, suspirando. — Vamos voltar para os carros?

— Vamos. Talvez se dirigirmos devagar a gente consiga encontrá-la.

Nós nos arrastamos até o meu carro e a picape parados no estacionamento.

— Então, com o que se parece o "momento perfeito" de Cam Webber? — Steve perguntou, refletindo.

Levei um minuto para me lembrar do que ele queria dizer. Que estávamos conversando sobre minha incapacidade de convidar Kaia para sair. Havia esperado que nossa conversa tivesse terminado, mas, a julgar pelo brilho nos olhos de Steve, temi que estivesse apenas começando.

— Então, é nadar com golfinhos depois de passar um dia construindo casas para o movimento dos sem-teto? — Steve disse através do alto-falante do meu celular.

Ele estava em seu milésimo palpite enquanto dirigíamos lentamente os carros pela rua, esperando encontrar uma maluquinha bêbada comendo um burrito. No assento traseiro do meu carro, Haedyn roncava baixinho.

— Primeiro, as pessoas nunca deveriam nadar com golfinhos para se divertir...

— O quê? Mas eles são tão mágicos!

— Segundo, você está vendo a Faminta em algum lugar?

— Negativo — Steve respondeu.

Houve um instante de silêncio.

— Ah, entendi. Um jantar à luz de velas em uma pilha de compostagem. Sim, é um pouco fedido, mas você vai sentir uma grande satisfação pessoal.

— Steve?

— Sim?

— Vai à merda!

Ouvi Steve reprimir uma gargalhada quando, através do celular, veio um soluço de cortar o coração.

— Ah, meu Deus! E se ela estiver mooorrrta! É tudo minha cuuulpa — Sophie uivou.

Pelo espelho retrovisor, vi Steve recolocar Sophie em uma posição sentada.

— Quieta! — Steve disse. — Está tudo bem, Chorona. Ela está bem. Você é uma ótima amiga.

— Sou? — ela disse e fungou.

— Claro.

Sorri e agarrei o volante.

— Espere! Steve! Não é...? Ali em cima... — afirmei.

Um pouco mais adiante, na frente de um ponto de ônibus, havia uma figura encolhida. Achei que tinha visto o canto branco brilhante de uma embalagem da Del Taco esvoaçando na sarjeta próxima.

— Sim. É ela — Steve confirmou.

— O.k. Estou encostando — disse.

Liguei o pisca-alerta ao dirigir o carro em direção ao meio-fio. Assim que alcancei a faixa de rolamento certa, senti braços em volta do meu pescoço, sufocando-me.

— Que porra...

Ofeguei e o carro deu uma guinada.

— Tive um pesadelo! — disse Haedyn, então acordada e apertando meu pescoço com mais força.

— Solta! — exclamei, agarrando os braços em volta do meu pescoço. Sem as mãos no volante, o carro subiu no meio-fio. Haedyn soltou um grito de surpresa. O cinto de segurança pressionou meu ombro. Eu pisei no freio, jogando nós dois para a frente.

O carro deslizou na direção do ponto de ônibus.

Pisei no freio com mais força e virei o volante. O carro parou bruscamente. Na frente do carro, iluminada pela luz amarela dos faróis, estava Nika, roncando, com molho vermelho espalhado pelo rosto.

Peguei o celular e liguei para Steve.

— Estou com ela.

Vinte minutos depois, empurrei a desmaiada Haedyn para dentro do apartamento das garotas em uma vacilante cadeira de escritório com rodinhas. Steve jogou uma pilha de roupas no chão e, depois, apontou para o espaço vazio. Entornei Haedyn nas almofadas.

— Uau. Este lugar parece uma loja Forever 21 depois do apocalipse — disse.

Havia caixas de pizza vazias, latas de cerveja e pilhas de roupas jogadas por todas as superfícies disponíveis.

— Não é? — Steve afirmou. — Reclamam tanto dos homens por serem porcalhões, mas isto aqui é uma cena devastada digna de *Mad Max*.

— Há uma cama em algum lugar? — perguntei.

— Acho que vi um colchão no chão do quarto, mas talvez fosse uma pilha de roupa suja. Fiz um ninho para a Chorona.

— Bem, acho que é...

— Aaaaah! — Steve interrompeu. — Já sei! Seu momento perfeito é ver o último iceberg derreter no Alasca, e a destruição planetária deixa você com tanto tesão que vocês caem nos braços um do outro e começam a transar!

— Não sei, o.k.? — respondi, reclamando. Steve estava simplesmente sendo Steve, mas, toda vez que ele fazia uma suposição, eu revivia cada momento com Kaia em que eu tinha feito besteira. — Esse foi o problema. Eu achei que estava no momento certo algumas vezes. Mas então algo acontecia. E eu tinha que esperar por outra chance. Por um momento em que eu fosse capaz de...

O que eu esperava que acontecesse?

— Eu fosse capaz de...

— Garantir o sucesso? — Steve interveio, observando-me atentamente, com seu braço apoiado em uma estante de livros.

Desviei o olhar.

— Vão embora, motoristas do Uber — Haedyn murmurou e, em seguida, virou-se. — Haedyn durma, durma agora.

Comecei a caminhar até a porta. Steve agarrou meu braço quando passei por ele.

— E daí se Kaia dissesse não? Isso mataria você?

A minha expressão facial deve ter dito o suficiente.

Steve passou a mão pela sua careca.

— Bem, vou lhe dizer uma coisa, Cam. Você realmente se preocupa com merda.

Por um momento, nós nos entreolhamos.

Ouvimos um barulho na cozinha. Nós nos viramos. Nika entrou na sala de estar tropeçando, com um saco vazio de batatas chips tamanho família na mão e com o molho do burrito ainda espalhado no rosto.

— Quero batatas chips com queijo e bacon, porra!

— Corra, Cam! Corra! — Steve gritou.

17

DESCEMOS A ESCADA PULANDO DE DOIS EM DOIS DEGRAUS, olhando para trás para ver se estávamos sendo perseguidos. E estávamos rindo. Steve e eu. O que era muito estranho, porque parecia muito natural, de uma maneira que nunca imaginei que fosse possível.

Chegamos ao pátio central do condomínio e recuperamos nosso fôlego. As janelas da maioria dos outros apartamentos estavam escuras, mas algumas revelavam luzes amarelas através das cortinas fechadas.

— Sinto pena de quem está de plantão no serviço de entrega esta noite — disse.

— Nossa, Cam, isso foi meio que uma piada. Você merece um prêmio — Steve disse.

Ele enfiou a mão no bolso da calça, tirou uma cintilante faixa de cabeça com orelhas de gato e a colocou delicadamente na minha cabeça.

— Você roubou isso?

— Queria uma lembrança para comemorar a noite. Também tenho uma para mim — Steve disse, tirando uma segunda faixa e a colocando em sua cabeça. — Apesar do fato de que você é um idiota completo, isso foi divertido pra cacete — ele continuou e, ainda ofegante, pôs as mãos nos joelhos. — Caramba, eu costumava ser capaz de lidar com três garotas malucas sem problema. Esse câncer não é brincadeira. Tenho que me sentar.

Steve vagou até a piscina do condomínio, tirou os sapatos e as meias e mergulhou os pés na água.

Dei uma olhada na escada que levava ao apartamento das garotas, ainda com medo de que elas aparecessem. Enquanto isso, Steve pegou um baseado, deu uma longa tragada e soltou a fumaça, que logo se tornou invisível.

— Você está se sentindo enjoado? — perguntei, preocupado.

— Não. Estou bem. Relaxe. Esse é a única vantagem que o câncer me dá — Steve disse e deu outra tragada no baseado.

Fiquei aliviado e relaxei. Tinha sido uma noite muito louca. E eu havia sido um idiota. No entanto, com o resto do condomínio dormindo, o silêncio da noite e o ar úmido eram convidativos. Olhei para Steve, para suas orelhas de gatinho iluminadas pelas luzes da piscina e decidi me juntar a ele. Tirei meus sapatos.

Steve deu mais uma tragada.

— Bem, com certeza, isso é melhor do que uma noite em casa.

— Sério? — perguntei enquanto mergulhava meus pés descalços na água quente da piscina. — Fiquei surpreso que você quisesse largar seu novo e luxuoso santuário.

— Cara, aquilo é um lance do meu pai.

A maneira que ele disse aquilo ecoou sua raiva do café no santuário das abelhas. Achei que era melhor não forçar a barra.

— Tudo bem. Você não tem que explicar.

Já tínhamos passado por muita coisa naquela noite. Não precisávamos de outra briga. Em vez disso, ficamos sentados em silêncio por um bom tempo. Steve deu um suspiro cansado.

— Quer dizer, você ouviu meus pais brigando. Minha mãe ficou chateada com o fato do meu pai ter gastado toda aquela grana naquela sala, mas ele disse a ela que não queria que eu me preocupasse com contas e outras coisas, porque pensar positivo era mais importante. Depois que criei a fundação, ele quis garantir que eu tivesse algo divertido para mim. Disse para minha mãe que ele precisava continuar a matar o câncer e que eu não era um garoto para ter câncer.

— Seu pai não parece um cara muito preocupado.

Steve riu.

— Ele está morto de preocupação. Se não parecer que estou aproveitando a vida, ele acha que estou morrendo, e quando ele acha que estou morrendo... Meu Deus...

Steve abaixou a cabeça. O peso de todo o esforço que ele estava fazendo para corresponder às expectativas do pai o abateu.

— Ainda bem que o meu câncer é um dos bonzinhos. Não sei o que eu faria se fosse terminal ou algo assim — Steve prosseguiu.

— Acho que você ficaria meio que preocupado com você mesmo.

— Você iria pensar assim, não é? Mas eu realmente acho que ficaria mais preocupado com eles. Quer dizer, eu estaria morto, então quem se importa? Mas meus pais teriam que viver o resto da vida com um filho morto. Porra, isso é o pior.

— Acho que nunca pensei nisso — disse.

Também nunca pensei que Steve pudesse parecer tão altruísta. Por um momento, eu o encarei para ver se ele realmente era o mesmo Steve.

Então, ele olhou para mim.

— O que seus pais fariam se você morresse?

— Somos apenas eu e minha mãe. Meu pai foi embora quando eu tinha 7 anos.

— Foi embora? Tipo, você não vê mais ele? — Steve perguntou e tragou o baseado.

— Sim. Acho que ele se mudou para a Geórgia ou algo assim. Não quero saber. Não temos contato. É melhor assim.

— Sério? — Steve disse e soltou uma nuvem de fumaça sobre a superfície da água da piscina.

— Quer dizer, sim, houve tipo um buraco negro por um tempo depois que ele foi embora. Tipo um espaço que ele costumava ocupar, mas que desapareceu. E ele era um babaca. Mesmo um buraco negro na minha vida é melhor do que um babaca — disse.

Steve olhou para mim como se não acreditasse muito no que eu tinha acabado de dizer e, por um momento, não tive certeza se acreditava em mim mesmo. Afastei o pensamento.

— Mas minha mãe? — prossegui. — Se eu morresse? Nem consigo imaginar.

A ideia de minha mãe sem mim parecia impossível. Na verdade, doeu muito considerar.

— Não posso morrer — concluí.

— Não acho que seja sua escolha.

— Não, sério, quer dizer, minha mãe é, tipo... Ela tem muito orgulho do que eu faço. Sou como uma prova de que ela não precisava do meu pai — disse e tentei pensar em uma situação em que minha morte a destruiria completamente. — O.k., talvez se eu morresse por alguma causa nobre, como pular na frente de um atirador em uma escola ou salvando um vilarejo do ebola.

— As duas coisas são prováveis.

— Mas, se fosse algo do tipo coma alcoólico em uma festa universitária, ela talvez se mudasse e fingisse que nunca teve um filho.

— Ela parece intensa — Steve disse com um toque de simpatia.

— Vocês deviam conversar. — Era estranho ter algo em comum com Steve. Em me perguntei se ele sentia o mesmo. Por um momento, nós dois observamos a água bater no azulejo lascado da piscina.

Steve ofereceu seu baseado para mim.

— O quê? Eu não. Quer dizer, sou totalmente a favor da legalização e acho ridículo que as pessoas acreditem que o álcool é mais seguro. Sem falar dos benefícios medicinais do canabidiol...

— Cara, você é cansativo — ele falou, dando uma tragada para neutralizar minha tagarelice.

— Desculpe — disse, rindo de mim mesmo.

— Todos os seus amigos são assim tão divertidos?

A pergunta me pegou desprevenido.

— Sim. Não... Quer dizer... — balbuciei e senti a barriga doer. — Eles são divertidos... Não são como os seus... — continuei e comecei a sentir falta de ar. — Estou muito ocupado e... Não temos muito tempo... Nós principalmente participamos de protestos... Sessões no Conselho Municipal...

— Você não tem amigos, tem?

— Claro que tenho. Acabei de dizer a você.

— Amigos não assinam petições juntos somente.

— Tanto faz — disse, desesperado para mudar de assunto. — Não vejo mais muitas pessoas saindo com você.

Eu me retraí assim que disse isso, mas Steve não pareceu se importar.

— E daí? Não quero que ninguém me veja por aí vomitando em um balde. Quer dizer, pelo menos não por causa da químio. Meus amigos me viram fazer isso muitas vezes por causa da tequila — ele disse e riu, mas timidamente. Steve chutou a água e observou as ondulações flutuarem.

— Algum deles pediu para visitá-lo? — perguntei da maneira mais sensível possível.

— No começo alguns, sim. Mas a maioria deles não. E já faz algum tempo que ninguém pede — Steve respondeu.

Não sabia o que dizer. Como eles podiam abandoná-lo daquele jeito? Como se Steve lesse meus pensamentos, ele respondeu:

— Acho que eles ficaram satisfeitos que você esteja fazendo todo o trabalho para eles.

Steve disse isso casualmente, mas a mágoa em sua voz foi inevitável.

— Porra, Cam, isso significa que você é o meu único amigo?

Tentei encontrar sarcasmo ou zombaria na voz de Steve, mas não encontrei.

— Acho que não somos amigos — disse, brincando, mas gostaria de não ter feito isso.

— Provavelmente, você tem razão. Você acabou de tentar roubar minha namorada. E você está tentando salvar aquele tubarão.

— O que o tubarão tem a ver com isso?

— Preciso que seu tubarão fique naquele tanque. Esse peixão é o meu plano B para o câncer. Sempre considerei que se as coisas corressem mal, daria um belo mergulho no covil do velho tubarão e encerraria meu expediente.

— Você quer que o tubarão mate você? — perguntei, apenas meio brincando, porque Steve pareceu meio sério.

— Incrível, não é? Não teria que ver meus pais desmoronarem enquanto eu definhasse. Eu partiria rápida e furiosamente. E, quer dizer, eu meio que acho que meu pai até sentiria orgulho disso. Seu filho não morreu de câncer, mas de um glorioso ataque de tubarão!

Steve riu, mas deixou os ombros caírem e olhou para baixo. Tive a impressão de que ele gostaria de poder voltar atrás. Como se tivesse falado demais. Sido muito honesto. Do jeito que eu sempre fui.

Pensei em colocar meu braço em volta dele, mas então achei que seria estranho. Ou, pior, que Steve desprezaria. Em vez disso, ficamos olhando para a água cintilante da piscina e deixamos seu reflexo dançar no nosso rosto.

— Você tem certeza de que não somos a-amigos? — Steve gaguejou.

Afinal, talvez fôssemos. Aquilo era possível? Por que a ideia não me causou repulsa? Por que, na verdade, pareceu bem legal?

Enquanto refletia a respeito daquilo, Steve caiu sobre o meu braço como se tivesse desmaiado.

— Ah. Ha ha! Eu sou aquele que devia estar desmaiando. Ser amigo seu... — disse e o cutuquei, mas Steve se recusou a desistir de sua brincadeira. Suas orelhas de gatinho fizeram cócegas no meu rosto. — Você está mesmo comprometido com isso, hein?

Eu o empurrei com mais força, mas apenas meu braço ficou livre de Steve e suas orelhas de gatinho caíram. Resisti à minha vontade de entrar em pânico. Era o que ele queria. Examinei o seu rosto, mas não vi nem mesmo um indício de sorriso.

— Sério, isso não tem graça nenhuma.

Adicionei um pouco de intensidade em minha voz, mas não queria que ele achasse que eu realmente tinha caído naquilo.

Nenhuma resposta.

— Steve? Sério?

Ele gemeu.

— Não vou cair nessa de novo.

Mas seu rosto pareceu pálido e não havia como ele fingir, não é? As coisas estavam "correndo mal" naquele exato momento? Prestei atenção na respiração dele e me senti aliviado ao ouvi-la. Então, os olhos de Steve se abriram.

— Cam? Eu não...

Sua voz foi o argumento decisivo. Ela soou muito fraca e rarefeita. Talvez Steve fosse um ator incrível. Talvez ele se manifestasse de repente e morresse de rir da minha reação exagerada. Mas, dane-se, minha intuição me disse que eu tinha que fazer algo. E se eu descobrisse que ele estava fingindo, então, sem dúvida, não éramos amigos.

Peguei meu celular.

— Vou chamar uma ambulância — disse.

— Não...

Minha sugestão mexeu com Steve, mas ele ainda deu a impressão de estar instável.

— Sim.

Steve encontrou força suficiente para se sentar e respirar fundo.

— Não se preocupe. Já aconteceu antes. Tudo bem. É apenas um efeito colateral. Fico tonto às vezes. Sexy, não é?

— Tudo bem uma ova!

— Só me leve para casa, por favor — Steve pediu.

Meu dedo pairou sobre o botão de chamada do celular, mas, como ele estava consciente naquele momento, talvez fosse melhor colocá-lo no meu carro. Uma ambulância demoraria uma eternidade. E eu sempre poderia levá-lo ao pronto-socorro se ele piorasse.

Eu ajudei Steve a se levantar e ele pegou meu braço em busca de equilíbrio.

— Seus cotovelos são muito macios — ele observou.

— Minha mãe os hidrata enquanto estou dormindo.

— Porra... Intensa... — ele disse fracamente.

Então, seguimos até o meu carro.

Percorri a Victoria Avenue em alta velocidade, aliviado pelo fato de as ruas estarem vazias e sem me importar com os policiais. Na verdade, ser parado parecia uma ideia decente naquela altura. Os policiais veriam como Steve estava e o fariam ir ao hospital. Apoiado contra a porta do carro, porém, ele continuava insistindo para que eu o levasse para casa.

— Vou ficar bem.

— Está difícil de respirar? — perguntei, dividindo minha atenção entre ele e a rua.

— Só estou cansado.

— O.k. Vou levar você para casa. Só não... Só não morra, o.k.? Nada de complicações.

Steve não respondeu. Simplesmente desviou o olhar. Com o nariz pressionado contra a janela, pequenas manchas de vapor apareciam e desapareciam nela.

Aquilo era exatamente o que aconteceria, não? Eu faria um novo amigo e ele morreria. E eu o teria matado levando-o para sair e tentando incriminá-lo. Por ser um idiota.

— Só não morra, o.k.? Por favor. Sinto muito ter tentado roubar Kaia de você. Você tinha razão. Você estava certo o tempo todo. Só fiz a arrecadação de fundos para impressioná-la. Mas agora eu faria isso só para você, Steve. Se você precisasse. Mas você não precisa, porque tem um prognóstico muito bom, não é? Mas se você precisar. Ou se eu pudesse começar de novo, o que eu realmente gostaria de poder, muito... Mas não posso... Mas se eu pudesse. Eu gostaria. Apenas para você. Porque... Só não morra?

Para meu alívio, Steve balançou um pouco a cabeça.

— Já disse para você. Não estou morrendo. Efeito colateral. Estou bem.

Eu precisava fazer algo para mostrar que eu me importava. Que as coisas estavam diferentes entre nós. Que havia um "nós".

— Olha, eu prometo que vou desistir de toda essa coisa que tem a ver com a Kaia.

Aquilo o animou um pouco e Steve se virou para mim, surpreso.

— Sério?

— Sim — respondi, e ainda sentia como se talvez não fosse o suficiente. — Sinto muito... — acrescentei, e o "por tudo" era óbvio, mesmo que eu não o falasse.

— Você é um cara muito legal, Cam.

ABRI MINHA PORTA ANTES MESMO DE PARAR TOTALMENTE NA ENTRADA DA garagem da casa de Steve. Contornando o carro correndo, cheguei ao seu lado. Bati em sua janela para ter certeza de que ele estava alerta antes de abrir a porta. Steve estava sentado, com os olhos turvos, e eu puxei a maçaneta. Para minha surpresa, ele começou a sair do carro sem a minha ajuda.

— Eu estou bem.

— Cara...

— Deixa comigo — ele disse e bateu na minha mão.

— Deixe-me acompanhá-lo até a porta — insisti enquanto eu o ajudava a se levantar.

— Já disse para você que eu estou bem — Steve afirmou e respirou fundo para se firmar.

— Você não está bem.

— Certo. Eu não estou bem. Só me deixe fazer isso, o.k.? — Steve disse, encarando-me por um momento para ter certeza de que eu entendi que ele estava falando sério.

— O.k., mas, se eu vir você tropeçar, vou acompanhá-lo até sua cama.

— Com certeza, enfermeira — Steve disse. Ele sorriu, com um pouco do brilho usual de volta em seus olhos. Então, caminhou de modo lento mas seguro em direção à porta de entrada. — Obrigado por tudo esta noite, Cam. O que você disse, você não tem ideia.

Observei enquanto ele percorria o caminho longo e iluminado até a porta. Ele não parecia bem, mas não vacilou. Quando Steve abriu a porta, suspirei de alívio. Ele tinha chegado em casa. Então, seus pais poderiam ajudá-lo. Pelo menos sua mãe poderia.

Por via das dúvidas, fiquei sentado na entrada da garagem por dez minutos.

Ainda sem ter elaborado toda aquela situação, dirigi para casa em ritmo de tartaruga. Com certeza, eu iria aparecer na manhã seguinte na casa de Steve para ver como ele estava. E talvez levasse para ele um pouco daquele mel que ele gostou. Talvez até jogasse com ele.

Como aquilo tinha acontecido? Como meu plano idiota tinha mudado tão completamente que naquele momento eu queria estar com Steve em vez de matá-lo?

Pouco importava. Tinha acontecido. Apenas me deliciei com a surpresa calorosa e aumentei o volume da música.

Zum.

Havia uma mensagem no meu celular. Encostei o carro e chequei. Era de Steve. De imediato, preparei-me para dar meia-volta e levá-lo ao hospital, mas não era uma emergência.

Steve: ***Cheguei vivo. Obrigado por uma noite que nunca esquecerei, amigo.***

Reli a palavra *amigo* e sorri. Precisava responder de forma divertida. Esforçando-me para encontrar a resposta certa, meu coração começou a acelerar. Tinha que ser engraçada. Mas não queria ignorar o fato de que ele tinha usado a palavra *amigo*. Ele estava dando o primeiro passo. Eu precisava ter coragem de corresponder à expectativa dele. Então, um emoji de "polegar para cima" ou "chorando de rir" parecia muito pouco. Como se eu estivesse tentando ser legal. Steve ficaria totalmente surtado se eu escrevesse algo muito sincero. Meus dedos pairaram sobre a tela com excitação nervosa. Mas então, com o canto do olho, notei algo.

No assento ao meu lado, perto das minhas orelhas de gatinho descartadas, estava a jaqueta de Steve.

Mais uma vez, parei o carro na entrada da garagem da casa do Steve e desliguei o motor. Era tão tarde que pensei em deixar a jaqueta na soleira da porta. O casaco esquecido me deu uma ideia de como responder àquela mensagem. Eu enviaria uma foto dele, junto com as seguintes palavras:

Amigos não deixam amigos passarem frio.

Pela janela saliente da frente, porém, vi que as luzes ainda estavam acesas. E então avistei Steve. Ele estava de pé e parecia um pouco melhor. Eu poderia bater na porta e entregar a jaqueta para ele. Poderíamos relembrar a noite mais uma vez.

Mas então ele pegou um lançador de dardos e deu uma pirueta no sofá. Desapareceu por um momento e voltou, pulando vitoriosamente. De cueca, subiu no sofá e ficou saltando com a arma levantada no ar. Ele parecia muito melhor.

Ele parecia... Ótimo.

Senti a barriga doer.

Então, ouvi uma música pela janela. Era "We Are the Champions", do Queen. Steve parecia estar cantando junto.

As pernas tremeram.

Segurei o volante com força quando a pressão começou a crescer na minha cabeça. Como as luzes se acendendo depois de um filme, toda a magia da noite desapareceu. A realidade me cegou e um novo filme começou a se reproduzir na minha mente. Um em que um Steve nem um pouco doente tinha dirigido.

Steve perguntando: "Isso significa que somos a... a... amigos...?".

Eu dizendo a ele: "Vou desistir de toda essa coisa que tem a ver com a Kaia".

Steve dizendo: "Obrigado por tudo esta noite, Cam. O que você disse, você não tem ideia".

Ele tinha me manipulado, fingindo ser meu amigo, se abrindo, compartilhando coisas a respeito da família dele. Assim, eu começaria a gostar dele. Assim, eu me sentiria culpado. De modo que eu desistisse de Kaia.

Senti o peito apertar e o ar faltar.

Ao ver Steve executando sua dança da vitória pela janela, morri de vergonha e de raiva. Senti um vazio terrível se abrir, ameaçando me engolir por inteiro. Ele conhecia meus pontos fracos e os explorou. Com muita facilidade. Porque eu estava desesperado. Porque eu queria muito aquilo.

— Seu idiota! Você é um puta idiota! — gritei para mim mesmo enquanto dirigia para casa. Segurei as lágrimas porque Steve não as merecia. Ele não merecia nada que eu tinha feito para ele. — Porra! — exclamei e choraminguei novamente. — Sou muito idiota! — disse e tentei arrancar o volante do carro. — Por que sou tão estúpido?

Quando deixei uma senhora me passar, a resposta se tornou clara.

— Porque sou uma boa pessoa. Sou solidário. E Steve tira vantagem disso. Ele é realmente a pior pessoa que já conheci!

Peguei as orelhas de gatinho e as joguei pela janela. Pelo espelho retrovisor, eu as vi quicarem algumas vezes antes de acabarem na sarjeta.

Uma vez em casa, subi a escada para o meu quarto, não querendo que minha mãe visse a mágoa que com certeza ainda estava estampada no meu rosto. Felizmente, era a noite do grupo de leitura de minha mãe e as risadas das senhoras de meia-idade ecoavam pela casa, encobrindo a minha entrada. Em segurança dentro do meu quarto, o quadro de cortiça dedicado à campanha Salvem Steve zombou de mim. A foto com o rosto estúpido dele me encarou, como se estivesse me provocando: "Não podemos ser amigos? Hahahaha...". Pensei em rasgar a foto, mas, em vez disso, peguei uma caneta hidrográfica e desenhei chifres do diabo na testa dele. Precisava deixar ali para me lembrar de que jamais confiaria nele de novo.

Então, caí de cara na cama e gritei no meu travesseiro:

— MERDA!

Toc, toc.

Sentei-me e tentei parecer seminormal antes que minha mãe invadisse meu quarto.

— Estávamos falando muito alto? — ela perguntou, com o rosto vermelho e uma taça de vinho rosé na mão.

— Não, eu só bati o dedo do pé.

— Ah! Você está bem?

— Estou ótimo.

Minha mãe tomou um gole de vinho.

— Estamos adorando o livro deste mês. Você devia ler o romance; é um exemplo incrível de como o consentimento pode ser sexy. Quando o príncipe Thabiso se apresenta e pergunta a Naledi: "Você gosta disso?...".

Minha mãe se derreteu, se impressionou e então se conteve.

— Ignore-me. Desculpe assustá-lo — ela ainda disse e fechou a porta.

Consegui ouvi-la dando risadinhas enquanto descia a escada.

Caí de volta em minha cama e todo o pesadelo com Steve voltou sem demora. Não conseguia acreditar que tinha confessado que gostava de Kaia. Que tinha feito toda a parada do Salvem Steve só para ela. Ele havia me manipulado para que eu confessasse tudo. Eu precisava dar o troco nele.

As fotos.

Peguei meu celular e abri minhas fotos. A última foto que tirei era de Steve se aconchegando em Haedyn. Ampliei a foto para cortar as outras garotas e fazer com que se parecesse mais como uma *selfie*. Uma legenda sugestiva ajudaria. Eu poderia fazer dar certo. Mas tinha que fazer aquilo naquele momento. *Não posso deixar o bandido vencer.* Recusei-me a pensar acerca de como eu tinha planejado todo o lance da armadilha. Basicamente, Steve havia me forçado a fazer aquilo porque ele tinha enganado Kaia para que ela se apaixonasse por ele. Eu era o mocinho ali. Eu era.

Deixei a cama e fui até a mesa, liguei o laptop e abri o site Salvem Steve. Naveguei até a seção de comentários. Sabia que Kaia dava uma olhada nela. Ela iria encontrar a foto. Esperava que em breve.

Senti algo próximo a mim. Alguém.

— Não me olhe assim, Michelle — disse sem olhar para ela. Peguei a foto dela e a coloquei virada para baixo. Eu só precisava derrotar Steve. Pelo menos uma vez. Para o bem. — Mesmo que ela não esteja comigo, ela não deveria estar com ele.

Clique.

Fiz o upload da foto.

Clique.

Na janela de mensagens abaixo, digitei:

Me diverti muito ontem à noite. Hahaha. Beijos e abraços. 😘🥖

Encarei o botão de postagem e ri. *Deveria dizer* ferrado em vez de beijos e abraços, pensei comigo mesmo. Porque era aquilo que Steve ficaria quando Kaia visse aquela foto.

Ferrado.

Clique.

Espalhei manteiga de amêndoa sem muito entusiasmo em uma fatia de pão. A ressaca provocada por Steve havia reduzido a velocidade de preparação da minha merenda escolar. Não queria pensar sobre a noite passada, mas lampejos dela continuavam me interrompendo. As garotas bêbadas. O Del Taco. A piscina. As orelhas de gatinho. Steve. *No time for losers.* Risadas. Zombarias. A seção de comentários. A foto. Dobrei o pão ao meio e o enfiei em um recipiente de plástico reutilizável. Em seguida, joguei um pacote inteiro de grão-de-bico assado com especiarias em um saco de papel pardo.

— Você está bem, querido? — minha mãe perguntou enquanto vestia sua jaqueta de corretora de imóveis.

— Tudo bem — respondi.

— Certeza?

— Ainda estou chateado com a situação do tubarão.

— Eu sei que foi decepcionante. Já te disse que tenho 100 curtidas na minha postagem do Facebook sobre isso?

Seu orgulho até na minha derrota me irritou por algum motivo.

— Ei, lembre-se do que sua outra mãe diz. Você tem que elevar o nível, certo?

— Eu sei — murmurei e desviei o olhar.

Com certeza, ela acharia que eu era um idiota depois do que fiz na noite passada. As garotas bêbadas. A foto. A seção de comentários. A vingança. Sobretudo a raiva que estava em ebulição dentro de mim. Mas ela não precisava saber de nada daquilo.

Ao entrar na escola, tentei respirar fundo por causa da ansiedade, mas minhas emoções eram uma série repetitiva de tristeza, retidão e esperança irresistível de que Steve logo seria derrotado. Aquela esperança tinha um gosto muito bom. Melhor do que qualquer mel estúpido. A caminho do meu armário, passei sob inúmeras faixas com sereias de cores vivas nos exortando a ir ao Baile Debaixo do Mar do penúltimo e do último ano da escola. "Agora com Cardi B!", alguém tinha adicionado depois da grande declaração de Steve. E também havia caricaturas de Steve e Kaia. As pessoas tinham ficado deslumbradas com a forma impressionante pela qual Steve convidou Kaia para ir ao baile. O baile também podia ser chamado de "Debaixo de Steve". Rapidamente, varri aquela imagem da minha mente.

Eu não tinha comprado ingresso para o baile. Não pagaria para passar a noite sendo humilhado. E comprar um único ingresso significaria que estava tudo acabado. Mas, naquele momento, talvez não tivesse mais que fazer aquilo. Talvez comprasse dois ingressos.

Porque Kaia iria descartar Steve pouco antes do baile. E ele seria aquele com um único ingresso. E Steve finalmente veria o poder dos meus braços finos como espaguete.

Passei grande parte do dia procurando Kaia. Pensei em enviar uma mensagem para ela do tipo "como estão as coisas?", mas me contive. Na última vez que conversamos pessoalmente, nós brigamos, e, mesmo que ela dissesse que já tinha superado aquilo, o fato de que não se dera ao trabalho de enviar uma mensagem para mim desde a noite do tubarão dizia o contrário. Mas eu precisava saber se ela tinha visto a foto.

No final do dia, cruzei com Kaia, novamente junto ao quadro de avisos. Dissemos "oi", mas ela teve que sair correndo, como sempre. Naquele "oi" tentei decifrar tudo. Ela tinha visto a postagem? Ela tinha confrontado Steve? Insultou-o do jeito que só ela era capaz? Reprisei o momento na minha mente por mais um dia, tentando ver se havia algum indício de que ela tinha visto a foto.

QUASE UMA SEMANA INTEIRA SE PASSOU E NADA ACONTECEU. KAIA PARECIA atarefada, mas não estava zangada nem triste. E então era um dia antes do baile e minha postagem estava enterrada nas profundezas da seção de comentários. Novamente, Steve tinha vencido.

— Cam!

Era a voz de Kaia. Ela estava me chamando, ainda que eu estivesse no meio do corredor. Parecia urgente. Ela finalmente tinha visto? Estava começando a ruína de Steve?

Kaia estava sentada atrás da mesa de vendas de ingressos do baile, acenando para mim. Fui em direção a ela, o tempo todo imaginando o cenário. Separação. Nada. Separação. Nada.

— Oi — disse, soando tão incerto quanto eu estava.

— Tudo bem?

Kaia parecia exausta. Cansada. Com o coração partido?

— Ah, estou... Como sempre.

— Legal. Legal — ela disse, mexendo em alguns papéis.

Aquela conversinha não podia ser o motivo pelo qual ela tinha me chamado.

— Está tudo bem? — arrisquei.

— Ah, sim. Eu... Bem.. Acabei de reparar que você ainda não comprou seu ingresso.

Meu pulso acelerou. Ela queria saber se eu iria ao baile?

— Ah, bem... — gaguejei. — Ainda não?

— Não de acordo com os nossos registros.

— Ah, droga...

Naquele momento, um cara com uma camiseta do grêmio estudantil se aproximou de nós.

— Kaia, desculpe, você pode checar esse folheto para a Semana do Alto-Astral do último ano?

Kaia pegou o folheto da mão dele. Ela parecia irritada. Ela tinha visto a foto? Era Kaia; ela não ficaria chorando atrás da mesa de venda de ingressos do baile. Ela era muito orgulhosa. Kaia não iria querer que todos soubessem. Mas, com certeza, havia uma agitação nela. Algo estava acontecendo.

Kaia devolveu o folheto para o cara.

— Está legal.

Ele murmurou um agradecimento e saiu apressado. Kaia sorriu para mim.

— Desculpe. Olha, eu queria falar com você a respeito de uma coisa — ela disse.

A foto! Por favor, que seja a foto!

— Todo esse lance com a Cardi não teria acontecido sem você.

O.k., não era a foto.

— Todos nós meio que devemos a você. Assim, falei com a comissão do baile e querem dar um ingresso grátis para você. Se você quiser ir.

— Uau, isso é...

Kaia estava querendo saber se eu ia ao baile porque ela tinha terminado com Steve e não queria ir sozinha? Não, ela era muito fria. Mas só podia ter sido ela que tinha pedido à comissão um ingresso grátis para mim. Kaia queria que eu fosse ao baile. Ela estava pensando em mim.

— Isso é muito legal. Com certeza.

— Ah, ainda bem. Eu estava preocupada que você não quisesse ir — ela disse e estendeu um envelope com o meu ingresso.

Peguei-o e recuperei um pouco da confiança.

— Não, não. Só espero que seja bastante extravagante — brinquei.

Kaia riu. E foi um riso doce e esperto. Como ela tinha rido na praia. Kaia afastou o cabelo do rosto e, mesmo de uma certa distância, pude sentir o cheiro do coco.

— Ficarei feliz quando tudo acabar — ela disse.

Ela tinha visto a foto?

— Conseguiram os balões certos? — perguntei.

— Quem sabe? Provavelmente eu mesma terei que explodi-los.

Uma garota passou por mim para chegar a Kaia.

— Desastre, Kai! A Olimpíada acadêmica reservou a sala de estudos na mesma hora que nós.

— Você está brincando comigo? Não importa. Vou mandar uma mensagem para Khaled. Ele me deve uma.

— Obrigada! — a garota disse e saiu correndo.

Com um resmungo, Kaia digitou uma mensagem em seu celular.

— Desculpe, Cam. Como sempre, ninguém sabe o que está fazendo.

— Na boa. Não se preocupe.

— Sinto falta de trabalhar com você — Kaia disse e suspirou.

Ela sente? Tive que perguntar.

— Então, como está Steve?

— Bem.

E, do jeito que Kaia disse, percebi que ela não tinha desmembrado Steve recentemente e escondido partes do seu corpo em sacos de lixo pretos.

— Ele teve muitas consultas médicas esta semana para concluir o tratamento. Então, eu não o vi muito. Mas ele está indo bem, acho.

— Ótimo. Isso é ótimo — disse.

Tinha certeza de que a minha decepção estava estampada em meu rosto.

— Steve está animado com a entrevista de amanhã para a tevê — Kaia afirmou.

Merda. A entrevista. Eu tinha esquecido. Todos nós deveríamos estar presentes: Steve, sua namorada e seu melhor amigo falando a respeito da artista favorita deles, Cardi B. Merda duas vezes.

— E você viu que nos querem lá em trajes de baile completos?

— Ah, sim... Não...

— Vou ter que acordar muito cedo para me aprontar. Embora provavelmente vá ficar acordada a noite toda decorando o salão de baile — Kaia disse, exasperada.

— Oi, Kaia. Só preciso de um segundo...

Outra garota abriu caminho até a mesa com outra coisa urgente para Kaia fazer.

Naquela altura, fiquei grato.

— Bem, vejo você amanhã de manhã — murmurei e enfiei meu ingresso no bolso para um baile ao qual iria sozinho porque meu plano tinha fracassado.

18

ATRAVESSEI O ESTACIONAMENTO ATÉ O PRÉDIO BAIXO E CINZA da afiliada local da rede ABC, já um pouco suado em meu smoking alugado. Era muito cedo para estar usando um traje formal. Eu estava atrasado porque havia mais peças para vestir em um smoking do que eu esperava. Abotoaduras não deviam ser uma delas.

Abri a porta para o saguão e fui recebido por uma rajada de ar frio e uma mulher muito animada que usava um fone de ouvido com microfone.

— Cam Webber?

— Sim.

Ela abriu um sorriso largo.

— Todo mundo está muito impressionado com o que você fez! E Cardi B! Minha nossa! Os outros estão no camarim! Venha comigo!

Ela parecia um ponto de exclamação humano. Corri atrás dela. Enquanto isso, ela recitava com pressa a agenda, parando ocasionalmente para responder a uma pergunta pelo microfone. Atravessamos corredor após corredor, com meus olhos se movendo loucamente enquanto eu tinha vislumbres de cabos enrolados, adereços enormes, mesas de comida sendo arrumadas para parecerem perfeitas na câmera e araras de figurinos.

Passamos espremidos por um arco de flores supercoloridas.

— É para o nosso programa de casamentos de verão! — a Mulher Exclamação explicou.

Em seguida, ela me conduziu por um corredor até que parou de repente por causa de uma chamada em seu fone de ouvido.

— Droga! Já estou indo para aí! — Nervosa, apontou para uma porta aberta alguns metros adiante no corredor. — O camarim fica ali! Tem um bufê com água e lanches! Deve demorar ainda cerca de quinze minutos!

E ela se foi.

Dei alguns passos na direção do camarim e, então, um barulho alto me assustou.

— Por que você mentiu para mim? Você me disse que ficou em casa no sábado!

Reconheci aquela voz: Kaia. Ou mais especificamente: Kaia irritada. Kaia furiosa. Kaia apoplética.

Ela tinha visto a foto. Realmente tinha visto. Era naquele momento. A estripação de Steve! Estava acontecendo!

Cheguei mais perto da porta e vi uma cadeira dobrável tombada. Mais alguns passos revelaram Kaia, em um vestido amarelo cintilante, e Steve, em seu smoking e tênis Air Jordan, encarando-se no camarim minúsculo. O strass do vestido de Kaia tremulou, porque ela estava literalmente tremendo de raiva. Steve estava com os braços cruzados, parecendo teimoso como um jumento.

— Você não vai dizer nada? — Kaia rosnou, mas Steve apenas deu de ombros, indiferente. — Diga alguma coisa, Steve! — ela continuou e tirou o celular de uma bolsinha de contas que estava sobre a mesa. — O que está rolando com essa garota? O que você estava fazendo com ela? Você... Aconteceu alguma coisa naquela noite? — Kaia perguntou, com os ombros contraídos pela tensão e o celular agarrado em sua mão.

A fúria de Kaia sempre abalava Steve. Esperei pelo seu emaranhado gaguejado de negações. Algo como: "Não é o que parece... Foi o Cam... E tietes de câncer... E minigolfe". Steve Stevenson estava acabado.

Mas, em vez disso, Steve deu de ombros novamente.

— Estava esperando que você não descobrisse até depois do baile, mas foda-se. Sim, nós transamos.

— O QUÊ? — Kaia gritou.

O QUÊ??? Onde estava a gagueira, a boca seca e as negações?

Steve descruzou os braços e enfiou as mãos nos bolsos como se não desse a mínima para o mundo.

— Mas, peraí, nós estamos juntos há algum tempo — ele disse.

Eu estava chocado. E confuso. E em pânico. No entanto, os sentimentos de Kaia a respeito da situação eram muito mais claros.

— E o quê? Você se cansou?

Steve engoliu sua mordida, não parecendo se importar que tinha perdido seu café da manhã ou que estava prestes a ser assassinado.

— Quer dizer, um pouco. Você está ocupada o tempo todo. E, sabe, ela era um pouco mais ousada que você — ele disse.

Kaia se enfureceu.

— O que não quer dizer muito — Steve acrescentou.

— Você está falando sério?

O sorriso de Steve foi sem remorsos.

— Estou dizendo que ela esfregou minha cabeça careca. As duas — ele disse.

— Seu filho da puta! — ela gritou.

Eu sempre tinha sonhado com o dia em que Kaia iria dizer aquelas palavras. E daquele jeito. Com fogo nos olhos e raiva no coração. Mas, em vez de exultante, senti-me confuso. Por que Steve estava aceitando aquilo? Ele não estava se defendendo. Por quê?

— Você disse que me amava! — Kaia afirmou.

Eu não conseguia ver o rosto de Kaia, mas vi seus ombros tremendo. Ela estava chorando. E eu era o responsável. Por que eu não tinha me dado conta até aquele momento de que ela também ficaria magoada?

— Eu disse? — Steve perguntou, olhando para ela com uma expressão de tédio completo.

Kaia fez um som a meio caminho entre um grito e um soluço.

— Não acredito que caí em seu papo furado! Não sei por que acreditei… Por que achei… — ela disse e arrancou a pulseira com arranjo floral do pulso e a jogou no lixo. Ela quicou na borda e caiu no chão. — O câncer não te mudou nem um pouco.

Eu cambaleei alguns passos para trás, sem saber para onde ir. Antes que pudesse formular um plano de fuga, Kaia irrompeu do camarim, segurando sua bolsinha de contas. E então ela me viu.

— Cam…

Não consegui desviar o olhar.

— Kaia…

Ela ficou imóvel por meio segundo e, em seguida, veio correndo em minha direção, agarrou-me pelos ombros e me empurrou para trás, até nos encostarmos no arco de flores de casamento. De repente, minha visão se limitou a um borrão colorido, exceto pelos olhos castanhos brilhantes de Kaia bem na minha frente. Aspirei um hálito forte e surpreso, sentindo o gosto de flores em minha língua. Por um segundo, os olhos dela miraram os meus lábios e percebi o momento em que Kaia tomou a decisão.

Os lábios quentes de Kaia pressionaram os meus, mais aveludados do que as pétalas que nos cercavam. Um rio de coco rodopiou na minha cabeça.

Deu um branco em minha mente.

Quando voltei, nós estávamos nos beijando. Beijando de verdade. Tentei não pensar no motivo. Só que estava acontecendo. Acontecendo de verdade. E aquele nosso beijo era como nossas conversas: fácil, familiar e, mesmo assim, surpreendente a cada momento.

Quando Kaia finalmente recuou, Steve estava parado na porta atrás dela. Um movimento súbito dos meus olhos deve ter alertado Kaia, porque ela se virou.

— Veja, Steve — ela disse, com a voz soando em triunfo. — *Este* é um cara legal.

Então, Kaia segurou o meu rosto e me puxou para mais perto. Ela ia me beijar de novo. Na frente de Steve. Era algo que iria acontecer. Naquele exato momento. Seus lábios tocaram os meus. E ela me beijou com mais força. Mais profundamente. Com mais raiva.

Em seguida, ela se afastou e olhou para mim. E começou a chorar.

Só fiquei olhando, de queixo caído e cara de bobo, até que, milagrosamente, minha última célula cerebral em funcionamento foi capaz de sugerir que eu a consolasse. Peguei Kaia nos meus braços e ela chorou no cetim lustroso da lapela do meu smoking. Através das ondulações do cabelo dela, pude ver Steve parado no final do corredor nos observando, com uma expressão indizível. Ele fez um sinal de positivo com o polegar para mim. Senti um calafrio ao longo do meu corpo.

Kaia fungou e murmurou junto ao meu ombro:

— Você deve ter ouvido a nossa briga, não é?

Concordei, ainda tentando processar o sinal de positivo.

— Como ele pôde fazer uma coisa dessas? E no dia da porra do baile? — ela perguntou.

— Bem... — comecei a falar e olhei para trás, para onde Steve estava, mas ele tinha sumido.

— Cam? — Kaia disse.

Ela tinha parado de chorar. Parecia que Kaia estava esperando que eu dissesse algo, mas eu continuava olhando para o espaço vazio onde Steve tinha estado.

— Sou muito idiota — Kaia disse, com a expressão turvada.

— O quê? Não, você não é.

— Você tentou me falar sobre Steve. Quer dizer, você disse que ele estava fingindo, o que era absurdo, mas você deve ter sentido alguma coisa. E você tentou ser um bom amigo e me alertar. E eu fui tão rude com você. Eu gritei. E não fui na coisa do tubarão. E não mandei mensagem para você. E... Eu sinto muito — ela disse e enxugou os olhos, espalhando rímel por tudo.

— Claro.

Tentei pensar em outra coisa para dizer, mas, antes que conseguisse, Kaia deixou escapar um grande suspiro.

— Droga. Ainda tenho que ir ao baile. Estou na maldita comissão. Tenho que checar todo mundo. E tenho esse vestido ridículo — ela disse e sorriu para mim, um pouco incerta. — Sei que isso é chato e você não precisa, mas... Você gostaria de não se divertir comigo no baile?

Eu não conseguia tirar o sinal de positivo de Steve da minha mente.

— Cam?

Percebi que estava deixando Kaia no ar. E, embora tudo parecesse torcido em um nó górdio, eu não poderia magoá-la mais ainda.

— Claro que vou levar você ao baile.

Kaia sorriu e fungou.

— Bem, me levar não é necessário. Também estou trabalhando na decoração. Você me encontra lá? E dança comigo?

— Sim, sim, eu adoraria.

Kaia recuou, me soltando.

— Preciso ir me arrumar. E dar um soco em algo com a forma de Steve. Vejo você mais tarde?

— Sim.

Kaia estendeu a mão e puxou uma flor amassada do meu cabelo. Em seguida, beijou-me delicadamente no rosto.

— Você é demais.

Enquanto Kaia se afastava, senti suas palavras me tocarem fundo. Fiquei sob o arco de flores de casamento, dando-me conta de que iria ao baile com Kaia. Exatamente como eu tinha sonhado. E não tinha ideia do porquê.

Trêmulo e confuso, fui até o camarim. Steve estava sentado no sofá de couro falso, com a cabeça entre as mãos. Ele levantou os olhos quando eu entrei.

— Você sabia que o câncer deveria me mudar? Que eu deveria crescer e florescer como pessoa? Achei que o câncer era apenas meu corpo produzindo células mutantes, que lentamente fariam com que meus órgãos parassem de funcionar e me matariam, mas, aparentemente, eu também deveria aprender alguma merda. Bem, acho que eu faltei na aula.

— Por que você fez isso?

O sorriso de Steve foi sombrio.

— Não é exatamente o que você queria? Feliz?

Era e não era o que eu queria.

— Mas por quê?

Steve ficou de pé e começou a andar de um lado para o outro.

— Ah, nenhum grande motivo. Recebi os resultados de alguns exames. A merda deveria ter sumido totalmente, mas acho que sobrou alguma coisa. Aparentemente, meu câncer talvez seja "resistente à químio". Meio que surpreendeu a todos, até mesmo meu médico. Bacana, não é? — ele disse.

— Mas tem uma taxa de cura de 94 por cento — disse. Eu tinha lido as estatísticas várias vezes. Era um câncer bom. Era...

— Parece que o meu está entre os 6 por cento restantes. Matando isso. Ou isso está me matando — Steve disse, imitando a voz do pai e socando o ar com o punho cerrado. Ele engoliu em seco. — Vou te dizer uma coisa, Cam. Você e Kaia ficam superfofos juntos. Vocês formam um casal adorável e tenso.

Agarrei o braço de Steve, detendo-o.

— Mas... Não. Isso não faz o menor sentido. Por que você fingiu que estava passando mal na outra noite?

Nada daquilo estava certo. Aquele era mais um dos jogos de Steve. Devia haver algo que eu não estava vendo. Alguma vantagem de que ele estava correndo atrás.

— Fingi? — Steve exclamou, piscando.

— Na piscina do condomínio. Depois que o deixei em casa, voltei para deixar a jaqueta que você tinha esquecido no meu carro. Vi você pela janela. Você estava dançando. Me fez confessar todas aquelas coisas, fingindo ser meu amigo, só para que eu desistisse de Kaia. Você estava pulando e cantando "We Are the Champions". Você estava tirando uma da minha cara!

Minha voz falhou na última frase.

Por um longo momento, Steve me observou.

— Nossa, Cam. É muita informação para processar.

— Por que você fez isso?!

Steve se retraiu. De repente, o camarim pareceu sinistramente silencioso após meu desabafo.

— Eu não estava fingindo que estava passando mal para você, Cam — Steve finalmente disse, com a voz baixa. — Eu estava fingindo que estava bem para o meu pai.

Dei um passo para trás.

— Não... Isso não é...

Steve balançou a cabeça.

— Suponho que tenha sido difícil acreditar em mim depois do que eu fiz para você. Mas, sinceramente, você alguma vez acreditaria em algo bom a meu respeito? — Steve disse e fez uma pausa, esperando por uma resposta que não viria. — De qualquer forma, dá certo na prática. Depois que recebi esses resultados, sabia que Kaia ficaria triste, e eu... Eu não queria isso. Eu ia terminar o namoro com ela. Fazer com que ela realmente me odiasse. Me odiar é muito melhor do que ficar triste, não é? — ele continuou e deu o sorriso mais amargo que eu já tinha visto. Como não reagi, ele começou a andar de um lado para o outro de novo. — Eu estava meio sem ideia de como fazer isso, de como ser bem nojento, filho da puta e repugnante. Não é fácil se comportar mal de verdade. Mas então você me deu a oportunidade perfeita. Belo trabalho. Mesmo assim, quando Kaia me confrontou, eu estava pensando: *Obrigado, Cam, por ser um babaca de merda! Você está me poupando um puta trabalho!*

Steve abriu bem os braços, em um gesto grandioso.

Fiquei encarando ele. Aquilo não era possível. Aquilo não era o que deveria ter acontecido. Era algum tipo de piada infame. Porque, se não fosse, significava que aquela noite na piscina havia sido real. Significava que Steve tinha sido...

— Pessoal, estamos prontos para vocês! — a Mulher Exclamação disse, entrando no camarim. — Onde está… — Ela parou de falar e checou sua agenda. — … Kaia?

— Ela precisou ir embora. Emergência — Steve informou, em um tom rude.

— Ah, certo! — ela disse, vivamente. — Afinal, são vocês dois que queremos ver! Cam, você vai dançar para nós?

Não respondi.

A Mulher Exclamação bateu palmas, tirando-me do meu estado catatônico.

— O.k.! Vamos nessa!

Ela nos conduziu pelo corredor. Passamos por vários cenários, por mais adereços e por um cara com um figurino de cachorro-quente, o tempo todo chegando mais perto das luzes brancas brilhantes do estúdio. Podia sentir uma rajada de calor vindo delas, aquecendo meu rosto. Era a única coisa que conseguia sentir. Quando estávamos prestes a cruzar o limite entre as sombras escuras dos bastidores e o brilho ofuscante do estúdio, Steve se aproximou e sussurrou em meu ouvido.

— Parabéns, Cam. Você venceu.

Algo aconteceu depois daquilo. Não conseguia me lembrar. Uma mulher com cílios postiços enormes fez perguntas. Um homem levemente cor de cenoura, que era muito mais velho do que ela, riu muito alto quando me levantei e dancei um pouco. Steve sorriu para mim. Ele me chamou de "amigão", "Cam, meu chapa" e *"brother"*. Ele nunca me chamou de amigo.

Então, acabou.

— Você é um cara incrível, Cam — a Mulher Exclamação disse, estendendo uma papelada para eu assinar. Meu smoking parecia muito apertado. — Steve tem sorte de ter alguém como você! — ela continuou.

Ergui minha cabeça ao ouvir o nome dele. Onde estava Steve? Saímos do estúdio juntos. Olhei em volta, procurando-o, mas já sabia que ele tinha ido embora.

Do lado de fora, a névoa marinha havia se dissipado e as fileiras de carros estacionados refletiam a luz do sol. Mas, com exceção de algumas gaivotas, não havia ninguém no estacionamento.

Dirigi para casa.

Peguei a *Main Street*. Passei pelos cartazes que Kaia e eu tínhamos pendurado. O rosto de Steve se repetia nas vitrines de todas as lojas.

De alguma forma, cheguei ao meu quarto. No centro dele, ainda usando meu smoking do baile, todo o peso do que tinha acontecido naquela manhã se tornou evidente: eu tinha arruinado tudo.

A foto de Steve chamou minha atenção. Steve doente. Steve desprendido. Steve legal. Eu tinha tentado levar vantagem em cima de um garoto com câncer. Tinha tentado roubar sua namorada. Era eu que deveria estar usando chifres do diabo.

"Herói Local!", apregoava um artigo a meu respeito que eu tinha orgulhosamente pregado ao lado da foto de Steve. BESTEIRA. BOBAGEM. Tirei o artigo do quadro de cortiça, rasguei-o, amassei-o e o joguei no lixo. O lixo. Era o lugar das minhas boas ações.

O quadro de cortiça dedicado à campanha Salvem Steve pairou ameaçadoramente sobre mim. Ali estava o cartaz. As camisetas que tinha criado. Cartas de pessoas dizendo como eu era incrível. Como eu era atencioso. Artigos. Elogios. Não era um quadro dedicado a Steve. Era um quadro dedicado à minha vaidade. Um quadro sobre as minhas mentiras.

Com fúria repentina, arranquei tudo que estava pregado no quadro. "O gênio da arrecadação de fundos." Descanse em paz! "Você é uma inspiração!" Descanse em paz! "SuperCam!" Descanse em paz! Tudo aquilo. Lixo, lixo, lixo. Tudo para a porra do lixo. Até que tudo o que restou foram pedacinhos de papel sob uma constelação de tachinhas.

Ofegante e excitado, aquilo me fez bem, mas não parecia o suficiente. Corri os olhos pelas outras paredes. Salvem o tubarão. Os pântanos. Os canudos. As dunas de areia. Tudo bobagem. Porque eu era uma bobagem. Não conseguia mais olhar para aquela bobagem.

Aquilo tudo tinha que ir para o lixo. Meus braços giraram como hélices, livrando as paredes da minha arrogância. Piquei em pedacinhos prêmios de cidadania. Rasguei uma carta da associação ecológica. Descartei minha medalha de mérito da Anistia Internacional. Erradiquei todas as benevolências presunçosas. Porém, ainda havia prateleiras de pseudorrealizações que precisavam ser destruídas. Desloquei-me rapidamente pelo quarto. Quebrei o troféu da ONU. Rachei uma placa de honra. Parti ao meio uma árvore comemorativa. O lixo transbordou. Pisei nele com força. Precisava apagar qualquer resquício da minha presunção.

Minha cômoda estava limpa. As paredes estavam nuas. As prateleiras estavam vazias. Tudo tinha ido para o lixo. Exceto uma coisa.

Com as mãos trêmulas, peguei a foto emoldurada de Michelle Obama. Segurei-a por um breve momento e então a descartei no lixo, com o rosto dela virado para baixo. Ouvi o vidro rachar e, por um momento, achei que era o fim. Que tinha acabado.

Mas era necessária uma erradicação completa.

Agarrando minha pilha de besteiras e nosso extintor de incêndio, saí de casa e fui para o quintal. Procurei um lugar para colocar o monte de lixo, mas a área era muito exposta. A cerca atrás da casa era muito baixa em termos de privacidade e eu podia ouvir os filhos dos vizinhos gritando na piscina. Não era o lugar certo para o meu ato final.

Percorri o quintal lateral até chegar à porta da garagem.

Em seu interior, acendi a luz e fechei a porta atrás de mim. Silêncio. Minha mãe tinha saído com seu carro e, assim, havia espaço de sobra. Coloquei o monte no centro, sentei-me na frente dele com o extintor ao meu lado e tirei um isqueiro do paletó do meu smoking. Encarei o monte. Ao transportá-lo, a foto de Michelle tinha se deslocado e o seu rosto estava visível na bagunça.

— Eu baixei o nível — disse baixinho e acendi o isqueiro. Aproximando a chama do canto do artigo "Herói Local", observei enquanto ele pegava fogo, que rapidamente se espalhou pelas minhas outras realizações indignas: Parada do Orgulho LGBTQ, Controle de Armas. Tudo pegando fogo.

— Eu baixei o nível, porra.

O calor aumentou e eu recuei. Aquilo era o que valeram as minhas iniciativas. Destruição, imolação, erradicação. Abracei meus joelhos, esperando que aquilo fizesse a dor em meu peito apertar um pouco menos.

As cinzas começaram a flutuar e dançar no ar. As tampas de plástico transparente dos bótons Salvem Steve se converteram em um caramelo queimado e se enrugaram. As mãos erguidas em troféus de plástico queimaram e derreteram. O calor e a fumaça fizeram meus olhos lacrimejarem. Enxuguei a umidade e então vi uma chama vermelha cintilante lambendo a borda da foto de Michelle Obama. Ela ainda estava olhando para mim e me forcei a olhar para ela, para assistir à queima. O papel se ondulou ao aceitar toda a fúria do fogo. As palavras *Nós o elevamos* queimaram. Meu nome, escrito em caneta hidrográfica preta, foi comido. Incapaz de observar as chamas se espalharem pelo sorriso orgulhoso de Michelle, fechei os olhos.

A escuridão parecia algo certo. Tossi. Meu lugar era a escuridão. Um vazio perfeito para a pior pessoa. Tossi de novo.

Depois de um momento, o ar começou a ficar mais espesso e abri meus olhos. As chamas tinham crescido ainda mais e, acima de mim, havia uma densa e ameaçadora nuvem de fumaça. Senti as partículas de cinzas em meus pulmões e tossi com mais força. Um certo pânico tomou conta de mim. Tentei pegar o extintor de incêndio, mas me movi rápido demais e o derrubei. Seu cilindro de metal retiniu no chão. Merda.

A fumaça baixou e a nuvem tóxica estava começando a me deixar tonto. Acetato de vinila, poliacrilonitrila, polietileno. Eu estava liberando tudo aquilo para o mundo. Porra. Não conseguia nem fazer aquilo direito.

Dei outra tossida estrondosa. Apalpando, procurei pelo extintor, mas não consegui vê-lo. Nem a porta nem o teto. Só podia distinguir a incandescência das chamas enquanto tentava respirar. No miasma, vi o que pareceu ser um furacão monstruoso rodopiando em minha direção. Um furacão? Sim. E a sua força me empurrou para o chão. Do cimento oleoso, senti escombros caindo sobre mim. Ao levantar os olhos, testemunhei o colapso das geleiras. Florestas engolfadas pelas chamas. O meio ambiente em plena desintegração apocalíptica. E eu era a causa. Eu tinha provocado a mudança climática. Fui... era.... Tudo aquilo fui eu. Eu.

— Você está brincando, porra?

Sentei-me e espreitei através da fumaça. Ali, à deriva, eu a vi: Michelle Obama. E ela parecia zangada.

— Sinto muito, Michelle. Falhei com você — disse e me prostrei aos seus pés. — Eu baixei o nível.

As ondulações abundantes do seu cabelo preto tremularam na brisa e ela olhou para mim, bastante decepcionada, com o fogo refletido nos olhos. "Foi para isso que você me trouxe aqui?"

Desviei meu olhar, envergonhado, e murmurei algo manso. Mas Michelle não ficou satisfeita e continuou fazendo uma pausa dramática após cada palavra enunciada.

— Eu.

"Não.

"Tenho.

"Tempo.

"Para.

"Sua.

"Bundinha.

"Privilegiada."

Tossi e tentei recuperar o fôlego. Não havia nada que eu pudesse dizer. Eu merecia aquilo. Tudo aquilo.

— Merda.

Outra voz, com sotaque de Nova York, flutuou pela fumaça. Deitada do meu lado e agarrando meu peito, lentamente distingui uma silhueta curvilínea e sabia quem tinha que ser.

Cardi B. Usando um terninho muito elegante e parecendo furiosa, ela, rebolando, dirigiu-se até o lado de Michelle.

— Ele nos prendeu aqui em algum tipo de ritual estranho de humilhação induzido por produtos químicos tóxicos.

— Isso mesmo — Michelle concordou. — Porque, aparentemente, ele não consegue descobrir merda nenhuma sozinho.

Tossi.

Cardi se agachou ao meu lado, para examinar minha patetice de perto.

— Droga, você alucinou mesmo duas mulheres negras para fazer seu trabalho emocional? Isso é demais.

— Meu Deus, sinto muito, muito mesmo — murmurei. — Não acredito que fiz isso. Bem, por favor, voltem para o que vocês estavam fazendo. Vou ficar aqui — continuei e balancei a mão fracamente, esperando que elas simplesmente evaporassem e voltassem para suas vidas mais importantes. — Eu sou o pior.

— Meu Deus do céu! — Michelle exclamou e jogou as mãos para o alto. — Pare com isso! Quanta arrogância! Você acha mesmo que você, Cam Webber, é o pior ser humano do planeta? Você faz ideia do número de idiotas que eu conheci?

— Bem...

Cardi B suspirou, um pouquinho simpática.

— Garoto, ouça. Eu costumava drogar filhos da puta e roubá-los. Isso me torna a pior pessoa do mundo? Não. Às vezes você faz umas merdas das quais não se orgulha. Mas isso não é você por inteiro. Entende? Você não é o pior.

— Mas você também não é o melhor. Não chega nem perto — Michelle fez questão de esclarecer.

— Essa sou eu — Cardi levantou a mão, e Michelle deu um soquinho nela.

— Mas então quem eu sou? — perguntei, semicerrando um pouco os olhos, pois estava ficando difícil enxergar através da fumaça oleosa.

— Você só está com medo — Michelle respondeu. Achei que a ouvi deixar escapar um pouco de sua compaixão habitual.

— Eu sei. Estou com muito medo — concordei. — Mas do quê? — perguntei e tentei afastar a fumaça para enxergar melhor, mas foi difícil levantar a mão.

— Acho que você sabe — Cardi disse.

— Eu sei?

E, naquele exato momento, uma luz forte brilhou e tive que fechar os olhos para bloqueá-la.

— Meu Deus! Cam? Cam!

Uma voz familiar gritou. E eu sabia que era real. Era a voz da minha mãe. Em pânico, levantei-me de um salto, tossindo violentamente.

— Não! Mãe!

Eu precisava esconder aquilo. Ela não podia saber. Quando a fumaça começou a se dissipar e o oxigênio voltou a entrar em meus pulmões, procurei as palavras que fariam tudo aquilo desaparecer. Mas eu estava zonzo demais.

— Eu estou bem.

Foi tudo o que consegui dizer.

Através da névoa, percebi a forma da minha mãe entrando correndo.

— O que você está fazendo? — ela perguntou, com o extintor na mão e o terror nos olhos.

— Está tudo bem — repeti, mas não conseguia me mexer. Ela não podia ver aquilo. O constrangimento. O fracasso. A vergonha. Ela não podia ver nada daquilo. Eu precisava explicar aquilo, mas como? Estava tudo aos meus pés. Flutuando junto às vigas. Rodopiando ao nosso redor. Inquestionável. — Eu estou bem.

Descarregando o extintor, minha mãe apagou o fogo. Imóvel, fiquei como uma estátua de humilhação, com uma névoa branca caindo sobre mim.

— Você está bem? — ela perguntou, ainda confusa.

— Eu estou bem — respondi. Precisava que ela fosse embora, esquecesse que ela tinha visto aquilo. — Eu estou bem.

Como ela poderia se esquecer de ter visto aquilo?

— O que está acontecendo? — minha mãe perguntou, livrando-se do extintor.

Eu teria me esquivado se pudesse. Mas tudo o que consegui fazer foi desviar o olhar para o monte fumegante de estupidez que achei que me fez bem.

— Eu estou bem — repeti pela enésima vez. Precisava que ela acreditasse que era verdade. — Eu estou bem.

— Está tudo bem, Cam. Está tudo bem.

Mas não estava tudo bem. Eu tinha falhado com ela. E, naquele momento, ela tinha falhado. E, então, éramos dois fracassados em uma garagem, tentando enterrar a mentira do que não éramos. Pude ouvi-la se movendo muito lentamente em minha direção. Minhas entranhas se apertaram ainda mais, querendo esconder aquilo que ela nunca poderia ver.

— E está tudo bem mesmo se não estiver tudo bem, querido — ela disse, estendendo a mão e a colocando em meu ombro.

Quase não estava ali, mas mesmo seu toque delicado provocou fissuras em minha fachada de pedra, estilhaçando-a. Meu estômago embrulhou. Meus joelhos estalaram. Meu peito inchou. Lágrimas rolaram dos meus olhos. Não consegui mais segurar.

A verdade.

— Eu não estou bem.

Levou alguns minutos, uma caixa de lenços de papel e uma rodada de abraços calorosos para que eu finalmente respirasse normalmente de novo. Deitado no sofá em posição fetal, um zumbido estranho percorreu meus músculos. Com o nariz enrugado e os olhos inchados, terminei de contar toda a maldita história para minha mãe.

— ... Passei toda a entrevista sentindo-me uma idiota. E agora Kaia acha que sou o mocinho e ela não sabe que o câncer de Steve não está melhorando. É tudo culpa minha. Droga, você deve me odiar.

— Odiá-lo? Por que você acha que eu o odiaria? Nada que você possa fazer me faria odiá-lo.

— Você está falando sério? — disse, assoei meu nariz de novo e olhei para ela. — Há um milhão de coisas que posso fazer para que você me odeie. Ouço isso sempre que passo por você quando o noticiário está no ar.

— Ah, peraí — ela disse, fazendo uma careta em descrença. — Você sabe que estou brincando.

— Está? — perguntei, sentindo uma onda de raiva crescer. — Porque não parece que você está brincando. E não me faça falar do meu pai.

Confusa, minha mãe se retraiu.

— O que esse idiota tem a ver com isso?

— É isso. Esse é exatamente o problema! Você sempre está chamando meu pai de idiota. Dizendo para mim como ele é terrível.

— Faço isso para você se sentir melhor. Não queria que você ficasse triste por ele não estar por perto.

— Sim, funcionou. Não me importo que ele não esteja por perto. Mas também tenho medo de acabar como ele.

— Ah, por favor. Você nunca vai acabar como ele — ela disse, rindo da ideia.

— E se eu acabasse? Você me renegaria?

Observei minha mãe enquanto ela pensava: seu filho, o idiota que falhou.

E ela hesitou.

Sentei-me e apontei para ela a verdade que ela tinha deixado escapar.

— Viu! Viu! — disse e senti as lágrimas voltando. Precisava dizer as palavras rapidamente. — Você precisa pensar sobre isso?! Como você acha que eu me sinto? Como se a qualquer momento você...

Então, as lágrimas rolaram e não consegui terminar de falar.

Ela se inclinou para a frente como se fosse me pegar.

— Não, não, não, não... Nunca, Cam, querido — minha mãe disse, com o remorso entrecortando sua voz. — Droga. Droga. O que eu fiz... Sinto muito — ela continuou, com seus olhos começando a ficar marejados. — Estou tentando tanto fazer isso direito e...

— Eu sei que você está... — disse, sem também querer chorar. Não queria que nenhum de nós dois chorasse. Ainda assim, naquele momento, eu precisava desabafar. — Mas toda essa pressão para ser o melhor, o tempo todo, para nunca errar...

— Droga, eu te sobrecarreguei muito — ela disse, parecendo muito chateada consigo mesma.

— E eu sei que você não me renegaria, mas estou cansado de ter medo o tempo todo. Ter muito medo... — disse, desviando o olhar e sentindo o vazio crescer quase a ponto de me engolir.

— Ah, Cam, não...

Minha mãe pegou minha mão e se sentou perto de mim, muito perto, como quando eu era pequeno. Quando eu a deixava chegar bem perto e me consolar.

— Você tem medo de que eu não te ame?

Eu não disse nada, porque não sabia como dizer tudo.

— Cam... — ela implorou.

— Não é só você — disse, fraquinho.

— Quem? Kaia? Steve?

Por um último momento não respondi, mas então, finalmente, deixei escapar.

— Qualquer pessoa.

Podia jurar que senti o coração de minha mãe se partir.

— Ah, Cam... — ela disse e me abraçou forte. — Nem todo mundo é seu pai.

— Eu sei. Eu sei. Mas isso não melhora a situação.

De fato, piora. Porque me reduziu a algo muito pequeno. Uma pessoa que não conseguia esquecer o pai. Uma pessoa que não era nada, apenas uma criança que acreditava que não valia a pena segurar as pontas. E naquele momento, graças ao meu pai, aquele vazio ganhava vida com todas as possíveis rejeições, com todas as oportunidades de mudar a história. Naquele momento, aquilo era tudo o que eu era. Uma vítima estúpida, destroçada. Um vazio ambulante. Quando eu mesmo comecei a cair nele de volta, outra onda de desespero desabou.

— Eu sou o pior...

Comecei a dizer em meio às lágrimas.

Mas algo me deteve. Uma voz (ou duas) na minha cabeça. Eu não poderia continuar fazendo aquilo. Exigiu algum esforço, mas finalmente encontrei as palavras para descrever com precisão como eu me sentia.

— Acho que estou um pouco fodido.

Soou como piada e minha mãe riu. Enxuguei as lágrimas e também ri.

— Ah, Cam, mesmo que você esteja "um pouco fodido" agora, você ainda é o melhor garoto que alguém poderia querer.

Geralmente, encolhia-me de medo com aquelas palavras, mas naquele dia não foram tão ruins.

— E você ainda é a melhor mãe, mesmo que também esteja um pouco fodida.

Ela sorriu e balançou a cabeça.

— Você não faz ideia — disse e tentou me dar um cascudo.

Consegui me esgueirar. Então, suspirei mais uma vez, soltando o máximo de ar que consegui. Porra, foi muito. Só porque eu não conseguia convidar uma garota para sair.

— Droga, eu nunca deveria ter feito nada disso.

Minha mãe pegou minha mão.

— Ei, escute... — ela começou a falar, mas então baixou a voz para deixar algo muito claro. — E não confunda isso com eu estar aprovando ou tolerando qualquer coisa, mas... — ela continuou e apertou a minha mão. — Você não se sentia feliz. No entanto, estava ocupado. Mas nunca te vi com amigos da sua idade, sabe? E você precisa de pessoas. Mais do que apenas a pentelha da sua mãe.

Concordei com um gesto de cabeça.

— Pode ter sido a solução errada para o problema, mas pelo menos você sabe qual é o problema agora.

— Sim. Acho que sim — disse. Pelo menos, esperava que sim.

— E se alguma garota estúpida ou um cara estúpido não gostar de você? Eles que se fodam. Eles não são seu pai, certo?

— Certo — respondi. — Mas eu ainda preciso dar um jeito nisso, se eu puder. Steve e Kaia devem ficar juntos. A única razão pela qual eles não estão juntos é por minha causa. Ele terminou o namoro com ela para protegê-la de ter que vê-lo sofrendo. Se isso não é um gesto de amor, então não sei o que é.

— Isso parece estupidamente romântico. Totalmente equivocado, e ele deveria respeitar Kaia o suficiente para deixá-la julgar por si mesma, mas, sim, parece que eles merecem uma chance.

Fiquei de pé, sentindo uma nova premência tomar conta de mim.

— E se isso não funcionar e tudo ficar confuso e você não conseguir dar um jeito... — minha mãe começou a dizer e parou, esperando até eu me virar para ouvir. — Eu ainda vou te amar.

— Obrigado.

Compartilhamos um momento de compreensão. Dirigi-me para a porta, mas parei, querendo tirar uma última coisa do meu peito.

— Mãe... — disse.

Ela se inclinou, pronta para dizer sim a qualquer coisa.

— Você tem que parar de hidratar meus cotovelos à noite — prossegui.
Ofendida, ela levantou as mãos.
— Eu não…
— Mãe.
— Eu não…
— Eles são anormalmente macios!
— Eles são perfeitos!
Em desaprovação, ergui minhas sobrancelhas.
— Tudo bem — ela disse.
Esperei.
— Eu vou parar.
Cruzei os braços.
Aborrecida, ela olhou ao redor.
— Eu vou parar! O.k.?
— Ótimo — disse, virei-me e abri a porta.
Logo que saí, ela gritou.
— Mas, falando sério, Cam… Hidratante! Todas as noites. Investi muito trabalho nisso e não quero ver minha obra-prima destruída.

19

EU JÁ ESTAVA ENVIANDO UMA MENSAGEM ENQUANTO CORRIA até o meu carro.

Eu: *Você está por aí? Preciso falar com você.*

Enquanto afivelei o cinto de segurança e dei a partida, não houve resposta. Sem querer esperar, liguei para o número de Kaia. O celular tocou algumas vezes e logo caiu na caixa postal.

— Kaia? É o Cam. Você pode me ligar? É importante.

Desliguei o celular. Não poderia dizer "Eu sou o responsável por seu namorado terminar o namoro com você. Além disso, você precisa falar com Steve porque ele pode estar morrendo" em uma mensagem de voz. Talvez eu pudesse procurá-la? Mas era o meio do dia. Ela podia estar em qualquer lugar: em sua casa, preparando o salão do hotel para o baile, fazendo o cabelo, encaixando um tempo extra no banco de alimentos. Era Kaia; com sua agenda, não havia jeito de saber. E eu não poderia simplesmente ir até a casa dela e perguntar aos seus pais, porque, me dei conta, não sabia seu endereço. Sempre nos encontramos na casa de Steve.

Steve. Pelo menos eu sabia onde ele morava. E, até onde eu sabia, ele quase nunca saía. Enviei uma mensagem para Steve e dei ré no carro. Na verdade, talvez fosse melhor assim. Eu poderia pedir desculpas para ele e, em seguida, poderíamos explicar juntos as coisas para Kaia.

Ao encostar o carro na casa de Steve, não tinha recebido nenhuma resposta. Subi a escada até a porta da frente e toquei a campainha. Só depois que ouvi o toque ecoar no vestíbulo me ocorreu: Steve talvez não quisesse ouvir meu pedido de desculpas. Poderia ser o motivo pelo qual ele não tinha respondido à minha mensagem. Havia uma boa chance de que Steve me odiasse e nunca mais quisesse me ver. Mas então a porta se abriu. Por reflexo, fechei os olhos, preparando-me para os gritos de Steve. Eu nem mesmo o culparia se ele me desse um soco. Eu meio que merecia.

Mas não recebi nenhum soco. Houve um abraço. Um abraço muito viril.

— Cam, meu garoto!

Abri os olhos quando o pai de Steve me apertou em seus braços. Senti o cheiro de cerveja.

— Senhor Stevenson — disse, sufocado. — Olá — prossegui. Então ele me soltou e dei um passo para trás. — É bom ver o senhor. Steve está?

— Ele não está, parceiro. Saiu faz algum tempo para pegar Kaia. Puxa, você está elegante em seu smoking — ele disse, fez uma arminha com os dedos e atirou em mim.

Naquele momento, sem aquele aperto de jiboia, consegui ver que os olhos dele estavam um pouco turvos.

— Para pegar Kaia? — repeti, sem ter certeza de ter ouvido direito.

— Ela é demais, não é? Meu filho conseguiu a garota mais gostosa da classe — ele disse.

Concordei de modo desconfortável, pensando que não havia como Steve ter saído para pegar Kaia. Não do jeito que as coisas ficaram entre eles. Mas, se ele não estava em casa, onde ele estava?

— E você? — o pai dele continuou. — Steve me contou sobre a outra noite. Três garotas! Esse é o meu rapaz — disse, estendendo o punho e esperando.

Percebi que ele não o baixaria até eu bater nele. Encostei meu punho sem muito ânimo no dele. Ele deu um sorriso largo.

— Steve me disse que você tem sido um grande amigo durante tudo isso.

— Ele disse?

Aquilo doeu muito. Era muito fácil imaginar Steve sentado à mesa de jantar, com sua careca brilhando sob aqueles lustres imensos, dizendo aos seus pais que eu era seu amigo entre garfadas de lasanha. Meu Deus, eu tinha estragado tudo.

O pai de Steve deve ter captado algo em minha expressão, porque seus olhos ficaram marejados.

— Sim, disse. Que bom que você está por perto — afirmou e tentou disfarçar uma fungada. — Tenho certeza de que ele contou para você. Nesta semana, as coisas se complicaram um pouco.

Complicaram-se um pouco...

Ah, não.

O pai de Steve continuou falando mais um pouco. Devo ter respondido, porque ele concordou. Então, com um cumprimento final com o punho cerrado, ele fechou a porta.

Complicaram-se um pouco...

Foi apenas uma maneira de dizer. Não significava que... Steve não... Comecei a dirigir. Meu celular tocou. Era Kaia. Provavelmente, ela estava ligando para dizer que ela e Steve tinham feito as pazes. Era por isso que ela não tinha respondido antes. Eles ficaram muito ocupados se curtindo e falando sobre como eu era um idiota. Não me importei porque Steve estava bem.

— Alô?

— Cam? Acabei de pegar sua mensagem. Estou no meio da preparação do salão para o baile. Entregaram balões roxos em vez de azul-piscina. As pessoas estão pirando.

— Steve está com você?

Ele estava. Certo? Pendurando os balões. Aquilo parecia uma coisa para Steve fazer. Totalmente.

— O quê?

— Steve está com você?

— Desculpe! Não consigo ouvir! O sinal está péssimo! Me mande uma mensagem.

Com uma mão no volante, digitei.

Eu: ***Steve está com você?***

Mal tinha pressionado o botão de envio quando a resposta de Kaia chegou. E, em seguida, chegaram várias outras mensagens dela.

Kaia: ***Porra, não! Esse escroto trapaceiro!***

Kaia: ***Ele está vindo para cá?***

Kaia: ***O safado não está tentando se desculpar, está?***

Kaia: ***Preciso de uma ordem judicial de afastamento?***

Kaia: ***Ou talvez apenas um taco de beisebol?***

Eu: *Nã*

Eu: **Não!*

Encostei o carro junto ao meio-fio.

Kaia: ***Ele devia ter câncer no pau. Enfim, se não é a respeito do idiota do meu ex, por que você ligou?***

Olhei para o celular. Devia responder por mensagem de texto? Por onde começaria? Antes que eu conseguisse decidir, meu celular vibrou de novo.

Kaia: ***Desculpe. Isso pode esperar até esta noite? Está uma loucura aqui. Tenho que ir. Os balões azul-piscina chegaram.*** ♥

— Meu Deus! — disse e bati minha cabeça contra o apoio de cabeça. Steve não estava com Kaia. Isso significava... Isso significava que ele talvez... Ele podia ter... Peguei meu celular e digitei.

Eu: ***Steve. Me liga. Farei qualquer coisa para consertar isso.***

Por favor, me responda.

Por favor, quero estar enganado.

Por favor, espero que não seja tarde demais.

Meu texto ficou na parte inferior da tela. Esperei. Eu fechei os olhos e contei até dez. Então, olhei de novo. Nada. Fechei meus olhos novamente. Steve iria responder. Ele iria. Eu abri meus olhos.

Havia uma bolha de texto e três pontos na parte inferior da tela. Meu coração voltou a bater normalmente. Eu tinha entrado em pânico por nada.

Steve: ***Você nem sempre pode salvar o tubarão.***

E, em seguida, ele enviou uma foto do aquário.

Não!

Não, não, não, não, não, não, não, não, não, não, não, não, não, não.

Eu ainda estava a quilômetros de distância do aquário.

Mas eu poderia chegar lá.

Eu tinha que chegar.

Com o motor do Prius gemendo em protesto, eu dirigia costurando no trânsito, com meu celular apoiado no volante.

Eu: ***Steve. Não faça isso.***

Eu: ***Steve. Me escute.***

Eu: ***Steve!***

Três pontos apareceram na tela e, por um momento, respirei com mais facilidade, sabendo que ele ainda estava do outro lado, mas então, os pontos desapareceram.

Droga. Liguei para o número dele. Caiu direto na caixa postal.

— Steve! Fique longe do tubarão! Fique longe! — disse e desliguei.

Pisei fundo no acelerador bem a tempo de passar por um sinal amarelo. Eu estava quase chegando.

Eu precisava ligar para os pais de Steve. Navegando pelo meu celular, procurei por qualquer tipo de informação de contato. Finalmente, encontrei o e-mail do pai de Steve e digitei uma breve mensagem dizendo para ele e a mulher virem com urgência ao aquário, já que Steve precisava de ajuda.

Eu consegui ver a entrada do estacionamento do parque aquático mais adiante, com as bandeiras azuis e amarelas tremulando com a brisa. Prestativamente, a simpática caricatura de um golfinho indicou o caminho com sua barbatana. Virando o volante, fiz uma curva fechada à esquerda, ignorando o toque furioso de buzina de um outro motorista que teve que desviar do meu caminho.

Devido ao adiantado da hora, o estacionamento estava se esvaziando. Os pais arrastavam seus filhos grudentos e açucarados de volta aos carros, derrotados e exaustos após um dia de diversão. Parei na primeira vaga que encontrei e saltei do carro, atravessando apressado a vasta extensão de asfalto em direção à entrada. A barreira, feita para parecer uma onda gigante com criaturas marinhas felizes brincando nela, parecia muito distante. Meus estúpidos e resplandecentes sapatos sociais de cromo alemão, que vinham com meu smoking de aluguel, escorregavam toda vez que eu tentava ganhar velocidade, pois suas solas lisas não proporcionavam tração.

Finalmente, cheguei à ampla entrada pavimentada com seu trio de bilheterias e uma fonte gigante em forma de concha esguichando água para cima. Havia apenas um único funcionário curvado ao lado de uma das catracas, com o boné do parque aquático puxado para baixo sobre os olhos.

— Cam?

Virei minha cabeça, mas não parei de correr. Todd, Patrice e alguns outros manifestantes estavam acampados perto do limite da entrada, onde a propriedade do parque aquático terminava e se tornava acesso público à praia novamente, com cartazes surrados aos seus pés. Eles apareciam ali quase todos os dias desde a sessão do Conselho Municipal, embora recentemente aparecesse cada vez menos gente.

Com um olhar esperançoso, Todd acenou.

— Cam! Você veio se juntar a nós?

— Não — respondi, ofegante. — Tenho que salvá-lo.

Voltei minha atenção para a catraca e ganhei velocidade, mesmo enquanto ouvia os gritos confusos de Todd. O funcionário do parque estava cochilando, com o queixo apoiado no peito. Avaliei a altura das barras metálicas. Sim, eu conseguiria fazer aquilo. Em uma arrancada final, avancei a toda a velocidade, apoiando minha mão na coluna de metal prateado para ganhar impulso, girei meu corpo para o lado e passei por cima da catraca. Pousei com um baque, quase perdendo o equilíbrio quando as solas dos meus sapatos escorregaram no calçamento.

— Ei! — o funcionário do parque aquático gritou, acordando assustado, mas eu já estava correndo.

Atrás de mim, consegui ouvir as exclamações de surpresa de Todd e Patrice.

Com a luz do sol enfraquecendo, adentrei correndo no parque. As sombras se projetavam nos caminhos largos e bem cuidados. Passei por placas indicando os tanques dos leões-marinhos e a exposição de medusas, por lojas de presentes com golfinhos de pelúcia na vitrine e por barracas de lanche que prometiam picolés em forma de pinguim e batatas fritas em forma de peixe. Surpresos, alguns funcionários da limpeza levantaram os olhos ante minha passagem acelerada.

Segui as placas para a exibição do tubarão — uma caricatura de tubarão com dentes ensanguentados indicava o caminho –, ainda sentindo raiva cada vez que eu passava por uma. Finalmente, cheguei ao tanque. Parecia ainda maior do que eu lembrava. Era uma grande piscina de vidro que se fundia perfeitamente com o mar mais além, sendo que a única coisa óbvia que separava os dois era uma discreta fileira de boias ao longe. Consegui ouvir o zumbido baixo do dispositivo que filtrava as impurezas da água do mar, mas mantinha a prisão no ponto correto de salinização. Corri os olhos pelo anfiteatro. Com o sol caindo no horizonte e refletindo na água suavemente ondulada, era difícil enxergar por causa da claridade, mas, mesmo assim, não havia sinal do Steve.

Por um momento, fiquei parado, com muito medo de me mover. Havia achado que encontraria Steve à beira do tanque e — nos meus momentos de maior pânico — prestes a pular na água. Mas não havia nada. Apenas a água batendo na borda. Aproximei-me mais do tanque e olhei para além da borda. Havia água verde-escura, algumas algas e nada mais.

— Steve? — chamei. Não houve resposta. Cheguei tarde demais? Não podia ser. Haveria algum sinal, alguma evidência, algo para mostrar o que tinha acontecido. Não apenas aquele nada resplandecente e plácido.

Entorpecido, dirigi-me até a área de observação subaquática. O adorável peixe de fibra de vidro sorriu, cruel e desatento, quando passei por baixo dele. Ali dentro, pude ver um leve brilho esverdeado. Desci correndo, com meus sapatos deslizando no chão escorregadio. Quanto mais fundo eu descia, mais frio ficava, e cheirando ligeiramente a peixe morto e bolor. Meus passos ecoaram quando entrei na área de observação principal. Quando estive ali anteriormente, o espaço estava cheio de famílias, mas, naquele momento, eu era a única pessoa presente. Nenhum sinal de Steve. Fiquei apreensivo, apesar de não esperar que ele estivesse ali. O vidro que separava a área de observação do tanque estava manchado com as marcas de mãos dos visitantes do dia. Dei um passo à frente e espreitei a escuridão.

Inicialmente, tudo que consegui ver foi água marrom-esverdeada e alguns raios do sol do entardecer que penetravam na superfície. Então, depois que minha visão se adaptou, fui capaz de distinguir formas. Pedras, pequenos peixes prateados movendo-se rapidamente pela água... e um tênis.

Era um dos pés do Air Jordan de Steve, inclinado para um lado, com os cadarços balançando suavemente na correnteza.

— STEVE! — gritei e bati no vidro. — STEVE! — gritei seu nome novamente. Mas então, como em resposta, uma forma apareceu na penumbra.

O tubarão.

Com seu corpo ondulando silenciosamente, o tubarão deslizou pela água, muito longe para ser algo mais do que uma sombra. Mas ele estava ali. E o tênis de Steve também. O que significava que, em algum lugar naquele tanque, Steve também estava.

Peguei a rampa que levava para fora da caverna e em direção à superfície.

— Tem alguém aqui? — gritei, sem parar de correr. — Acho que meu amigo está no tanque do tubarão! — gritei novamente.

Amaldiçoei a falta de pessoal do parque temático quando não houve nenhuma resposta.

Ao sair da caverna, o sol poente me cegou, mas não parei. Corri para a lateral do tanque mais próxima de onde tinha visto o tênis. Do meu lado, a mureta tinha cerca de 1,20 metro de altura, enquanto do outro, a água ficava a cerca de 1,80 metro abaixo, com uma prancha de surfe meio "comida" passando à deriva. Desvesti o paletó do meu smoking, jogando-o no chão, e tirei os sapatos e as meias. Então, agarrando o concreto áspero da mureta, impulsionei-me, jogando uma perna por cima primeiro e depois a outra. Sentado sobre a borda, semicerrei os olhos, tentando enxergar através dos reflexos na superfície as profundezas abaixo de mim. Ao inclinar minha cabeça para a direita, consegui distinguir o branco brilhante do tênis. Atrás dele, junto a um afloramento rochoso marinho decorativo, apenas alguns metros abaixo da superfície, havia outra forma, uma que não tinha conseguido ver a partir do ângulo que tinha estado na área de observação. Era uma forma muito pequena para ser o tubarão e muito grande para ser um peixe. E estava se movendo.

— Steve!

Examinei a água mais uma vez, procurando o tubarão, mas não havia mais nada se movendo abaixo da superfície.

O.k. Eu iria fazer aquilo. Virei-me com cuidado, para que minha barriga ficasse apoiada contra a borda e meus pés ficassem pendurados sobre a superfície da água. Depois que pulasse no tanque, algumas braçadas rápidas me levariam até onde eu achava que Steve estava. O afloramento rochoso estava a apenas alguns metros abaixo da superfície. Não mais do que a parte mais funda de uma piscina. Eu era capaz de fazer aquilo. E, com certeza, não iria pensar em quão territoriais eram os tubarões-brancos. Ou como tinham 300 dentes. Iria pensar em mel de flor de laranjeira, no Del Taco e em orelhas de gatinho cintilantes.

Deslizei, agarrado à mureta apenas com as minhas mãos, e senti o primeiro choque da água fria do mar nos dedos dos pés.

— Que porra você está fazendo?

Steve? Por que Steve não estava no tanque? Seu tênis estava no tanque.

Minhas mãos escorregaram na borda de concreto e, então, minhas pernas balançaram descontroladamente, com meus dedos dos pés chutando a água.

— Steve?

Meus braços estavam pressionados contra minhas orelhas enquanto eu me esforçava para me segurar, mas, com o canto do olho, vi Steve, inteiro, intacto e usando apenas um pé do tênis, correndo em minha direção, vindo do lado do anfiteatro.

— Cam?

Tentei me impulsionar para cima com a ponta dos dedos, mas só consegui deslizar ainda mais para baixo.

— Steve, você pode...? — perguntei. — Estou escorregando.

Naquele momento, meus tornozelos já estavam na água, ensopando as bainhas da calça do meu smoking. O tecido se agarrou à minha pele enquanto eu continuava a me debater. Steve fez a curva e correu até onde eu estava, com seu próprio smoking todo retorcido. Inclinando-se, ele agarrou meus antebraços e puxou.

— Que diabos você está fazendo? — ele resmungou, enquanto tentava me puxar para cima.

— Tentando salvar você! — respondi e me apoiei inutilmente contra a lateral do tanque. Acima de mim, Steve arregalou os olhos, vendo alguma coisa. — O que foi? — perguntei e tentei virar a cabeça para onde ele estava olhando.

— Merda, merda, merda, merda, merda, merda. Vamos, Cam — ele disse e me puxou com mais força.

No entanto, em vez de mover para cima, a mão de Steve escorregou no tecido da minha camisa social e eu deslizei de volta para baixo. Minhas canelas mergulharam na água.

— Meu Deus! — Steve exclamou.

— O que foi? O que está acontecendo? — perguntei, mas eu sabia exatamente o que era. Só podia ser uma coisa. Finalmente consegui virar minha cabeça o suficiente para ver por cima do ombro. Uma longa sombra deslizava sob a superfície da água, bem em direção aos meus comestíveis dedos dos pés.

— Me tire daqui! Me tire daqui!

— Estou tentando!

Um alarme tocou e se repetiu nos alto-falantes de todo o parque. Ao nosso redor, vi luzes vermelhas acenderem.

— Meu Deus, vou ser comido e depois preso! — disse, sem pensar.

Cravei meus dedos na mureta e tentei escalar a lateral do tanque. Mas ela estava escorregadia demais por causa das algas, e eu continuei deslizando em direção à água. Sem dúvida, tudo o que eu estava fazendo era interessar o tubarão.

— Cale a boca! — Steve disse, agarrando meus antebraços e me puxando novamente.

Deslizei para cima, com meus pés saindo da água. Com um puxão forte final, Steve me suspendeu e me passou por cima da mureta. Caí em cima dele e aterrissamos com um baque no chão.

— Nossa! — eu disse, saindo de cima dele e olhando para o céu. — Meu Deus!

Steve se sentou, ofegante.

— Você é louco! — ele gritou tão alto que pude ouvir por cima do barulho do alarme que ainda tocava.

— Eu? — perguntei e também me sentei. — Por que seu tênis estava na água?

— Queria ver o que o tubarão faria antes que eu...

Passos soaram no calçamento. Levantei-me de um salto, pegando meu paletó e meus sapatos.

— Vamos!

— Onde? — Steve perguntou, ficando de pé e procurando um lugar para se esconder.

Peguei seu braço e apontei para a caverna que levava à área de observação subaquática. Havia uma pequena reentrância na rocha com alguns arbustos na frente dela.

— Ali.

As folhas arranharam nosso rosto ao nos escondermos atrás dos arbustos, bem a tempo de vermos Todd, Patrice e os outros manifestantes fazerem a curva. Todd segurava um alicate para serviços pesados e os outros traziam diversas ferramentas elétricas intimidantes.

— Salvem o tubarão! Salvem o tubarão! — eles entoavam.

Ao chegar junto à piscina, Todd ergueu no ar seu alicate para cortar metal.

— Sei que isso está acontecendo um pouco mais cedo do que planejamos, mas vocês estudaram o local. Vocês sabem o que fazer. Iniciem a Operação Mar Aberto!

Os manifestantes se dividiram, correndo para as diversas partes da área de exibição do tubarão. Naquele exato momento, um grupo de seguranças irrompeu na cena, falando através dos radiotransmissores portáteis.

— Enviem reforços! Repito, enviem reforços!

Assim que os seguranças passaram por nós, Steve puxou meu braço e apontou por entre os arbustos. Bem defronte de nós, perto do anfiteatro, havia uma porta com um adesivo "Saída de Emergência". Juntos, corremos pelo espaço aberto em direção à porta. Ao alcançá-la, Steve se deteve de repente.

— Espere. Diz uso só em casos de emergência. Você não se importa em quebrar uma regra? — ele perguntou, conseguindo manter a expressão séria, mas percebi uma expressão galhofeira nele novamente.

— Fica quieto! — respondi.

Tive certeza de que Steve pôde ver meu sorriso quando fechei a porta.

Descemos correndo uma escadaria de metal enferrujada, escorregadia por causa da névoa salina do mar, que rebentava a poucos metros de distância. A saída ficava perto da parte do parque que dava para a praia, embora não houvesse muita areia ali; apenas rochas marinhas escuras e ásperas. Quando pegamos uma passagem estreita paralela à praia, ouvimos um barulho enorme, seguido pelo som de cabos de metal se rompendo e, depois, uma ovação ruidosa.

Abruptamente, os alarmes pararam de soar e o único som era do ruído do mar de encontro às rochas. Nos últimos minutos de nossa fuga, o sol tinha mergulhado abaixo da linha do horizonte, deixando uma mistura de laranja, rosa e azul no céu. Entre as ondas, as rochas e as nuvens de algodão-doce, estava incrivelmente bonito. Apoiei as mãos nos joelhos e respirei fundo. A poucos metros de distância, Steve repetiu o meu gesto.

Em seguida, Steve começou a rir e caiu na gargalhada.

— Vou ser comido e depois preso — ele disse, ofegante, com sua habitual "voz de Cam" estridente. Em seguida, recomeçou a rir. — Sua cara... O tubarão...

Sua risada se converteu em uma tosse e ele se sentou no último degrau da escada.

Aproximei-me dele.

— Não tem nenhuma graça, Steve. Você estava tentando se matar.

A tosse de Steve perdeu intensidade e ele olhou para os pés, um descalço e o outro ainda calçado com um Air Jordan.

— Eu não ia me matar.

— Sim. Você ia.

— Não, não ia.

Steve disse as palavras seguintes tão baixo que quase se perderam em relação ao marulho.

— Não aqui, enfim.

Antes que eu pudesse responder, Steve se levantou de repente, esticou os braços sobre a cabeça e os sacudiu.

— Cara, aquele tubarão era assustador, não era? — ele disse, deu um sorriso falso e começou a caminhar ao longo do caminho da praia.

Recolocando meus sapatos, saltitei atrás dele.

— Steve...

— Você não devia estar salvando o tubarão. Você devia matá-lo, porra.

— Steve!

— Morra, tubarão! Morra! — ele disse.

Então, Steve fez uma arminha com os dedos e fingiu atirar, imitando o som de tiros. O caminho ficou mais acidentado, convertendo-se mais em uma trilha rochosa na areia do que uma passagem para pedestres de verdade. Consegui ver as pedras afiadas cortando o pé descalço de Steve. À nossa frente, o caminho se bifurcava: um seguia direto ao longo da costa e o outro guinava para um longo quebra-mar, que adentrava na baía. Steve fez uma pausa.

— Você ouviu aquelas pessoas comemorando alguma coisa um minuto atrás? Queria saber o que aconteceu — ele disse e pegou o caminho rumo ao quebra-mar. — Acho que se caminharmos até o fim poderemos ver o cercado do tubarão!

— STEVE! — chamei novamente, quase gritando.

Já a caminho do quebra-mar, ele se virou e abriu bem os braços.

— O que foi, Cam? O que você quer?

Quase tinha torcido meu tornozelo ao segui-lo, tentando vencer as rochas escuras e ásperas. Percorri mais alguns metros e parei, dando-me conta de que não tinha ideia do que iria dizer além de apenas repetir seu nome. Steve concordou com um gesto rápido e firme de cabeça, como se fosse exatamente o que ele tinha esperado.

— Deixe-me adivinhar. Você vai me dizer que tudo vai ficar bem? Que as probabilidades estão a meu favor?

Abri a boca e logo a fechei, porque sim, era basicamente por onde eu iria começar.

— Então o quê? — Steve desafiou. — Você vai estar ao meu lado enquanto me transformo em um cara murcho como uma uva-passa? Bem, foda-se. Não quero participar desse show fuleiro. Não quero meses convivendo com minha mãe aos prantos ou com a decepção do meu pai agora que não sou mais eu. Não consigo fazer isso. Não sou forte como você, o.k.?

— Como... eu? — perguntei, encarando-o da rocha que eu estava.

Steve gemeu e agarrou a nuca.

— Sim, Cam, você! Olha, confesso que quando tudo isso começou, não conseguia imaginar uma pessoa mais patética do que você.

— Ei!

Steve deu de ombros, sem remorso.

— Era por isso que eu gostava de estar perto de você. Por que eu devia me sentir mal por ser um cara fodido com câncer quando alguém como você existe no mundo? Mas então, independentemente de quanto eu o humilhei ou o constrangi, você continuou vindo, indiferente ao que todos pensavam. Quem faz isso?

Steve chutou a rocha com o pé com o tênis. Como ele podia estar tão enganado? De modo tão absoluto, estúpido e completo? Cambaleando, dei alguns passos para a frente, com os braços estendidos para me equilibrar.

— Cara, não é algo positivo. Acredite em mim. Não é coragem nem nada parecido. Era o que eu achava que tinha que fazer para ganhar alguém. Tinha que praticamente salvar o mundo porque estava com muito medo de descobrir se alguém se importaria comigo se eu não fizesse isso. Se o fato de apenas ser eu fosse digno de amor.

Steve bufou.

— Caramba. Você acabou de dizer "digno de amor"?

— Cale-se — disse, fuzilando Steve com os olhos.

— Desculpe, será que vagamos por uma peça de época? Eu devia usar um espartilho?

— Steve...

— Os sais aromáticos são uma coisa séria porque...

— Meu Deus, Steve! Simplesmente... Você...

Fiquei contente que ainda havia algumas rochas nos separando, porque do contrário eu iria estrangulá-lo, e aquilo era meio que o oposto da questão naquele momento.

— O que estou dizendo é que não sou corajoso. Basicamente, não sou nada além de medo. O tempo todo. Mas... Eu acho que tudo bem.

Por um momento, Steve olhou para mim, com a expressão indefinível. Então, ele se virou e olhou para o mar.

— Talvez para você.

Venci as últimas rochas que nos separavam.

— Para mim. Para você. Para qualquer um. Fingir que você não tem medo não é ser forte. Foda-se a falta de medo.

Steve riu, curto e grosso.

— Claro. Foda-se. Como se fosse tão simples.

— Talvez seja.

Steve girou, ficando bem na minha cara.

— Não para mim. Não quero ser você, Cam. Sou Steve Stevenson, porra!

Ele enfatizou aquilo batendo no peito.

— E daí? — gritei, recusando-me a recuar. — Você prefere morrer a deixar as pessoas perceberem que você está com medo?

— Sim — Steve respondeu. — Com certeza.

Então, perdendo a energia, seus ombros caíram, enrugando o paletó do smoking.

— Prefiro morrer — Steve murmurou. — Não devorado por um tubarão. Percebi que teria sido um erro. Mas por meio de alguma outra coisa. E, se eu morrer agora, pelo menos morro ainda sendo eu.

Abaixo de nós, as ondas quebravam nas rochas, com o mar formando redemoinhos nas gretas e nos sacos, antes de ser arrastado de volta para o alto-mar. O ciclo se repetia sem parar. Estendi a mão para Steve e depois deixei cair o braço.

— Ficar doente não muda quem você é.

Steve me lançou um olhar gélido e eu entendi que tinha dito a coisa errada.

— Isso é uma besteira — ele disse.

— Vamos, Steve, você...

Ele recuou um passo.

— O câncer muda você totalmente. Eu estou mudado para sempre por causa dele. Sei o que são células T agora. Sei que a químio deixa minha boca com gosto de moedas. Conheço o som da minha mãe rezando do lado de fora da minha porta à noite. E eu não quero mais mudar, o.k.?

A voz dele falhou na última palavra, mas Steve continuou.

— Porque quem eu serei então? Hein? Me fala?

Com a névoa do mar borrifando seu rosto, Steve ficou parado sobre a rocha, esperando por uma resposta. Eu sabia que tudo o que eu pudesse dizer seria errado. Eu iria estragar tudo. Talvez eu o magoasse ainda mais. Mas eu não poderia deixá-lo sozinho parado sobre uma rocha. Cuidadosamente, escolhi um caminho para me aproximar dele.

— Steve, eu entendo. Você está com medo — disse e tentei pegar em seu ombro, mas meus dedos mal tocaram o tecido úmido e ele se afastou.

— Não — ele disse, avançando aos tropeções pelas últimas rochas em direção ao quebra-mar e pondo o máximo de espaço possível entre nós. — Você não faz ideia. É fácil dizer "Foda-se a falta de medo" quando seu maior medo é convidar uma garota para sair. Seus problemas são muito pequenos, cara. Eu estou vendo agulhas e tomografias, vômito e merda e...

Steve fez um som sufocado.

— Eu não...

Ele tentou continuar. Fechou os olhos e inclinou a cabeça para cima.

— Eu não...

Porém, apesar de todos os seus esforços, as lágrimas rolaram, deixando rastros em seu rosto.

— Eu não quero morrer, porra? O.k.? — ele finalmente conseguiu dizer.

Agachando-se, arrancou o tênis restante do pé e o arremessou no mar.

— Porra!

O tênis pousou com um barulho insignificante, flutuou por um instante e desapareceu.

Steve se dobrou, enterrando a cabeça nos joelhos.

— Eu não quero morrer.

Cruzei as últimas rochas até onde Steve estava sentado. Tão longe da costa, tudo parecia pequeno. A praia distante, as palmeiras; até o parque aquático parecia do tamanho de um brinquedo. Diante de nós, o mar se expandia interminavelmente em todas as direções. A luz tinha desvanecido até um roxo suave, com o sol bem abaixo da linha do horizonte naquele momento. O único som era o constante ruído de fundo das ondas. Estávamos em suspensão, sozinhos, dois caras ferrados em um mundo crepuscular. Sentei-me ao lado de Steve, deixando minhas pernas balançarem junto às rochas.

— Não aguento mais — Steve disse, com a voz abafada pelos seus joelhos. Então, ele se endireitou um pouco e ergueu os olhos, não para mim, mas para o mar. — Não posso voltar para aquela casa e fingir que está tudo bem. Que sou um lutador. Que vou dar um pé na bunda no câncer — ele disse, com os dedos cravados nas dobras da calça. — E se eu não for forte o suficiente? E se esse não for mais eu? E se eu não conseguir?

— Steve, tudo bem se você não conseguir.

Consegui ver o momento em que as palavras foram registradas por ele. Raiva, dor, vergonha, mas então... Algo mais. Algo como paz. Finalmente. Eu tinha encontrado as palavras certas.

— Tudo bem se você não conseguir — repeti.

Steve desabou. Todo o seu corpo começou a tremer. Ele não estava tentando reprimir nada naquele momento. Eram apenas soluços intermináveis e torturantes. E eram altos. Realmente altos. E havia muco. Em toda parte. Eu tinha que fazer algo. Minha mão pairou inutilmente sobre seu ombro. Eu devia? Sim. Eu ia fazer aquilo. Eu apoiei minha mão no seu ombro e o afaguei com delicadeza. Mas não pareceu surtir efeito algum. Steve simplesmente chorou ainda mais.

— Steve, posso te abraçar?

Steve engasgou ao rir e fungou.

— Você está pedindo consentimento?

Bufei e sorri.

— Sim. Estou pedindo consentimento para abraçá-lo.

Steve fez um pequeno gesto de indiferença, com o rosto ainda enterrado nas mãos.

— Não me importo.

Então, eu cheguei mais perto, com o flanco do meu corpo se encostando ao dele. Quando ele não se afastou, estendi com cuidado meus braços, passando-os em torno dele. Em seguida, eu o puxei para mim e... o abracei. No início, foi estranho; seu paletó amarrotado e as lapelas meio que cutucaram. E a careca de Steve acabou prensada no meu nariz. Mas então ele meio que relaxou. E eu meio que relaxei. E Steve encostou sua cabeça no meu ombro e nós simplesmente ficamos ali. Por um bom tempo.

E era apenas o mar e nós.

Finalmente, Steve deixou escapar um suspiro.

— Sabe, você é um idiota.

Eu recuei, deixando cair meus braços.

— Caramba. E eu achei que acabamos de ter um momento muito tocante.

Steve se sentou reto, apoiou as mãos para trás e se reclinou um pouco, com um leve sorriso.

— Você disse que tinha medo que ninguém se importaria com você se você não fosse o Cam salvador do mundo o tempo todo. Mas eu percebi que você era um idiota no momento em que te conheci, e mesmo assim gostei de você. Então, seu grande medo é bem estúpido.

— Hã — deixei escapar, e foi a única palavra que consegui dizer. Eu não tinha... Aquilo não foi... Como eu não...

Steve ficou me observando, apreciando minha hesitação.

— Sim — ele disse. Então, levantou-se com um pulo e recomeçou a caminhar em direção ao quebra-mar. — Vamos, idiota.

— Tanto faz, covarde — murmurei, enquanto me esforçava para alcançá-lo. À minha frente, Steve me mostrou o dedo do meio e continuou andando.

Ao chegarmos ao estacionamento do parque aquático, paramos.

— Nossa!

— Puta merda! — Steve acrescentou.

A entrada do parque aquático estava iluminada por luzes vermelhas e azuis piscantes. Meia dúzia de carros da polícia estava estacionada desordenadamente, alguns no meio da calçada. Furgões das emissoras de rádio e TV com as antenas levantadas formavam um segundo anel. Os policiais se movimentavam sob a arcada de boas-vindas, com suas criaturas marinhas sorridentes, com radiotransmissores portáteis nas mãos. Ao lado da fonte gigante em forma de conchas, os repórteres se aglomeravam com os microfones junto à boca, enquanto os operadores de câmera se agachavam com suas pesadas câmeras pretas, entre cabos grossos que serpenteavam no chão.

— ... E ficamos sabendo que um grupo de manifestantes...

— Os representantes do parque aquático se recusam a comentar. Várias prisões...

— ... Livre. Eu repito. O tubarão está livre.

Tomando cuidado para ficarmos nas sombras, Steve e eu contornamos o caos, ficando atrás de um grupo de curiosos que se acotovelavam para ter uma visão melhor da ação.

— Alguém viu meu filho Steve?

Do outro lado do estacionamento, os pais de Steve abriram caminho no meio do público, parecendo preocupados e confusos. Ao meu lado, Steve ficou paralisado.

— Putz, mandei um e-mail para os seus pais quando estava vindo para cá — murmurei.

— Meu Deus — Steve disse, ficando pálido.

— Bem, eu não disse nada específico a eles, se isso ajuda. Mas, enfim, desculpe — disse, encolhendo-me de medo, mas Steve só suspirou.

— Você fez a coisa certa. Eu preciso ter uma conversa com eles.

Vi as luzes vermelhas e azuis dançarem no rosto de Steve. Enquanto isso, pasmado, ele ficou olhando para os pais, mas sem se mexer.

— Você quer que eu vá com você? — perguntei.

Steve se animou e sorriu para mim, embora estivesse um pouco trêmulo.

— Acho que devo fazer isso sozinho. Você pode esperar? — ele disse, olhando para o chão, constrangido.

— Claro, com certeza. Vou ficar debaixo daquela palmeira — falei e apontei para uma palmeira um pouco mais adiante no estacionamento, longe da atenção da polícia.

— Legal — Steve respondeu, subitamente determinado, e caminhou em direção aos pais, com as mãos nos bolsos e os pés descalços.

— Ah, talvez seja melhor não mencionar especificamente a parte do tubarão, porque a polícia está fazendo prisões. Melhor falar dos sentimentos. Compartilhe isso — gritei para ele.

Steve fez um sinal de positivo com o polegar para mim.

Não consegui ouvir o que Steve disse a eles, mas vi sua mãe dar um grande e arfante soluço e o puxou com força. Ele e seu pai bateram no braço um do outro e pareceram estranhos, mas ficaram conversando. Conversaram por um bom tempo. Eu me agachei sob a palmeira e esperei. Finalmente, o pai de Steve o abraçou e recuou.

Steve se aproximou de mim.

— Meu pai admitiu que ficou com medo — Steve disse, como se as palavras fossem outra língua.

— Sim.

— É muito estranho. Nunca pensei... — ele começou a dizer e parou.

— Eles estão bem? — perguntei.

Steve deu de ombros.

— Quem é que sabe? É uma merda total. Mas acho que vai ficar melhor agora. Melhor, mas não bom.

— Ainda bem. Fico feliz.

— Obrigado.

O momento se prolongou e se tornou muito estranho. Eu me levantei, sacudindo minha calça.

— Então, bem, eu acho... Boa noite? Seus pais vão levar você para casa?

— Do que você está falando, Cam? E o baile?

— Sim, eu sei — respondi, apontando para nossos smokings desgrenhados. — Só achei que...

— Você achou que eu perderia o baile? É Cardi B, porra! Em nosso baile, Cam! Você percebe como eu estava confuso antes? Se eu estivesse em meu juízo perfeito, você acha que eu me mataria antes de ver a Cardi?

— Você tem certeza?

— Olha, pedi a meus pais que me arranjem um terapeuta ou algo assim. Vou cuidar disso. Aliás, você também deveria pensar na possibilidade de arranjar um terapeuta. Talvez possamos conseguir um desconto...

Eu ri, mas concordei; provavelmente era uma boa ideia.

— Mas neste momento estou me sentindo bem. E não há hipótese de eu ficar de fora disso. De qualquer forma, provavelmente deveria me desculpar com Kaia.

— Ah, merda. Kaia! — exclamei.

Já estava escuro, o que significava que o baile tinha começado há pelo menos uma hora. Peguei meu celular. Havia inúmeras mensagens de texto. E muitas delas estavam em letras maiúsculas. Steve olhou para a tela e depois para mim.

— Ui!

— Sim.

— Cam? — alguém gritou.

As visões de Kaia arrancando os meus membros, um por um, foram interrompidas. Virei-me. Perto dali, um policial tinha escancarado as portas traseiras de um camburão e estava embarcando um grupo de pessoas algemadas. Um dos presos levantou as mãos.

— Cam! Nós conseguimos!

Era Todd, um pouco arranhado, mas sorridente.

Acenei de volta.

— Parabéns!

— Caramba. Deve ser Steve!

Atrás de Todd, Patrice ficou saltando de excitação, ignorando as advertências do policial.

— Patrice! — gritei. — Você tinha razão! É *A culpa é das estrelas*. Na verdade, é um pouco mais parecido com *Seu amor, meu destino*, com um toque de *Um amor para recordar* e um pouco de *Doce novembro*! Mas tanto faz. Você entendeu. É uma história de amor que envolve câncer. Totalmente!

Patrice deu um soco no ar com os punhos.

— Sim! Eu sabia!

Ela estava sorrindo como uma maníaca enquanto embarcava no camburão.

Intrigado, Steve inclinou a cabeça.

— Eu quero mesmo saber o que você está falando com esses criminosos?

Agarrei seu braço e o puxei em direção ao meu carro.

— Não. Não é importante. O que é importante é que vamos juntar você e Kaia novamente.

21

KAIA TINHA DESAPARECIDO. STEVE E EU ABRIMOS CAMINHO no meio das pessoas no salão de baile do Radisson. Não conseguíamos ver seu vestido amarelo cintilante em lugar nenhum.

— Kaia? — chamei.

— Alguém viu a Kaia? — Steve acrescentou. Quase toda a turma do 3º e 4º anos se espremia sob a alga de papel crepom, e, pelos olhares que algumas pessoas estavam dirigindo a Steve, Kaia não tinha mantido as coisas em segredo. Um vídeo projetava peixes na pista de dança, onde grupos de garotos e garotas se exibiam ao som de um antigo funk, mas Kaia não estava entre eles. Verifiquei as mesas espalhadas ao redor das extremidades do salão, mas os balões azul-piscina e roxos, que davam a impressão de bolhas, obstruíam a minha visão. Assim como os caranguejos e polvos de plástico pendurados em móbiles. A comissão de decoração havia dado tudo de si, mas não tinha facilitado as coisas para encontrar uma garota pequena e provavelmente muito irritada.

Dois caras do time de beisebol passaram por Steve, jogando-o contra uma sereia de papel machê de tamanho natural. Não tive certeza se foi um acidente. Apontei meu queixo em direção ao palco e gritei por cima do hip-hop dos anos 1990.

— Vamos tentar lá.

Aos nos aproximarmos dos seguranças de Cardi, Steve sorriu para eles.

— Vocês não me reconhecem? Sou o triste garoto com câncer — ele disse.

Eles nos autorizaram a passar. Nos bastidores, havia um formigueiro de pessoas de camisas pretas, muito sérias e muito intimidantes, mas nenhum sinal de Kaia. A equipe técnica de Cardi estava dando os toques finais no superproduzido espetáculo dela e Steve se distraiu imediatamente.

— Puta merda, isso é um balanço? — Steve perguntou a um cara musculoso, que estava testando os cabos presos a algo parecido a um balanço cintilante.

O sujeito concordou.

— O que Cardi faz? Senta-se nele?

Um grunhido foi a única resposta, mas foi o suficiente.

Steve deu um pulo.

— Sim! Essa é a minha garota! Voando como uma super-heroína. Posso ver?

— Steve! Foco! — disse. Por trás da cortina, corri os olhos pelo público. Ainda nada de Kaia. — Vou até o palco ver se consigo avistá-la — avisei.

Steve nem se incomodou em olhar para mim. Ficou examinando um cinto de segurança, com um monte de correias, de aparência ameaçadora.

— Legal. Maneiro — ele disse. Em seguida, ergueu um emaranhado de tecido preto. — Então, isso vai debaixo do figurino dela?

Suspirei, deixando Steve em sua tietagem, e pisei no palco. Semicerrando os olhos sob a iluminação intensa, aproximei-me do DJ e fiz uma pergunta em voz alta em seu ouvido. Ele me entregou um microfone e cortou a música.

O público resmungou nervosamente.

— Cardi! Cardi! Cardi! — algumas pessoas começaram a entoar.

No entanto, pararam quando me viram.

— Oi, pessoal. Desculpe interromper a noite de vocês.

— Queremos Cardi! — gritou um dos *brothers* de Steve.

— Cardi vai se apresentar em breve. Só preciso da atenção de vocês por um instante. Alguém viu Kaia Gonzales?

— Por que você está sempre procurando a Kaia? — perguntou a fã de Cardi da festa de Steve. E ela tinha razão.

— Prometo que provavelmente é a última vez que estou procurando por ela — disse.

Depois que Kaia ouvir o que eu tinha para dizer, ela nunca mais falaria comigo.

— Mas, bem, alguém a viu? Alguém do grêmio estudantil? Do anuário? Qualquer pessoa? — continuei.

Vários grupos de pessoas na pista de dança fizeram gestos negativos com a cabeça.

— O.k., bem, se alguém a encontrar...

Os gritos recomeçaram.

— Cardi, Cardi, Cardi.

— Se alguém a encontrar, pode dizer a ela que Cam Webber tem algo a...

No fundo do salão, vi Kaia passar pelas portas duplas. Ela avançou em direção ao palco, com alguns fios de cabelo do seu coque apertado saindo do lugar.

— Estava ajudando algumas pessoas a achar a Lopez debutante. Alguém disse que precisavam de mim...

Kaia parou quando me viu no palco.

— Cam, onde você estava?

Então, ao vê-la de verdade, eu não sabia o que dizer. As pessoas saíram da frente de Kaia, fazendo um semicírculo imperfeito na pista de dança. Seu vestido brilhou suavemente sob as luzes azuis ondulantes que deviam simular o mar. Aborrecida e confusa, ela olhou para mim. O que não foi legal, porque eu ainda gostava muito dela.

— Eu sei. Estou atrasado. Sinto muito. Mas há algo que você deve saber — disse, finalmente.

O DJ escolheu aquele momento para colocar algo de Ed Sheeran, achando que estava me fazendo um favor.

— Caramba! Eu não sabia que as pessoas faziam isso de verdade! — uma garota de vestido de baile roxo gritou e agarrou o braço da amiga.

— Não! Não! — eu disse, acenando para o DJ. — Sem música. O que vou dizer não tem nada a ver com aquele tipo de coisa de pegar o microfone e interromper o baile. Obrigado, mas...

O DJ cortou a música.

— Obrigado.

— É um jeito elegante de se desculpar por me abandonar esta noite? — Kaia perguntou. — Se for, é melhor você se apressar, porque estamos ficando sem ponche e a mesa de sobremesas precisa de reposição e...

— O.k. Tudo bem. Eu sei que você está ocupada. Vou só... Não. Aliás, você se importa se fizermos isso fora do palco? Eu meio que vim aqui só para te procurar. Não para… — disse e fiz um gesto discreto para todos que nos observavam. — Não para fazer um escarcéu.

Kaia cruzou os braços.

— O tempo está passando, Cam. Eu já desisti do meu sonho de um baile romântico extravagante. Sou basicamente um serviço de bufê em um vestido chique.

Fechei meus olhos. Estava fazendo aquilo na frente de todos. Endireitando meus ombros, abri meus olhos e disse:

— Kaia, aquela foto que você viu de Steve com aquela garota não era real. Eu a postei para fazer você achar que ele te traiu.

— O quê? — Kaia exclamou, sem denotar raiva.

Na verdade, ela pareceu ainda mais confusa quando captou minha deslealdade. O resto das pessoas, porém, já havia formado uma opinião a meu respeito.

— Você não vale nada! — alguém gritou.

Concordei com aquela avaliação precisa com um gesto de cabeça. Em seguida, continuei:

— E não é só isso. Tenho que ser sincero. Só fiz toda essa coisa de Salvem Steve para impressioná-la. Não era realmente sobre Steve. Só fiz tudo isso porque… Bem… Esperava que você gostasse mais de mim.

— Uau! — a garota do vestido de baile roxo disse.

Mas a amiga ao lado dela afirmou:

— É meio assustador.

Perplexa, Kaia não tirou os olhos de mim.

— Cam… Isso é uma loucura.

— Reconheço isso agora. Olha, eu sei que errei muito. Sei que não sou a "Melhor Pessoa". Sou apenas uma pessoa comum.

Kaia não me corrigiu. Houve apenas um silêncio incômodo. A única coisa que parecia se mover em todo o salão eram os peixes projetados, que circulavam lentamente na pista de dança.

— Então Steve não me traiu?

— Não.

— Mas então por quê… — ela começou a dizer, piscando seguidamente.

De algum lugar acima de nós, alguém gritou:

— Pera aí. Eu posso responder.

Todo o salão se esforçou para localizar a origem da voz. Houve um clique, depois o zumbido baixo de um motor elétrico e, então, descendo do urdimento em um balanço cintilante, estava Steve Stevenson.

O DJ, ao sacar claramente seu momento, voltou a entrar em ação, e Ed Sheeran recomeçou a tocar no sistema de alto-falantes. Apertando alguns outros botões, ele diminuiu as luzes e acionou uma máquina de bolhas de sabão, que soltou uma cascata de bolhas iridescentes que flutuaram sobre o salão. As bolhas estouraram delicadamente no rosto de Kaia, que estava ali, paralisada, olhando fixamente para seu ex-namorado sentado em um balanço a 2,5 metros acima do palco, vestido com um smoking desgrenhado e sem sapatos.

— Steve?

— Maneiro, não é? O pessoal da Cardi me deixou experimentar — ele disse.

Em seguida, Steve se balançou um pouco e quase caiu. O público ficou com a respiração suspensa.

— Não se preocupe, Kaia. Estou bem. Estou usando cinto de segurança.

— Steve... O que você está... Por quê...?

— Vou explicar, mas... — Steve disse e acenou para Kaia avançar. — Você pode subir no palco? Você está meio longe. Quando Cam começou a falar, eu já estava amarrado a essa coisa, e não é muito fácil sair dela.

Parecendo extremamente confusa, Kaia subiu os degraus através de uma cortina de bolhas. Steve acenou para alguém nos bastidores e o balanço começou a descer novamente.

— Lamento ter mentido para você, Kaia — Steve disse enquanto descia. — Só fingi ter te traído porque...

Com um solavanco, o balanço deu uma guinada e então parou. O público se sobressaltou quando Steve foi lançado para a frente. Ele tentou agarrar os cabos que prendiam o balanço, mas errou o alvo e caiu. Ficou pendurado a quase 2 metros do piso do palco, girando lentamente preso aos cabos de segurança.

— Steve! — Kaia exclamou.

Corri na direção de Steve, mas ele me dispensou.

— Está tudo bem — Steve disse. — Bem, Kaia, só vou esperar um segundo até parar de girar.

— Sim. Tudo bem.

Pendurado acima dela, Steve esperou que a rotação ficasse mais devagar. Uma nuvem de bolhas flutuou entre eles. Ela tentou afastá-las com as mãos. Steve tentou chutá-las enquanto girava.

— Muitas bolhas.

— Tem a ver com o tema do baile — Kaia falou no meio da nuvem.

— Já percebi — Steve disse, ainda girando.

Finalmente, a tempestade de bolhas passou e eles puderam se ver.

— E você fez um ótimo trabalho. Adorei... — ele afirmou e olhou ao redor em busca de algo específico. — A alga.

— Obrigada — Kaia disse e sorriu sem jeito.

Finalmente, a engenhoca dos cabos de segurança se estabilizou em uma oscilação suave. Steve tentou pegar a barra do balanço pendurado perto, mas não conseguiu agarrá-la. Ele olhou para os bastidores em busca de alguma orientação.

— Você está bem preso? — um técnico perguntou. — Tudo bem, então. Vou cuidar disso.

Steve ajeitou as correias do cinto e olhou para Kaia com grandes olhos compungidos.

— Sinto muito ter mentido para você esta manhã. Concordei com o plano de Cam para que você não tivesse que lidar com minhas merdas. Sei que foi estúpido e egoísta. Mas entrei em pânico. Porque, bem...

Na pausa, senti todo o público no salão ser todo ouvidos. Inclusive Kaia. Steve me olhou nos olhos e eu vi um lampejo de medo, mas ele continuou.

— Recebi os resultados de alguns exames e... O câncer não está regredindo.

O público reagiu com decepção e surpresa.

— O quê? — Kaia exclamou, chocada.

— Sim, parece que estou piorando. Piorando muito, talvez. E pode ficar bem feio.

— Meu Deus — Kaia disse e estendeu a mão na direção de onde Steve pendia acima dela.

Steve estendeu a sua e os dedos deles se roçaram. Lágrimas começaram a rolar pelo rosto de Kaia. Então, como se estivesse sentindo o peso do momento, Steve tentou aliviá-lo.

— Quer dizer, você pode dar um beijo de adeus no gostosão aqui — ele disse.

A fala de Steve careceu da confiança habitual, mas Kaia mesmo assim reprimiu uma risada em meio às lágrimas.

— Fiquei envergonhado — ele continuou, sincero. — Não queria que você me visse assim. Fraco. Talvez até morrendo. Então, eu te afastei. Fiz você terminar o namoro comigo, em vez de admitir a verdade. Porque sou um covarde. Mas mesmo que eu seja um covarde, há algo que quero perguntar a você.

O salão ficou em silêncio. Os rapazes largaram suas bebidas. As garotas cruzaram os dedos. Os casais se abraçaram. Kaia enxugou uma lágrima.

— Ainda tenho medo, Kaia. Mas não tenho mais medo de você me ver fraco — ele afirmou e sorriu, vulnerável e honesto. Em seguida, apontou para o cinto. — Então, se eu conseguir sair dessa coisa, gostaria de perguntar se você...

— Steve, pare — Kaia pediu, perdendo o fôlego.

Houve um murmúrio de excitação. Todos podiam ver como Kaia queria desesperadamente puxá-lo para baixo e abraçá-lo.

— Dá um pulo e beija ele! — gritou a garota do vestido de baile roxo.

O público deu uma risadinha nervosa.

— Será que ninguém pode me pôr no chão? — Steve disse, dirigindo-se novamente aos bastidores. — Porque sinto que posso fazer as pazes com minha namorada de uma maneira muito melhor ficando parado sobre os dois pés.

— Steve... — Kaia repetiu.

— O que foi? — Steve perguntou, olhando para Kaia de novo, com a expressão aberta, pronto para dar a ela o que ela quisesse.

— Steve... Eu não te amo.

Que porra era aquela?

O público deixou escapar uma mistura de "Ohs!" e "O quês?".

— Kaia disse que não ama Steve? — perguntei a mim mesmo. Devo ter ouvido mal.

— Ah, graças a Deus! — Steve exclamou e despencou. Os cabos assobiaram e ele caiu na direção do palco, parando com um solavanco pouco antes de se estatelar.

— Caramba! Alguém pode ajudá-lo?! — Kaia perguntou, aturdida.

Tremendo, Steve se endireitou, mas só para descobrir que seus pés ainda pairavam a 30 centímetros do chão.

Comecei a atravessar o palco. Steve estava ficando humilhado demais. Eu precisava parar com aquilo.

— Por favor, desligue a música! — Kaia pediu, afastando outra cascata de bolhas enquanto tentava firmar Steve. — Isso é uma loucura — ela disse enquanto puxava a fivela do cinto, tentando soltá-lo.

Uma onda de descontentamento tomou conta do salão. Achei ter ouvido uma vaia. Depois, mais algumas. As pessoas estavam vaiando Kaia?

— Esperem! Não! — disse e corri para o centro do palco. — Ouça o Steve, Kaia!

Steve precisava terminar. Precisava dizer para Kaia que ele a amava.

— Steve... — eu implorei.

— Cam, pare... — Steve disse, afastando Kaia da tentativa de soltá-lo.

— Alguém pode desligar a máquina de bolhas? — Kaia perguntou, dirigindo-se aos bastidores.

— Mas vocês dois... Vocês têm que... — disse.

Peguei Steve pela mão e o puxei na direção de Kaia, com os cabos zunindo atrás dele. O público ovacionou. Kaia parou. Dei um empurrão nele, mas talvez com demasiada força. Steve ganhou muita velocidade na direção dela, fazendo com que Kaia saltasse para fora do caminho. Ele passou voando por ela.

Todo o público teve um ataque de raiva.

— Você está mesmo dando um pé na bunda de um cara com câncer? — um quartanista com um smoking rosa gritou.

O público concordou. Até ouvi alguém gritar "vadia".

— Está tudo bem! — Steve disse, estacionado à beira do palco. — Sério! Não estou triste!

Como ele podia dizer aquilo? Aquela era Kaia. Se Kaia tivesse acabado de me rejeitar, eu ficaria arrasado. Destroçado. Mergulhando em parafuso em um buraco negro de esquecimento. Mas Steve apenas deu de ombros.

— Sinceramente, ter câncer é muita coisa. Não tenho certeza se tenho estrutura emocional para um relacionamento neste momento — ele disse a todos. — E, de qualquer forma, realmente não temos nada em comum.

Mas ninguém estava ouvindo. As vaias estavam ficando mais altas. Kaia olhou para o público. Ela parecia que estava olhando para seu próprio buraco negro de esquecimento. Steve tentou se balançar na frente dela para protegê-la da afronta. Kaia, porém, o pôs de lado e se dirigiu até a beira do palco.

— Vocês estão me vaiando? — Kaia perguntou.

Em resposta, o público redobrou seus esforços. Ela piscou e deu um passo à frente.

— Vocês estão mesmo me vaiando? — voltou a perguntar, com o corpo trêmulo e o rosto vermelho. — Anuário, não é?

Então, ela recebeu outra vaia estrondosa.

— Grêmio estudantil! E comissão do baile!

Kaia fuzilava com os olhos cada grupo, com sua raiva aumentando. E então ela perdeu o controle.

— Filhos da puta — rosnou baixinho.

Ela roçou em mim ao andar pisando forte em direção aos degraus que a conduziam para fora do palco. Juro que senti o calor irradiando dela.

Kaia entrou na pista de dança, agitando os braços.

— Parem de vaiar, seus escrotos!

— Olha a boca! — o senhor Holmes, diretor da escola, repreendeu, mas Kaia lhe lançou um olhar fulminante e ele se retraiu.

Chocado, o público diminuiu as vaias.

— Estou farta de todos vocês! — ela disse e caminhou direto para a mesa do anuário. — O quê? Você quer que eu também faça isso para você? — perguntou ao léu e fez um movimento abrupto com a cabeça, provocando. — Hein?

Algumas pessoas saíram correndo, assustadas. Kaia se virou.

— É isso? Namorar um cara de que eu não gosto? — continuou, abrindo caminho entre o público atordoado. — Eu ia terminar o namoro com ele! E então Steve me convidou para acompanhá-lo no baile e me enganei achando que estava realmente apaixonada por ele, porque fiquei com muita vergonha de dizer não na frente de todos vocês. Claro, fiquei chateada com a traição dele, mas também me senti aliviada, porra. Mas, tudo bem, continuo namorando um cara com quem não tenho nada em comum porque ele subiu em um balanço e tem câncer. E isso deixa vocês em êxtase! Por quanto tempo tenho que fazer isso? Só por esta noite? Por algumas semanas? Para sempre? — disse e encarou o cara de smoking rosa. — Quanto tempo vai te deixar feliz? — perguntou a ele.

Furiosa, Kaia deu um soco em uma mesa, fazendo os pratos estremecerem.

Todos ficaram paralisados.

— Talvez eu deva me casar com ele? Por que não, porra? Eu já faço todo o resto para vocês, seus babacas! — disse e começou a voltar para o palco, enquanto fazia a contagem. — Grêmio estudantil! Debate! Baile! Feministas pelo caralho do tricô! Vocês acham que eu gosto de fazer tudo isso? Receber mensagens à meia-noite?

Então, seu tom de voz se alterou para algo choroso, melodioso.

— Ah, precisamos de papel espuma para amanhã, Kaia. Você consegue alguns para nós? — disse e passou a gritar: — Consigam vocês mesmos, porra!!! Papel machê, sua maldita sereia! Já deu! Pra mim chega!

Ela descarregou toda a sua raiva na sereia em tamanho natural e a derrubou. Os caras no palco gritaram e se dispersaram.

— Vão em frente, me odeiem o quanto quiserem! — Kaia disse e caminhou até o outro lado do palco. — Sabe o quê? — ela perguntou e chutou a segunda sereia na barbatana. — Não me importo mais com o que um bando de gente medíocre como vocês pensa de mim — prosseguiu e fez um buraco no rosto da sereia. — Estou farta — afirmou e, então, arrancou a cabeça da sereia e a jogou no público.

— Fodam-se todos vocês! — Kaia concluiu e saiu pisando forte do salão.

No novo silêncio, todos nós assimilamos o que tínhamos acabado de ver.

— Puta merda, isso foi um tesão.

Ao meu lado, ouvi Steve rir, com os pés descalços ainda pairando 30 centímetros acima do palco.

— Ah, Cam. Não me diga que você teve uma ereção?

Fiquei vermelho. Não tinha percebido que disse aquilo em voz alta.

Steve e eu saímos para a ampla varanda de ladrilhos cor de laranja do salão de baile que dava vista para o mar abaixo. Finalmente, tínhamos conseguido livrar Steve do cinto com a ajuda do pessoal de Cardi. Por segurança, decidimos que devíamos procurar Kaia juntos. Nós a encontramos no outro lado da varanda, com os cotovelos apoiados no parapeito e o vestido esvoaçando ao seu redor na brisa noturna, e olhando para o mar de cara feia, como se ele tivesse algo a ver com o que tinha acontecido.

— Bem, esse é um baile que vai ficar na memória — Steve disse, ao chegarmos perto dela.

Kaia se virou e fungou, enxugando o nariz com o dorso da mão.

— Você está bem? — perguntei.

— Sim. Ainda quero matar alguém. Mas, sim, estou bem — ela respondeu e olhou para Steve. — Desculpe — disse para ele e voltou a baixar os olhos.

Steve ergueu as mãos.

— Não tem de quê. Tudo o que quero é que as pessoas me tratem exatamente como se eu não tivesse câncer. E se isso inclui me dar um pé na bunda em público, tudo bem para mim. Na verdade, é um alívio. Você meio que me assusta.

— Obrigada — Kaia disse, rindo.

Steve se inclinou para perto de mim.

— Mas há algumas pessoas que se excitam com demonstrações de raiva insanas — ele sussurrou em meu ouvido e me cutucou nas costelas.

Arregalei os olhos e fiz um discreto gesto negativo com a cabeça. O que diabos Steve estava pensando? Ele não podia estar...

— Kaia, podemos conseguir algo para aliviar essas cordas vocais devastadas? Um ponche, talvez? — Steve perguntou calmamente, pegando meu cotovelo.

Tentei soltá-lo.

— Com certeza — Kaia concordou e voltou a olhar para o mar.

Steve me arrastou até uma mesa que tinha uma tigela de ponche pela metade e alguns copos de plástico biodegradável (Kaia) e serviu um pouco de líquido rosado pegajoso em um copo.

— Cara, essa é a sua chance.

— Você está louco? — perguntei, meio gritando, meio sussurrando. — Não posso convidá-la para sair agora. Ela acabou de terminar o namoro com você.

Steve pegou outro copo e o encheu.

— Cam, amigão. Ela beijou você. Duas vezes. Aquele em que ela estava superbrava foi superquente. E ela passou todo aquele tempo com você. Mesmo enquanto ela e eu estávamos namorando, Kaia falava de você sem parar. Aquela dança que você fez. Quer dizer, ela não ia ficar quieta a respeito daquilo. E, sinceramente, eu não quis te dizer isso naquela noite no minigolfe, mas... Você tinha razão. Você é melhor para ela.

Encarei Steve, realmente querendo acreditar nele.

— Não importa — eu disse. — Não posso convidá-la para sair agora. Kaia sabe tudo o que eu fiz e acabou de dizer que quer matar alguém. Você viu o que ela fez com aquelas sereias!

— Então? Você passou meses tentando criar o momento perfeito. Veja o que aconteceu.

Murchei um pouco. Droga. Steve tinha razão. Ele me deu uma pequena sacudida.

— Além disso, se o tubarão não acabou com você, você acha mesmo que isso vai? — Steve perguntou.

Então Steve me entregou dois copos de ponche e me deu um empurrão.

Comecei a voltar até onde Kaia estava, segurando com cuidado os copos, com o líquido rosado quase transbordando a cada passo. Achei que todas aquelas sensações horríveis começariam a se manifestar. Mas nada aconteceu. Não senti a barriga doer. Não senti as pernas tremerem. Não senti o peito apertar. Não senti falta de ar. Por que não?

Aproximei-me de Kaia. Ela devia ter ido até a mesa de comida porque segurava um prato com uma fatia de bolo e a estava esfaqueando com raiva. Tentei não interpretar aquilo como um sinal.

— Olha — disse e ofereci um dos copos a ela.

— Obrigada — Kaia disse, pegando o copo e o apoiando no parapeito.

Contemplei o mar, nervoso. Mas só um pouco. Era diferente de todas as outras vezes em que eu estava prestes a lhe perguntar. Anteriormente, só conseguia pensar em um buraco negro infinito. Uma aniquilação completa. Mas naquele momento...

Virei-me para olhar por cima do meu ombro. Steve estava do outro lado da varanda, dando pedaços de bolo para uma gaivota.

E talvez aquela fosse a diferença.

Steve.

Virei-me para Kaia.

— Só para que fique claro, reconheço plenamente que este é o pior momento para fazer isso.

— O quê? — Kaia perguntou, não tirando os olhos da sua fatia de bolo.

— Então, você ouviu tudo o que eu disse no palco mais cedo...

— Sim — Kaia disse, enfiou o garfo no bolo e começou a esmagar as migalhas no prato.

— Numa escala de 1 a 10, quanto você está zangada comigo agora?

— Onze — ela respondeu e um dente do garfo quebrou quando ela pressionou.

O.k., na verdade talvez eu devesse esperar uma ou duas horas. A imagem da sereia decapitada passou pela minha mente.

— Sim, acho que talvez eu não tenha deixado claro antes, mas sinto muito, muito mesmo. Lamento insanamente por tudo. Infinitamente. E, bem, eu só queria...

— Mas eu vou superar isso — Kaia disse, e fiquei paralisado.

Ela colocou o prato com o bolo mutilado no parapeito da varanda.

— Mesmo que suas motivações fossem, digamos, pouco puras, você arrecadou, tipo, 30 mil dólares para Steve. E, sei lá, formamos uma equipe muito boa por um tempo, não é? Quer dizer, você nunca me fez sair à meia-noite para pregar cartazes — ela disse, suspirou e se virou para mim. — Acho que o que estou dizendo é que há mais tubarões para salvar — Kaia afirmou e arregalou os olhos. — Caramba! Você ouviu as notícias a respeito do tubarão? Muito louco, não é?

— Ah, sim — balbuciei e olhei por cima do ombro para ver Steve novamente. Havia várias gaivotas ao redor dele naquele momento. Ele parecia um pouco preocupado com aquilo. — Sim, muito louco — concluí.

— E... Eu... Eu também fiz algumas belas cagadas — ela disse.

Virei-me para Kaia. Ela estava mexendo no strass do seu vestido.

— Não tão estúpidas quanto a sua. Mas eu não devia ter te beijado para me vingar de Steve. Não foi legal — ela continuou.

— Ah, bem, eu achei legal.

Kaia desviou o olhar, dirigindo-o para o mar, e, em apuros, mordeu o lábio.

Aquele era o momento.

— Kaia, eu devia ter perguntado isso a você há muito tempo, mas não perguntei e eu simplesmente.... — disse, mas minha voz saiu estridente. Por quê? Tentei fazê-la voltar ao normal. — Eu quero saber...

Saiu pior.

— O quê?

Pigarreei.

— Depois do baile, talvez amanhã, na próxima semana, ou, sei lá, não importa quando... Você quer sair comigo? Não como amigos. Nem para salvar alguma coisa, mas... Como um encontro. Um encontro normal?

Puta merda. Eu tinha conseguido. Por um momento, não sabia onde estava. Eu me encontrava em algum lugar do mundo onde finalmente tinha dito as palavras e estava nas nuvens. E então percebi que Kaia olhava para mim. Algumas mechas soltas do seu cabelo roçavam seu rosto, fustigadas pela brisa do mar. O luar fazia um destaque prateado perfeito em seu ombro. Seu olhar estava doce e caloroso. Kaia suspirou, bastante perto de mim para que eu sentisse sua respiração em meu pescoço. Era melhor do que qualquer sonho que já tinha tido. Era…

— Não.

Atrás de mim, ouvi Steve deixar cair seu prato de bolo.

— Que merda! Desculpe, cara — ele disse e espantou as gaivotas, fazendo-as voar em todas as direções. — A culpa é minha. Interpretei mal a situação.

Kaia ainda estava falando, com os olhos arregalados e sérios, mas não conseguia ouvir nada do que ela dizia.

O pior tinha acontecido.

Kaia Gonzales havia me rejeitado. Exatamente como sempre tive medo de que ela fizesse.

Esperei pela escuridão.

O vazio.

Estava chegando…

22

MAS ENTÃO... NADA.

Nenhum vazio.

Nenhuma aniquilação. Apenas Kaia, ainda falando.

— Quer dizer, Cam, se você tivesse me perguntado antes de tudo isso acontecer, provavelmente teria dito sim, mas por motivos errados.

Onde estava a escuridão?

— Eu teria dito sim porque não queria ferir seus sentimentos — ela continuou.

Onde estava a destruição?

— Esse é o meu problema. Tenho estado tão preocupada com os sentimentos dos outros que não pensei nos meus. Mas tenho que parar de ser tudo para todas as outras pessoas, mesmo que elas me odeiem.

Por que eu não tinha quebrado em mil pedaços?

— Cam, obrigada por me convidar para sair. Mas só quero ser sua amiga — ela concluiu e pareceu confusa quando eu não reagi. — Cam?

— Dê um minuto para ele — ouvi Steve dizer. — Você acabou de destruí-lo.

— Não estou destruído — eu disse, mais para mim mesmo do que para qualquer outra pessoa. — Estou bem.

E daquela vez eu estava mesmo.

— Sei que não era o que você queria ouvir — Kaia disse.

— Não, não era — admiti. De qualquer forma, eu ainda estava feliz por tê-la convidado para sair. Não só feliz, mas aliviado. E, realisticamente, precisaria de pelo menos uma semana de lamentação ininterrupta e de algumas caixas de tarteletes de morango para me recompor. Mas, mesmo assim, estendi a minha mão. — Amigos?

Kaia relaxou, com a tensão deixando de tomar conta dela. Ela me deu um sorriso tímido e eu retribuí.

Ela pegou minha mão.

— Bons amigos.

Steve enfiou sua mão e a colocou em cima das nossas.

— Amizade colorida?

Puxamos nossas mãos e gritamos "Não!" ao mesmo tempo. Steve jogou a cabeça para trás e riu.

Então, através das portas abertas para o salão de baile, ouvimos o DJ anunciar:

— E agora o que todos vocês estavam esperando! Cardi BBBBBBBBBB!

Uma enorme ovação irrompeu e o baixo ressoou barulhento o suficiente para sacudir os vidros das janelas.

Steve apontou para as portas abertas.

— Estão tocando a nossa música.

— Na verdade, acho que é sua música — disse.

Steve jogou os braços sobre os ombros de Kaia e os meus e nos puxou para perto.

— *Nossa* música — ele insistiu.

— Sua música.

— Nossa.

— Não — disse, sorrindo.

— Tanto faz — Kaia reclamou. — Podemos dançar agora?

Passamos pela porta e entramos sob as luzes brilhantes e piscantes do salão.

— VOCÊ É UMA LENDA — UM CARA QUE EU NÃO CONHECIA ME DISSE AO sair do salão.

As últimas horas tinham sido como um supertrem enlouquecido. Nós três pulando no palco. Cardi me desafiando para um duelo de dança.

Steve assumindo o microfone para um dueto em "Drip". E, finalmente, a debutante entrando sem pagar no baile. Foi uma loucura total.

E, naquele momento, eu era um dos últimos ali. Nunca imaginei que iria ficar até o fim do baile. Vi o pessoal de Cardi guardar o equipamento e a equipe do salão de baile limpar o desastre que tínhamos deixado. Steve ainda estava ali, em um canto, em uma disputa de estourar balões com alguns dos seus *brothers*. Depois do seu discurso sobre o câncer, eles estavam sendo muito legais com ele. Acho que foi um progresso.

Alguns membros da comissão do baile empacotavam os itens reutilizáveis. Mais cedo, fiquei feliz em ver Kaia abandoná-los sem oferecer ajuda. Na pressa, ela tinha se esquecido de se despedir de mim. Fiquei desapontado, mas, depois de toda merda que ela tinha passado durante a noite, estava tudo bem. Provavelmente, ela precisava apenas dormir.

Minha mãe me enviou uma mensagem:

Você já consertou tudo? 😉

Naquele momento, a mensagem pareceu ridícula. Mas acho que tudo foi consertado. Mas não da maneira que eu tinha imaginado. Mandei uma mensagem com emojis de polegar para cima e uma explosão de confetes e serpentinas com um texto dizendo que estaria em casa em breve. Ao levantar os olhos, Steve tinha sumido. Ele deve ter ido embora com seus velhos amigos.

Dei uma última olhada no salão. Para ser honesto, estava um pouco chateado por ter que ir embora sozinho. Mas não senti pena de mim mesmo. Aparentemente, eu ainda era uma lenda.

De repente, fui agarrado por trás.

— Que porra…?

Virei-me e encontrei Kaia com um sorriso largo e travesso.

— Onde está Steve? — ela perguntou.

— Achei que você tivesse ido…

— Onde está Steve? — ela repetiu.

— Eu… Eu não sei. Ele estava aqui agora mesmo.

— Venha — Kaia disse e agarrou minha mão. Segurando o vestido, ela me puxou pelo corredor, gritando: — Steve! Steve!

Seu entusiasmo era contagiante. Comecei a gritar junto com ela.

— Steve!

Ainda que não fizesse ideia do motivo.

Alguns ajudantes de garçom estavam empurrando um carrinho e Kaia diminuiu a velocidade.

— Vocês viram Steve? — ela perguntou.

— Quem?

— Deixa pra lá — ela disse, e recomeçamos a correr.

No saguão do hotel, Kaia questionou aos retardatários do baile meio zonzos. Ninguém tinha visto Steve, ou todos estavam bêbados demais para entender a pergunta. Mas, então, um dos *brothers* de Steve nos ouviu.

— Você está procurando o Steve?

— Como você chegou a essa conclusão? — Kaia perguntou, sarcasticamente.

Ela estava corada e feliz de uma maneira que eu nunca tinha visto.

— Um cara da equipe da Cardi disse para Steve que ela queria dar algo para ele. Acho que ele foi até o trailer dela.

— Para o trailer! — Kaia ordenou e apontou para o estacionamento.

— O que estamos fazendo, Kaia?

— Espere.

Passamos correndo pelas portas deslizantes automáticas e nos dirigimos para o estacionamento. Felizmente, o trailer de Cardi estava estacionado na calçada. Assim que nos aproximamos da porta dele, ela se abriu e Steve saiu tropeçando. Ele estava usando um boné dourado Cardi B que ela havia autografado, tinha um beijo de batom na bochecha e um grande e velho sorriso bobo estampado no rosto.

— Ela é muito legal! — ele exclamou. — Ter câncer valeu a pena! — disse e levantou a mão e bateu sua palma aberta contra a minha. Em seguida, inclinou-se em minha direção, — Você devia ter câncer, Cam.

— Dispenso — disse e dei uma risada.

Exprimindo descrença, Kaia olhou em volta.

— Não acredito que namorei você.

— Você não tem algum cartaz para pegar? — Steve provocou.

Kaia deu um tapinha no braço dele e sorriu.

— Temos um assunto importante a tratar, cavalheiros. Para a praia!

— Praia? — perguntei.

Mas ela não respondeu e saiu correndo em direção à praia. Confuso, olhei para Steve. Ele simplesmente deu de ombros.

— Para a praia! — ele repetiu e saiu correndo atrás dela.

Para a praia.

PASSAMOS PELOS SAPATOS DE KAIA, QUE ELA APARENTEMENTE TINHA TIRADO antes mesmo de pisar na areia. Ao chegar à praia, descalcei os meus, enquanto Steve, já descalço, correu na frente. Consegui ver a silhueta de Kaia correndo com entusiasmo em direção às ondas que quebravam. Será que tinha algo a ver com o tubarão? A libertação repentina dele podia ter abalado seu organismo. Mas Kaia não estaria tão feliz se ele tivesse morrido na praia. Será que o tubarão estava pulando como um golfinho no mar e lançando esguichos como uma baleia? Tudo parecia possível naquela noite.

Finalmente, Kaia alcançou o limite da areia macia e se ajoelhou. Steve se sentou à direita dela e eu, à esquerda. Kaia puxou sua bolsa para o colo e abriu o zíper.

— Não me diga que você tem um pouco daquele fumo! — Steve disse, com os olhos brilhando.

— Melhor — Kaia afirmou, sorrindo e tirando um pote da bolsa.

— O que poder ser...

— Mel de flor de laranjeira 100 por cento puro — ela exclamou e ergueu o pote.

— Não acredito! — Steve disse e se endireitou.

— Onde você conseguiu isso?

— Na loja do saguão do hotel. Vocês gostaram tanto desse tipo de mel que eu tinha que experimentar.

— Mas a loja já estava fechada — acrescentei sem jeito.

— Joguei um charme.

— Essa garota é demais! — Steve disse.

— E quando não quiseram abri-la, dei a eles um gostinho de Garota do Baile Furiosa.

Steve riu e a cutucou.

— Bandida!

— Você sabe como eu sou — Kaia riu e abriu o pote.

Steve tentou enfiar o dedo, mas Kaia o impediu.

— Primeiro as damas, mano!

Kaia tirou um montão da tampa e observamos enquanto ela experimentava a massa pegajosa. Steve e eu trocamos um olhar animado, antevendo o momento. Então, tal como esperávamos, Kaia exclamou:

— Puta merda, gente! Que porra tem nisso?

— Vômito de abelha — Steve respondeu, enfiando o dedo no pote.

— Vômito duplo — esclareci e enfiei meu dedo próximo ao de Steve.

— Vocês são nojentos — Kaia disse.

O mel explodiu em minha boca e senti uma onda de prazer açucarado tomar conta de mim. Era melhor do que o outro. Era apenas a marca? Ou era eu? Não tinha certeza, mas senti minhas pernas, meu estômago e meu peito se expandirem com o sabor.

Alternadamente, mergulhamos o dedo no frasco e saboreamos aquela doce perfeição. A lua brilhou no mar, que se agitou e recuou diante de nós.

— Ei, Cam, você acha que o seu tubarão está por aí matando crianças inocentes? — Steve perguntou.

— Não. Ele é pescetariano — eu disse e sorri maliciosamente para ele. Kaia me deu um "toca aqui" e Steve riu.

— Você está ficando esperto demais para mim, Cam.

Limpamos o pote e depois absorvemos o gosto residual.

Steve suspirou.

Kaia suspirou.

Eu suspirei.

Então, Kaia colocou o pote vazio atrás dela e, para nossa surpresa, pôs os braços em torno de nós.

— Prometam que faremos isso no próximo baile, não importa quem sejam então os nossos acompanhantes.

— Fechado — Steve e eu dissemos ao mesmo tempo.

Com tudo o que Steve teria que passar, a ideia do próximo ano era reconfortante. Ainda estaríamos ali por Steve. Ainda estaríamos ali um pelo outro. Mesmo que o nível dos oceanos continuasse subindo. E os recifes de coral continuassem em risco de extinção. E as florestas tropicais continuassem queimando.

Eu sabia que aquele era o dia a respeito do qual não iria pedir provas a ninguém de que eu estava bem.

AGRADECIMENTOS

ESCREVER LIVROS É UMA ALEGRIA E UM PRIVILÉGIO. ASSIM, gostaríamos de agradecer a todos que tornaram possível o nosso estilo de vida desfrutado em cafeterias.

Nosso muito obrigado a Brianne Johnson, agente extraordinária e com quem gostamos muito de tomar um drinque (é realmente uma pena vivermos em costas opostas), por todo o seu apoio, pelo seu incentivo e por rir das nossas piadas. Agradecemos a Alexandra Levick, Cecilia de la Campa e todas as demais pessoas da Writers House, por todo o trabalho em divulgar a história de Cam, Steve e Kaia para o mundo.

Nossa gratidão à diligente Mary Pender e a todos da UTA, por acreditarem com unhas e dentes em nossa história.

Nosso agradecimento a Alyson Day, nossa maravilhosa e incansável editora, por sua orientação e ajuda em aprofundar a jornada dos nossos personagens. Gratidão a Megan Ilnitzki e ao restante da equipe da HarperTeen, por todas as horas investidas e pela informação da quantidade permitida de citações de Cardi e Kelly que poderíamos usar legalmente. Agradecemos a Joel Tippie e ao Estudio Santa Rita, pelo belo design do livro e por darem vida aos nossos personagens. Não é nada fácil condensar em uma imagem um triângulo amoroso, câncer e tubarões.

Hora dos agradecimentos pessoais!

Primeiro, Jenni.

Minha gratidão a Warren, Clark e Calvin. Amo muito vocês. A melhor família de todos os tempos. Mais uma vez, sinto muito Clark e Calvin por ter escrito um livro sem imagens que vocês ainda não podem ler. Algum dia, prometo.

Agradeço a Ted por escrever comigo e por pensar em ideias que começam com "mas e se tiver um tubarão?". Embora ter um parceiro de escrita não pareça reduzir à metade a carga de trabalho, torna isso muito mais divertido.

Por fim, gostaria de expressar meu amor a minha mãe, sobrevivente de câncer de mama, ao meu sogro, Keith, sobrevivente de câncer de cólon, e a minha amiga Maggie, sobrevivente de câncer de pulmão estágio IV (sério, está no cartão de visita dela).

Câncer de merda.

O.k., agora é a vez de Ted.

Eu também tenho alguns agradecimentos a fazer. Em primeiro lugar, sou grato a minha mulher, Kirsten. Não poderia pedir uma parceira melhor, e posso ouvi-la gritar com o noticiário a noite toda. Também agradeço aos meus dois filhos, Andrew e Ione. Vocês são incríveis! Eles são a luz da minha vida, e mal posso esperar até que possam ler este livro e me dizer se tem muitos palavrões.

E, agora, um agradecimento a Jenni. Ficaria desapontado se suas ideias não começassem com algo do tipo "e se tiver um tubarão?". Estou louco para saber qual será a próxima ideia maluca!

Minha mãe (Bubby) e meu pai (Pop) também merecem um grande muito obrigado por todo o amor e apoio que me deram. Para que fique claro, eles não são de forma alguma como os pais deste livro, embora tenham passado por algo parecido.

LEIA TAMBÉM

A ESCOLHA ERA APENAS O COMEÇO DE UMA JORNADA...

Veronica Clarke nunca foi reprovada num teste e nunca desejou isso. Até agora...

Aluna exemplar, aos 17 anos, ela parece ter uma vida perfeita: um namorado apaixonado, pais que se orgulham dela e uma vaga na universidade dos seus sonhos.

Mas, pela primeira vez, um resultado de positivo não lhe parece algo bom. Ao fazer um teste de gravidez, Veronica se descobre grávida e fica em pânico ao ver seus planos de futuro irem por água abaixo.

Desesperada, ela decide realizar um aborto. Com medo de enfrentar julgamentos, Veronica encontra uma aliada improvável... a rebelde Bailey Butler, sua ex-melhor amiga, é a única com quem ela pode contar.

Para tentar realizar o procedimento, as duas partem em uma viagem de mais de três mil quilômetros, em meio a loucuras, risadas, cumplicidade e discussões que reabrem cicatrizes que precisam arder antes de, talvez, serem curadas.

Talvez um teste positivo seja o menor dos problemas. Talvez o percurso seja mais importante. Talvez aprender a rir da vida e não levar tudo a sério seja um caminho. Será?

Há um grande número de portadores do vírus HIV e de hepatite que não se trata.

Gratuito e sigiloso, fazer o teste de HIV e hepatite é mais rápido do que ler um livro.

Faça o teste. Não fique na dúvida!

CAMPANHA

ESTE LIVRO FOI IMPRESSO
EM ABRIL DE 2021